W0349386

SNAG

Addict-Accro

Créé et dirigé par Romain Naudin

War of the cards, © Colleen Oakes, 2017

SNAG

SUIVEZ-NOUS SUR LES RÉSEAUX SOCIAUX !
Nous aurons plaisir à vous donner l'actualité des auteurs :
les festivals, les dédicaces et les projets…

@ SnagFiction

www.snag-fiction.com

Colleen OAKES

QUEEN OF HEARTS

WAR OF THE CARDS

TOME 3

TRADUIT DE L'ANGLAIS (ÉTATS-UNIS) PAR BENJAMIN KUNTZER

SNAG

« Je crains de ne pouvoir m'expliquer, monsieur. Car, voyez-vous, je ne suis pas moi-même. »

Les Aventures d'Alice au pays des merveilles,
Lewis Carroll

Chapitre premier

Dinah pourchassait un lapin blanc, juste hors de sa portée. Il tournait et virait sous des rosiers et des tables empilées couvertes de tasses à thé. Elle bifurqua à un angle. Il avait disparu. Elle bifurqua derechef. Une vague s'abattit sur elle, sauf qu'au lieu d'être faite d'eau, elle était constituée de flammes, des flammes qui brûlaient dans son cœur. Le lapin reparut subitement, la raillant. Il balançait sa montre de gousset sous les yeux de la jeune femme pour l'hypnotiser. Les oreilles du lapin se rétrécirent sur sa tête. Ses yeux furent avalés par son visage changeant, soudain plus allongé et anguleux. Des plumes s'épanouirent sur son dos lorsqu'il se métamorphosa en paon blanc. Il ouvrit la bouche pour parler. Sa voix était douce et haut perchée, le timbre désincarné de Faina Baker. « Ne perdez pas votre calme, reine de cœur… »

— Nous y sommes, Majesté.

La douce voix de son garde yurkei la réveilla en sursaut. Dinah ouvrit péniblement les yeux tandis que Morte s'immobilisait dans une secousse.

Elle trouvait incroyable de pouvoir s'endormir sur le dos d'un animal aussi imprévisible, mais il y avait quelque chose d'apaisant dans la démarche de Morte. Sans oublier qu'elle était éreintée. Ils se dirigeaient vers le palais des merveilles depuis de nombreux jours, et le sommeil s'était souvent dérobé à Dinah durant cette période. Ces derniers temps, tous ses rêves étaient peuplés d'images cauchemardesques. Dans les premières heures de l'aube, juste avant son réveil, son esprit avait été assailli de représentations de Wardley, l'amour de sa vie, qui lui avait brisé le cœur en mille morceaux. Wardley, nu et luisant de sueur. Wardley, en train de l'embrasser sous une pluie de pétales de roses rouges. Wardley, vieil homme rabougri mourant dans ses bras, le cœur réduit à une coquille noire et dure palpitant hors de son corps.

Il n'était pas le seul à venir lui rendre visite pendant son sommeil. Il y avait aussi ce fermier mort qu'elle avait trouvé en tentant d'échapper aux Cartes dans les Bois tordus, une flèche tremblant encore dans son dos. Il y avait ces Cœurs qu'elle avait éliminés en s'enfuyant de la chambre de Charles, leur sang la poursuivant dans les couloirs interminables du palais.

Les nuits de Dinah étaient donc agitées, et elle se réveillait chaque matin avec une migraine et le cœur lourd. Elle s'asseyait alors pour s'habiller lentement, se rappelant la raison de sa présence ici : elle était la reine légitime du Pays des merveilles, venue reconquérir son royaume. La plupart des jours, cette pensée suffisait à la remotiver. D'autres fois, elle se rallongeait en souhaitant se trouver n'importe où ailleurs que dans cette tente humide empestant les Piques.

Après avoir enfilé sa tunique, sa grande cape et ses bottes, elle s'asseyait au bord du lit et se griffait la poitrine dans l'espoir d'apaiser la fureur noire qui la rongeait de l'intérieur. Cette fureur qui lui chuchotait qu'elle ne serait jamais aimée, une fureur telle que la simple évocation du sang de ses ennemis lui mettait l'eau à la bouche.

Ainsi, elle ravalait peu à peu sa rage, apprenant à la contrôler. Puis elle coiffait sa couronne, sortait de sa tente, saluait gardes du corps yurkeis et conseillers – sire Gorrann, Cheshire, Starey Belft et Bah-kan –, et grimpait sur son étalon infernal. Son armée poursuivrait sa route vers le nord.

Chacun des pas la rapprochant de son objectif était calculé et épuisant. Éveillée, elle subissait un mélange de nostalgie et de haine à l'encontre de Wardley. Elle portait sur ses épaules et dans sa poitrine le fardeau de son amour pour lui. Alors qu'ils remontaient vers les Terres sombres, il chevauchait derrière elle, sans jamais la perdre bien longtemps du regard. Chaque fois qu'elle se retournait, il était là, et dès que leurs yeux se croisaient, une nouvelle vague de douleur l'assaillait.

Ils n'avaient plus discuté depuis ce jour-là, près de la cascade, quand il lui avait réduit le cœur en miettes. Ce n'était pourtant pas faute d'essayer de la part du jeune homme. Chaque après-midi, il allait trouver Dinah avec un plateau-repas, tentant maladroitement de s'expliquer. Elle le repoussait sans un mot, l'abandonnant au milieu de la tente, sa pitance dans les mains. Il aurait tout donné pour obtenir son pardon, mais elle ne le lui accorderait point, surtout pas maintenant que le simple fait de le voir lui donnait la nausée. Dinah avait conscience qu'il voulait lui faire savoir qu'il tenait encore à elle. Ce que lui ne saisissait pas, c'était que sa présence représentait pour elle une véritable torture. Deux nuits plus tôt, quand elle l'avait trouvé à son chevet en se réveillant, elle s'était finalement forcée à lui adresser la parole.

— Wardley, avait-elle murmuré d'un ton implorant, réprimant un sanglot. Je vous en conjure, laissez-moi tranquille. Je ne supporte plus votre présence.

Il avait alors voulu lui saisir la main, mais Dinah s'était retournée pour s'enfouir sous sa couverture de plumes yurkei.

— Si vous tenez à moi, partez.

En comprenant qu'elle lui refuserait toujours cette conversation dont il rêvait, il s'était levé en soupirant.

— Je vous en prie, ne coupez pas les ponts avec moi.

— Partez !

— D'accord. Je vous obéis pour le moment. Mais je ne quitterai pas vos côtés après le début des combats, alors ne vous fatiguez pas à me le demander. Je n'écouterai pas vos ordres. Vous comprenez ?

Dinah avait consenti à hocher doucement la tête, priant pour qu'il s'en aille avant que les larmes la submergent. Elle avait entendu le rabat de la tente se soulever, et lorsqu'elle s'était retournée, il avait disparu dans la pénombre matinale, l'abandonnant, le cœur en miettes.

Plusieurs jours s'étaient écoulés depuis, mais la plaie était toujours à vif.

— Waouh ! Ralentissez, Votre Altesse, marmonna Ki-ershan, l'un de ses deux gardes yurkeis.

Dinah cilla pour se préserver du soleil. Morte trépigna d'impatience. Il fallut plusieurs secondes à la jeune femme pour s'éveiller complètement et regarder derrière elle. Le spectacle était stupéfiant. Des milliers d'hommes étaient disséminés sur la plaine, ombre menaçante glissant sur la terre. Une centaine de mètres plus loin, ses conseillers chevauchaient en une grappe désordonnée. Plus loin, deux mille guerriers yurkeis sur leurs coursiers lustrés se mouvaient en harmonie, comme s'ils ne faisaient qu'un. D'ici, songea-t-elle, il était impossible de deviner qu'il s'agissait d'un peuple essentiellement pacifique et agréable. D'ici, ils évoquaient une traînée de sang sombre. Elle avala douloureusement sa salive.

C'était exactement ainsi que les Merveilleux les percevraient.

Un quart de lieue plus loin, les Piques et autres Cartes rebelles formaient une vaste masse brutale et irascible toute de noir vêtue, qui progressait laborieusement sur la plaine herbeuse. Tous combattaient pour Dinah, mais chacun avait ses propres raisons de le faire : les Piques à cause des inégalités de statut qu'ils subissaient, les Yurkeis à cause des siècles de conflits violents qui les opposaient au palais des merveilles. Un groupe considérablement plus important de Yurkeis menés par leur chef, Mundoo, marchait sur le palais par le nord. Dinah et sa troupe disparate devaient les y retrouver le jour de la bataille.

L'armée des Cartes, plus nombreuse, se retrouverait prise en étau par ces deux factions, qui espéraient ainsi constituer une menace psychologique et stratégique plus importante.

Dinah croisait les doigts pour que cela fonctionne.

Ce plan avait été élaboré par Cheshire.

Dinah chevauchait Morte, seule en tête de file. Elle ne recherchait guère de compagnie ces derniers temps. Elle regarda silencieusement Wardley lever le bras, et vit toute la brigade s'immobiliser soudainement. Le soulagement évident des hommes parvint aux oreilles de la jeune femme. *Je ne dois pas oublier que, si fatiguée que je puisse être, je suis loin d'être aussi lasse que mes hommes.* Wardley fit approcher Cornier à sa hauteur, Bah-kan grommelant sur ses talons.

— Pourquoi on s'est arrêtés ? mugit le guerrier. On a presque atteint les villages autour de Merveille proprement dite.

Dinah s'éclaircit la gorge et se détourna de Wardley. Voir son visage lui tordait si douloureusement le cœur qu'elle en avait le souffle coupé.

— Veuillez informer l'armée que nous bivouaquerons ici pour la nuit.

Les yeux de Wardley s'attardèrent pitoyablement sur son visage, avant qu'il éperonne sa monture pour aller aider ses Piques à monter le camp.

Bah-kan gronda en direction de la princesse.

— Ça ne va pas plaire aux Yurkeis.

— Merci de me prévenir, rétorqua froidement Dinah. Je m'en souviendrai.

Il avait raison, bien entendu. Les Yurkeis étaient mille fois plus aptes physiquement que les Piques, mais, surtout, ils montaient des chevaux qui semblaient ne jamais s'épuiser. Leurs troupeaux sauvages produisaient des bêtes miraculeuses, qui faisaient pâlir d'envie les Piques. Les guerriers de Hu-Yuhar s'étaient mépris en supposant qu'ils fonceraient droit sur le palais, sans jamais s'arrêter pour bivouaquer. L'immense majorité des Cartes marchaient, elles avaient donc besoin de pauses plus nombreuses. Cela provoquait un mécontentement grandissant, qui ne faisait qu'attiser la haine mutuelle que se vouaient déjà les deux groupes. Pour couronner le tout, la longue avancée jusqu'au palais des merveilles avait prélevé sa dîme sur le physique des soldats. S'ils s'étaient attendus à crapahuter deux bonnes semaines, Dinah ne pensait pas qu'il serait si compliqué de déplacer sa petite armée.

Par comparaison, convaincre les Yurkeis de partir vers le sud avait été un jeu d'enfants. Renvoyer les Piques vers leur point de départ était une interminable litanie de négociations, de déceptions et de faim. La plupart des hommes n'étaient pas du tout à l'aise à l'idée d'être dirigés par une femme, et ils adressaient leurs questions et griefs à Starey Belft, à Cheshire ou à Wardley.

Si elle-même doutait parfois de ses propres capacités de meneuse, elle ne voulait pas que ses troupes en fassent autant. Pour l'éviter, elle se contraignait à interagir avec les soldats aussi souvent que possible. Elle se joignait à eux pour le dîner, les affrontait à l'entraînement et tentait d'engager des conversations informelles. Elle veillait à remercier chacun personnellement pour son dévouement. Pourtant, en dépit de tous ces efforts, ils persistaient à solliciter Cheshire pour obtenir des réponses. En présence de Dinah, ils se montraient timides, mais respectueux. Ils la dévisageaient beaucoup.

La jeune femme n'était, apparemment, pas la seule à être scrutée de la sorte. Yur-Jee, son féroce garde yurkei, toisait d'un œil haineux le Pique qui tentait de nourrir d'un bout de pain l'un des chevaux de son peuple. Il empoigna son arc en désignant la Carte à gestes frénétiques.

— *Lu-yusa ! Ilu-fre !*

Il fouilla dans sa mémoire en quête de son merveilleux maladroit, et finit par trouver le terme recherché :

— Non !

Le Pique, un homme râblé à l'immense barbe noire et aux yeux cernés de rouge, recula.

— Qu'est-ce qu'il a, encore, celui-là ? grommela-t-il.

Yur-Jee descendit de cheval ; ses longs muscles noueux se durcirent quand ses pieds touchèrent le sol. La Carte attrapa sa hache.

— Arrêtez ! *Hu-tusay !*

Les deux hommes eurent la sagesse de s'immobiliser en entendant l'ordre de leur future reine. Dinah se laissa prudemment glisser à bas de Morte, sans lâcher les rênes de cuir rouge de ses mains calleuses.

— Imbéciles ! maugréa-t-elle pour elle-même en se rapprochant d'eux à grands pas.

Une fois à leur hauteur, elle ôta calmement le pain de la main du Pique et le jeta à terre avant de le défier du regard. Elle entendit derrière elle le hennissement familier de Cyndy, la jument de sire Gorrann, et fut rassurée par la présence discrète de son compagnon d'aventures.

Ce genre d'altercation semblait se produire toutes les heures, et elle apprenait à les gérer les unes après les autres. Régner se révélait être terriblement fastidieux et impliquait de prendre des dizaines de petites décisions quotidiennes qui paraissaient toujours contrarier quelqu'un. Elle adressa un sourire affable au Pique, qui la dévisagea d'un air troublant.

— Saviez-vous que les Yurkeis ne nourrissent leurs chevaux que d'herbes sauvages ? Nous supposons que c'est ce régime particulier qui leur confère leur endurance.

Le Pique ricana.

— Un régime particulier ? Pour des canassons ? J'ai jamais entendu des conneries pareilles.

Il cracha aux pieds de Dinah. Sire Gorrann se racla la gorge pour le réprimander, mais la jeune femme leva la main pour le faire taire avant même qu'il eût ouvert la bouche. Elle toisa le soldat sans jamais ciller.

— Manquez-moi de respect encore une fois, et vous vous retrouverez aux fers, en queue de peloton, à courir pour tenter de tenir le rythme de leurs montures. Changez de comportement – par exemple en regagnant votre poste et en vous efforçant d'apprendre à vos frères d'armes qu'il ne faut pas nourrir les bêtes yurkeis –, et peut-être que vous pourrez voir le bout de ce voyage sans avoir les poignets écorchés et les pieds à vif.

Elle inclina la tête, réprimant le désir de frapper cet homme à coups répétés.

Le malotru baissa le front et ploya le genou. Dinah sourit.

— C'est juste qu'on est crevés, ma dame. Les sauvages…

Dinah porta la main à son épée en entendant ce mot, mais l'autre se ravisa.

— Pardon. C'est juste que les Yurkeis ont tous des chevaux, et nous aucun. J'ai déjà perdu un orteil à force de marcher, et je me disais que si j'en nourrissais un, alors peut-être…

— Qu'il vous laisserait le chevaucher ? Que le guerrier à qui il appartient poursuivrait à pied ?

Dinah savait que cela ne se produirait pas – les Yurkeis étaient profondément liés à leurs montures. Toutefois, elle comprenait l'injustice que les Cartes pouvaient ressentir à devoir marcher toute la journée alors que d'autres allaient à cheval. D'autant qu'une amertume certaine précédait son règne de plusieurs décennies.

Dinah s'était imaginée à la tête d'une armée d'hommes courageux, atteignant son objectif avec faste et auréolée de gloire. Au lieu de quoi, elle passait l'essentiel de son temps à tenter d'apaiser les tensions entre les deux factions qui se battaient pour elle. Elle fit signe à Yur-Jee de rejoindre sa monture et de repartir. Il acquiesça, et Dinah savoura fugacement cette obéissance qu'elle s'était donné tant de mal à mériter. Sa rage couvait dans ses prunelles noires lorsqu'elle se pencha sur le Pique. Ses cheveux bruns, désormais courts, lui effleurèrent le menton.

— J'ai entendu votre complainte, mais manquer de respect aux Yurkeis ne vous mènera nulle part. Voici ce que je vous propose : prenez soin de leurs bêtes le temps de notre progression. Quand nous installons le camp le soir, brossez-les, nourrissez-les – seulement d'herbes sauvages – et veillez à ce qu'elles ne soient pas blessées. Si vous vous acquittez bien de votre tâche, je vous promets que, lorsque je serai reine, je vous ferai quitter les Piques et vous chargerai d'appliquer les méthodes d'élevage des Yurkeis dans notre nouveau royaume uni. Nous avons beaucoup à apprendre d'eux.

Le Pique piétinait, désormais, des larmes plein les yeux. Ce qu'elle venait de lui offrir était inimaginable pour un homme n'ayant jamais pu jouir du moindre bien, des moindres droits ni des moindres titres.

— Oui, ma reine.

Il se mit à lui couvrir la main de baisers, sa barbe hirsute lui chatouillant le poignet.

— Je ne suis pas encore reine, répliqua Dinah. Mais nous allons y remédier bientôt, n'est-ce pas ?

Le Pique s'éloigna, et Dinah se sentit fière de la manière dont elle avait réglé le conflit.

Grâce aux conseils de Cheshire, elle apprenait qu'il valait bien mieux tirer parti des contrevenants plutôt que de leur infliger des châtiments sévères. Si elle avait procédé de la sorte, elle aurait perdu deux guerriers aguerris. Tout son plan de bataille reposait sur cette même stratégie. Le conseil de guerre, qui se réunissait chaque soir dans une tente fortement gardée, aboutissait toujours dans une même impasse : les hommes déploraient de nombreuses victimes, et pourtant Dinah ne cessait de se répéter : « Je ne ferai pas de mal à mon peuple si je peux faire autrement. » Après qu'elle eut rallié à sa cause un Cheshire réticent, ils avaient mis au point leur stratégie.

Lors du dernier conseil en date, Bah-kan s'était approché dangereusement près de Dinah, les veines saillant sur son visage.

— Comment on va contenir les Cartes si on ne peut pas les tuer ? Comment on peut espérer l'emporter si on doit leur laisser la vie sauve ? C'est n'importe quoi ! Vous nous envoyez à la tombe !

Dinah s'était efforcée de conserver une expression neutre face à cet accès de rage, même si elle mourait d'envie de le gifler.

— Les Cartes qui se battront pour le roi de cœur deviendront mes hommes dès que la guerre sera terminée.

Je ne souhaite pas hériter d'un palais seulement peuplé de fantômes. Nous *devrons* faire autant de prisonniers que possible. Nous verserons le sang lors de la première vague, c'est inévitable. Puissent les dieux avoir pitié de ceux qui croiseront les premiers le fil de nos lames. Mais, Bah-kan, nous devrons aussi faire preuve de clémence. Pour remporter cette bataille – pour convaincre le cœur et l'âme du peuple –, nous devrons atteindre le roi au plus vite. Telle est notre priorité.

— Le roi ne se laissera pas faire, avait protesté Starey Belft. Mais il revêtira son armure et sortira avec ses cavaliers par le nord, pour aller affronter l'armée de Mundoo. C'est un guerrier féroce, mais qui s'épuise facilement. Dès la fin des combats, il se repliera dans le donjon pour vous y attendre en affûtant sa Cœurépée.

Dinah éprouva une pointe de terreur mêlée d'un sentiment si plaisant que c'en était alarmant.

— Notre armée devrait alors se trouver aux portes de la ville ou, par la grâce des dieux, les avoir déjà franchies.

— Nous ne pouvons pas présumer que nous serons déjà à l'intérieur, était intervenu Cheshire avec son flegme habituel, ses longues mains croisées sous son menton. La plupart des Cartes du roi affronteront les troupes de Mundoo au nord, mais il nous en réservera sans aucun doute quelques milliers du côté sud du palais. Nous devrons nous frayer un chemin à la pointe de l'épée, ouvrir les portes, entrer, traverser les terres du palais, puis ouvrir le portail nord pour laisser pénétrer les forces de Mundoo. En revanche, si nous ne parvenons pas rapidement à l'intérieur, les Cartes enverront nos troupes au cimetière. Nous ne disposons pas d'assez d'hommes pour tenir un siège. Nous devons l'emporter dès le premier assaut, ou tout sera perdu.

Un long silence avait alors envahi la tente, tandis que les hommes et leur reine considéraient leur sort.

Wardley avait repris la parole le premier.

— Le roi ripostera de toutes ses forces. Il emploiera des personnes innocentes de manière impensable. Et se pose toujours la question des archers de Fergal... (Il s'était massé les lèvres, et Dinah en avait un instant imaginé le goût sur les siennes.) Les combats dégénéreront bien vite dans le plus grand chaos, et les deux camps subiront de nombreuses pertes. Dinah a raison : nous *devons* surprendre le roi au plus tôt. Tel est notre objectif. Ensuite, Dinah pourra s'emparer de la couronne et les combats s'arrêteront. Lorsqu'elle deviendra l'unique souveraine du Pays des merveilles, le peuple ploiera le genou et se soumettra à son autorité. De toute façon, il n'aura pas le choix. Rappelez-vous que la majorité *a peur* du roi. Ils ont perdu des êtres chers à cause de ses accès de paranoïa et de rage. La plupart d'entre eux sont des boulangers, des courtisans gâtés, des fermiers, des poissonniers...

— Ou des Cartes de Cœur surentraînées, avait souligné Dinah.

— Oui. (Bah-kan tapotait sa lame de ses doigts, comme s'il jouait d'un instrument.) Quoi qu'il en soit, on ne leur laissera pas le choix. Ils s'inclineront devant la reine de cœur ou mourront. Puis nous exécuterons les Cartes de plus haut rang pour leur rappeler l'étendue de son pouvoir.

Wardley avait alors chassé d'un air agacé une mèche de cheveux lui tombant sur la figure, et même si Dinah avait éprouvé un pincement au cœur, elle n'en avait rien montré, s'adressant à Bah-kan :

— Non, c'est hors de question. Tous ceux qui me jureront fidélité seront amnistiés et autorisés à poursuivre leur vie. C'est ainsi que le royaume se redressera le plus vite. Nous ne pouvons pas courir le risque de régner sur une cité divisée à l'approche de l'hiver. Nous aurons besoin de chaque boulanger, de chaque poissonnier et de chaque Carte. (Dinah avait alors redressé le front, et les hommes autour d'elle avaient opiné du chef pour signifier leur assentiment.) Dès que je serai couronnée, nous accorderons la grâce à qui la réclamera. Est-ce bien compris ?

— Et ceux qui auront tué nos hommes ? Nos guerriers ? Ou les courtisans qui auront toujours soutenu le roi ? (Bah-kan faisait les cent pas dans la tente, décochant des regards noirs à tous ceux qui osaient se tourner vers lui.) J'ai vu ce que les Cartes infligent aux Yurkeis qu'elles capturent. C'est impardonnable. Ils nous ont pris nos terres, ils ont violé nos femmes…

— Dit celui qui se prétendait naguère la plus grande Carte de l'histoire, l'avait raillé Starey Belft. Voulez-vous dire que vous avez vous-même volé leurs terres et violé leurs femmes avant de changer de camp ? Avant de devenir l'un d'entre *eux* ? Comment osez-vous proférer de telles paroles alors que vous étiez vous-même une Carte il y a peu ? s'était-il emporté.

Bah-kan s'était rué sur Belft, mais Wardley avait bondi entre eux pour s'interposer. Tous étaient tombés par terre dans une masse furieuse de poings et d'imprécations. Cheshire avait haussé les sourcils en contemplant Dinah. Celle-ci sentait ses tempes palpiter tandis qu'ils se remettaient debout. La rage enflait dans sa poitrine. C'en était trop.

— Asseyez-vous ! avait-elle tonné en se levant d'un bond. Ça suffit, tous autant que vous êtes ! (Les trois hommes l'avaient dévisagée avec stupeur.) Je suis votre reine, et vous allez m'obéir. Je vous ordonne d'arrêter de vous comporter comme des enfants gâtés, avec vos blessures et vos préjudices imaginaires. Vous ne valez pas mieux que ces hommes-là, dehors, qui n'attendent qu'une excuse pour se taper dessus. Nous sommes leurs chefs, nous nous devons de donner l'exemple en apparaissant *unis*. Si vous êtes incapables de contrôler vos émotions, comment voulez-vous que je vous croie en mesure de mener ces soldats et guerriers au combat ?

Elle avait pivoté sur elle-même, avant de laisser sa colère déferler sur ses conseillers.

— Bah-kan, maîtrisez-vous, ou vous ne serez plus autorisé à siéger ici. Starey Belft, vous n'insulterez plus jamais Bah-kan ni aucun autre Yurkei, même en mon absence. Il a pris sa décision et est devenu un allié essentiel de notre cause. À présent, nous allons poursuivre notre discussion de manière digne et civilisée.

Les hommes s'étaient assis tels des enfants obéissants, et Dinah s'était dit que ces guerriers pouvaient bien avoir besoin d'une mère forte, armée d'une bonne cuillère en bois. Puis elle s'était massé le front.

— Vous m'avez beaucoup déçue ce soir. Vous pouvez disposer.

Et ils avaient quitté la tente sans un mot.

Plus tard, en se déshabillant pour se mettre au lit, Dinah s'était sentie gonflée d'orgueil. *Sans la moindre crainte, je viens de rabaisser le plus grand rassemblement de guerriers que j'aie jamais vu. Peut-être y a-t-il une chance que je devienne la reine que mérite le Pays des merveilles.* Cette pensée l'avait aidée à plonger dans un sommeil agréable, mais son subconscient était décidément l'ennemi du repos.

Dans ses rêves, le roi de cœur se tenait auprès d'elle, son imposante cape noire claquant autour d'eux tel un vent froid tandis qu'ils piétinaient une pile de cadavres yurkeis. Il avait tendu le doigt vers elle.

— Je t'attends.

Dinah avait hurlé dans son sommeil, mais nul n'était là pour l'entendre.

Chapitre 2

La longue marche vers le nord et le palais des merveilles se poursuivait. Les marais des Terres sombres cédèrent peu à peu le pas à de vastes étendues verdoyantes, parfois jalonnées d'à-pics rocheux. Les pierres étaient couvertes de gravures étranges que seuls les Yurkeis semblaient comprendre.

Ce jour était l'un des rares au cours desquels Dinah n'avait pas eu à s'adresser à Wardley. Une bonne journée, donc, au cours de laquelle son cœur ne saignait pas et sa poitrine n'était pas comprimée par le désir.

Sans le vouloir, Dinah s'était isolée du reste de son conseil : sire Gorrann, avec ses mots affables et ses suggestions maladroites, lui mettait les nerfs à rude épreuve ; Starey Belft et ses marmonnements incessants lui donnaient envie de dégainer son épée ; ses deux gardes yurkeis, essentiellement silencieux à cause de leur mauvaise maîtrise de la langue, restaient en permanence deux longueurs de cheval en retrait, conscients qu'elle n'était pas d'humeur. La seule personne qu'elle tolérait à petites doses était Cheshire. Il ne lui cachait rien, ne la traitait pas comme une enfant. Sa façon de décrire la guerre, les lieux, les statistiques et les plans de façon neutre était aussi apaisante qu'un verre de lait tiède.

Elle restait ainsi en tête de file, chevauchant Morte d'un air hébété, ne se sentant reine que grâce à la petite couronne de rubis qu'elle arborait. Des envies perturbantes de vengeance et de violence lui fournissaient une étrange source de soulagement, à laquelle elle s'abreuvait sans compter durant les longues heures de leur avancée silencieuse.

Parfois, elle imaginait que Wardley allait apparaître à la porte de sa tente, ses cheveux châtains et bouclés plaqués sur son front, et qu'il lui caresserait les joues de ses larges mains. Il avouerait d'une voix tremblante que quelque chose avait changé et qu'il ne désirait qu'elle depuis toujours. Il lui embrasserait délicatement les lèvres avant de la soulever dans ses bras, et tous deux s'uniraient dans une extase amoureuse et passionnée. Mais cela ne se produisait jamais. Au fond d'elle, là où la colère bouillonnait désormais sans cesse, elle savait que cela n'arriverait pas. Même si elles lui faisaient du mal, ces images la maintenaient éveillée et lui permettaient de conserver une expression ferme et déterminée devant ses hommes. Dinah savait que, quels que soient les sentiments qui l'habitaient, elle ne pouvait montrer autre chose qu'une force sculpturale. Si elle faiblissait, son règne s'achèverait avant même d'avoir commencé.

Alors que le soleil brûlait haut dans le ciel cet après-midi-là, Dinah eut la sensation qu'ils n'atteindraient jamais le palais, qu'ils continueraient de marcher jusqu'à sombrer dans la mer. Avec la chaleur écrasante qui les accablait, il s'agirait là d'un répit bienvenu.

Elle entendit un martèlement de sabots derrière elle tandis que Starey Belft remontait à sa hauteur. Elle ferma les yeux. *Faites que ce soient de bonnes nouvelles*, pensa-t-elle. La mine grave de son conseiller invalida bientôt cette théorie.

— Encore un ?

Starey acquiesça.

— Oui, Votre Altesse. Un jeune homme, en queue de peloton. Il s'appelait Kingsley. (Le commandant des Piques marqua une pause.) C'était un bon petit gars. Il avait un don pour la lyre et les plaisanteries graveleuses.

Grands dieux, un jeune homme. Dinah hocha la tête.

— Merci de m'avoir prévenue.

La monture de Starey dépassa Morte, qui s'ébroua de mécontentement.

— C'est le deuxième en deux jours. Nous avons besoin d'une pause. Laissez-nous enterrer nos hommes et panser nos pieds ensanglantés.

Dinah plissa les paupières.

— Je ne suis pas ignorante de vos souffrances, mais nous devons rejoindre Mundoo à temps, ou cette bataille sera perdue.

Starey tourna bride.

— Si vous persistez à chevaucher à cette allure, vous n'aurez plus d'armée pour la livrer.

Dinah le congédia d'un geste du bras.

— Je vais y réfléchir.

Starey marmonna dans sa barbe en se repliant vers ses hommes. La jeune femme sentait la colère lui embraser la peau, et cette fureur noire qui la consumait intérieurement contracta ses muscles malgré elle. Dinah vit rouge, et enroula soudain la jambe autour du cou de Morte pour empoigner les rênes de Starey Belft. Dans un bond fabuleux, elle passa d'une monture à l'autre et se retrouva en croupe du commandant des Piques, un bras autour de sa taille, l'autre le menaçant d'un poignard sous le menton. La pointe acérée lui en piquait la chair.

— Vous voulez bien répéter ? chuchota-t-elle. Afin que tout le monde puisse vous entendre ?

Starey observa autour de lui avec stupéfaction. Les deux gardes yurkeis de Dinah s'immobilisèrent, les yeux écarquillés.

La future reine accentua sa pression sur la lame.

— Dites-le.

Le cœur de Starey battait à tout rompre – Dinah le sentait à travers son dos. Elle adorait le son causé par la terreur.

— J'ai dit… (Il s'éclaircit la voix.) J'ai dit que vous étiez comme votre père, à bâtir un royaume en nous faisant suer sang et eau.

— C'est bien ce qu'il me semblait. (Elle se pencha en avant, sa chevelure brune venant caresser le menton de sa victime.) C'est pour vous que je marche sur le palais, vous savez ? Je le fais pour les Piques, et pour vous, Starey Belft. Le jour où je serai reine, on ne grommellera plus sur mon père ou sur moi.

Elle croisa le regard de Cheshire, qui se délectait de la scène. Cela la fit sortir de sa transe. Le rouge déserta sa vision, la fureur noire retourna se tapir dans ses entrailles. Quelle mouche l'avait piquée ? Elle laissa retomber son poignard avec surprise.

— Ne me remettez plus jamais en cause, déclara-t-elle d'un ton faiblard en descendant de la monture du Pique.

Ce dernier la dévisagea un long moment. Dinah soutint son regard jusqu'à ce qu'il se détourne. *Oui, c'est bien*, songea-t-elle. *C'est moi qui commande.*

Il toussota.

— Ce serait une bonne chose d'organiser des funérailles pour le garçon. C'est tout ce que je voulais dire, Majesté.

— Je trouve que c'est une idée formidable.

Dinah, aidée de Morte, remonta en selle, en espérant ne pas laisser paraître cette rage qui l'avait submergée. Quelques instants plus tard, elle leva les yeux vers le ciel, où des trombes d'eau menaçaient.

— Nous allons nous arrêter un moment. Les hommes pourront se reposer. Dressons le camp pour la nuit.

— Mais Dinah, si nous arrivons en retard…

La voix de Wardley l'ébranla jusqu'à la moelle.

— Je connais les conséquences, rétorqua-t-elle.

D'un claquement de langue, elle intima à Morte de les emmener, sa colère et elle, loin de tous ces gens qui ne pensaient qu'à l'aider.

Plus tard, un violent orage éclata autour d'eux. Les quelques guerriers yurkeis envoyés en reconnaissance n'apparaissaient plus que comme des points se déplaçant lestement à l'horizon. À leur retour, ils déclarèrent que les portes du palais ne se trouvaient peut-être qu'à trois jours. *Grands dieux, trois jours.* Dinah sentit ces mots, à la fois revigorants et terrifiants, lui peser sur l'estomac.

Cependant, la nouvelle fut particulièrement bien accueillie par les Piques, qui ressemblaient de moins en moins à de redoutables guerriers et de plus en plus à des voyageurs éprouvés. Un bon esprit semblait régner sur le bivouac, d'où des rires s'élevaient dans le ciel de cette fin d'après-midi. Dinah sourit en les entendant. Les rires, par les temps qui couraient, étaient aussi rares que bienvenus, et l'hilarité de ces hères grisonnants avait des sonorités de babillements infantiles.

Dans la soirée, les nuages se dissipèrent, révélant un ciel saturé d'étoiles. L'on empila les dépouilles des Piques sur un bûcher funéraire. Vêtue d'une robe blanche et d'une cape noire, Dinah contempla les cadavres. Elle fut surprise mais pas gênée par les larmes qui lui montèrent aux yeux. Elle caressa d'une main tremblante chaque poil de leur visage, avant de bercer leurs talons noircis et craquelés entre ses mains.

N'oublie jamais cela, s'intima-t-elle. *N'oublie jamais ces hommes, et le coût physique de ton règne.* Elle laissa une larme silencieuse rouler sur sa joue quand elle se pencha sur eux pour adresser des prières vides de sens aux dieux des merveilles. Elle apposa ensuite les mains sur les cœurs inertes, espérant ainsi absorber leur force et les relayer dans leur mission – espérant survivre à cette bataille qu'ils ne verraient jamais.

Sire Gorrann lui tendit une torche crachotante, et Dinah embrasa les corps avec une détermination sinistre. Elle demeura immobile, réprimant ses larmes, le temps que la peau des hommes cuise lentement, que leurs veines et leurs muscles se transforment en cendres dispersées par le vent. Un vaste cercle de Piques drapés de noir s'était formé autour d'elle. Tous tendaient la main pour marquer leur présence auprès de leurs camarades tombés en service.

Une mélopée funeste s'éleva de l'autre bout du camp, et Dinah serra les dents. C'étaient les gémissements des Yurkeis.

Cheshire fit un pas en avant et inclina la tête, sa cape pourpre claquant dans son dos tandis qu'il se plaçait près d'elle.

— Ils pleurent parce qu'ils ont l'impression que nous emprisonnons leur âme ici, au Pays des merveilles, au lieu de les libérer dans la terre. C'est soit ça, soit qu'ils pensent que nous dispersons dans l'air des cendres empoisonnées. En réalité, Votre Altesse, il y a sans doute un peu des deux.

Dinah haussa un sourcil, mais ne répondit rien. Ki-ershan avait essayé de la prévenir que les funérailles poseraient problème, mais Dinah savait qu'elle n'avait pas le choix : les hommes devaient être incinérés, les Piques apaisés.

Elle observa encore un moment les flammes consumer les dépouilles, et recula d'un bond en apercevant les yeux brillants de la Chenille. Son regard la transperçait, lisant chacune de ses pensées, chacun de ses désirs les plus sombres. Le sorcier lui adressa un sourire malveillant, hocha la tête puis disparut dans les Terres sombres. Dinah se détourna, reportant son attention sur les corps calcinés. Les Yurkeis poursuivirent leur mélopée braillarde, lançant nonchalamment des insultes.

— J'vais pas subir ces conneries plus longtemps ! cracha l'un des Piques sur sa droite.

Dinah sentait la colère gronder chez les soldats qui l'entouraient.

Sire Gorrann leva les bras.

— Calmez-vous, tout l'monde. Disons adieu à nos amis, puis j'vous paie un coup. Et même plusieurs.

Une bousculade survint alors, et Dinah se retrouva précipitée vers l'impressionnant bûcher. Cheshire la rattrapa par le bras pour la redresser, lui épargnant le contact des flammes. Elle se retourna, perturbée par ce qu'elle voyait. La frontière entre les deux camps était marquée par des rangées de Piques et de Yurkeis se faisant face, échangeant des insultes en raillant l'autre faction.

Alors que les flammes s'élevaient au firmament, une sorte d'hystérie martiale s'emparait des soldats ; Starey Belft beuglait ses ordres à pleins poumons, mais ses paroles ne produisaient aucun effet. Wardley galopait dans l'espace libre entre les deux campements, défiant quiconque de franchir cette zone. Si vaillant qu'il parût, il n'était pas assez imposant pour juguler des décennies d'une haine portée à son paroxysme. Dinah se fraya violemment un chemin jusqu'au cœur des débats. Sire Gorrann la flanquait, l'épée au clair, repoussant les Piques de droite et de gauche tandis qu'ils s'efforçaient de se faufiler au milieu de la foule belliqueuse qui les remarquait à peine.

Alors que les plaintes des Yurkeis s'élevaient jusqu'aux cieux, les Piques perdirent leurs nerfs, poussés à bout par l'épuisement et le deuil. Quelques chopes de bière furent jetées mollement sur les Yurkeis, qui les évitèrent dans le calme. Les Piques se mirent alors à cracher et jurer, reprochant à leurs rivaux la mort de leurs amis.

Dinah s'élança en panique. Elle avait toujours su que son armée était une poudrière de dissensions et de rivalités prête à exploser. Elle avait bêtement espéré qu'en emmenant ses troupes vers le palais, la présence d'un ennemi commun suffirait à les unir.

— Laissez-moi passer ! hurla-t-elle en bousculant un Pique, qui la considéra d'un air incrédule. Calmez-vous tous !

Elle ne cessait de hurler, mais sa voix disparaissait dans le tumulte ambiant. Un soldat près d'elle brandit sa masse d'armes, et elle comprit à cet instant qu'elle ne parviendrait jamais à temps entre les deux factions. L'odeur de la haine était si prégnante qu'elle étouffait presque celle des corps carbonisés. Puis tout s'enchaîna très vite. Des haches furent levées, deux Piques sortirent du rang derrière Wardley et Cornier, et foncèrent vers un cercle de guerriers en train de psalmodier. En les voyant arriver, les Yurkeis encochèrent calmement leurs flèches, visant le cœur des soldats.

Dinah jeta sa torche au sol et courut à toutes jambes pour rejoindre les deux Piques, les mains tendues devant elle.

— Arrêtez ! Grands dieux, arrêtez ! Vous n'êtes pas ennemis !

Ses mugissements demeurèrent sans effet.

Ils chargèrent avec naïveté, car Dinah savait ce que les Piques ignoraient : que les Yurkeis remporteraient n'importe quelle confrontation, et que cela tournerait alors au carnage. Pas un Pique ne resterait debout.

Les Yurkeis tirèrent, et leurs flèches volèrent à une allure impossible vers leurs ennemis sans protection. L'un des Piques lança sa hache dans la foule des guerriers. Cette fois-ci, tout était terminé.

Tout en courant, Dinah entendit un raclement étrange et leva les yeux ; la flamme du bûcher funéraire semblait aspirée vers le ciel dans une colonne embrasée.

Comme le souffle d'une divinité furieuse, le Rideau de Ciel arriva.

Un craquement colossal retentit au firmament, si bruyant que Piques et Yurkeis se jetèrent à genoux, terrifiés, comme si les dieux eux-mêmes ouvraient les cieux. Dinah se laissa tomber au sol, et eut tout juste le temps de se couvrir la tête avant que quelqu'un plonge sur elle pour la protéger.

Elle avait eu cinq ans quand le Rideau de Ciel s'était matérialisé au-dessus des Bois tordus. Tout le palais des merveilles s'était interrompu dans ses tâches pour regarder. Courtisans et paysans étaient montés sur les toits pour obtenir une meilleure vue. Les voleurs à la tire s'en étaient donné à cœur joie parmi les rues noires de monde. La jeune Dinah était sortie sur son balcon pour assister au spectacle. Elle s'était pris les pieds dans l'ourlet de sa chemise de nuit, et aurait plongé vers une mort certaine si Harris ne l'avait pas rattrapée dans ses bras. Après l'avoir dûment réprimandée, il l'avait hissée sur ses larges épaules pour lui permettre de voir le Rideau suspendu au-dessus des montagnes. On eût dit un linceul de nuit, comme si le tissu du ciel était tombé depuis un autre monde en ondulant dans le vent. Depuis les épaules de Harris, Dinah avait eu l'impression qu'un géant avait cueilli une poignée d'étoiles pour les lancer vers le sol. Aucune personne vivante n'avait été témoin de ce phénomène naturel, qu'on ne connaissait qu'à travers les livres d'histoire. Même la princesse, malgré son jeune âge, en avait eu le souffle coupé.

— Harris, c'est quoi ?

— Un miracle des dieux des merveilles, ma reine, avait-il répondu entre deux sanglots réprimés. Ne voyez-vous pas ?

Dinah avait alors tourné la tête, sa longue tresse brune venant lui fouetter la figure.

— C'est pour qui ? Pour moi ? Pourquoi il vient ? Comment je peux l'avoir ? Pourquoi il est au-dessus des Bois tordus ?

Harris avait haussé les épaules. Dinah avait gloussé en se sentant ainsi soulevée.

— Tant de questions à un si jeune âge, Votre Altesse ! Vous devez attendre d'obtenir des réponses avant d'en poser davantage. (Il avait soupiré.) D'aucuns prétendent que le Rideau tombe lorsque le temps est parfait, quand le vent du Versant Ouest rencontre l'air humide des Terres sombres et les sables salés du Todren.

— Mais vous n'y croyez pas ?

Harris avait secoué la tête.

— Je crois qu'il s'agit d'un don. Un don destiné à une personne dans le besoin. Regardez. Comment pourrait-il s'agir d'autre chose que d'un miracle ?

Ils avaient observé silencieusement depuis le balcon du palais, jusqu'à ce que le phénomène disparaisse, quelques minutes plus tard. Tous deux étaient époustouflés par sa taille imposante et son caractère divin et prodigieux.

Harris avait alors doucement reposé Dinah dans son lit de plumes. Trop excitée pour rester immobile, elle s'était dirigée vers la porte en sautillant.

— Je vais parler à Père du Rideau de Ciel !

Harris avait secoué la tête.

— Il est occupé, princesse. Ne le dérangeons pas.

Dinah avait laissé sa main s'attarder sur la poignée de verre rouge.

— Il n'est pas occupé. Il n'a simplement pas envie de me voir.

Harris lui avait passé un bras protecteur autour des épaules.

— Gardons notre miracle pour nous, d'accord ? avait-il déclaré en balayant le couloir d'un regard. Malheureusement, je crains que votre père ne considère pas ceci comme une bonne chose.

Les yeux de Dinah s'étaient alors emplis de larmes, mais elle avait écouté son sage précepteur.

L'hiver suivant avait été le pire que le Pays des merveilles eût jamais subi. Des milliers d'habitants étaient morts de froid chez eux. Des cadavres gris jonchaient les rues, des oiseaux tombaient de leur nid, leurs poussins givrés cachés sous leurs ailes. Les récoltes avaient gelé sur pied, la famine était aussi répandue que la panique silencieuse. Une neige rose couvrait les terres du palais, enfouissant les portes sous d'imposantes congères soufflant de cour en cour. Et alors que le royaume semblait ne plus pouvoir survivre, les brises chaudes de l'été étaient arrivées en soufflant depuis le Versant Ouest, faisant fondre la glace, laissant les Merveilleux reprendre leurs activités.

Harris s'était trompé. Le Rideau de Ciel n'était pas un don du ciel.

C'était un avertissement.

Dinah repoussa le corps qui la recouvrait, en reconnaissant aussitôt l'odeur de crème, de feuilles et de cheval.

— Wardley, relevez-vous !

— Non.

Elle comprit à cet instant qu'elle préférait succomber à la faille dans le ciel plutôt que de se trouver si proche de cet homme qu'elle n'aurait jamais. C'était une torture pire que celle qu'elle pourrait subir dans les Tours noires. Sa voix était étouffée, car il lui écrasait la figure par terre.

— Relevez-vous. C'est un ordre.

Il resta immobile. Elle finit par tirer le poignard rangé dans sa botte pour en presser la pointe contre le ventre du jeune homme.

— Relevez-vous.

Elle le sentit voûter les épaules, vaincu.

— Dinah…

Elle se libéra en rampant et se remit debout sur ses jambes tremblantes. Elle ne voyait plus les Yurkeis. Ils étaient séparés d'elle, isolés par le Rideau de Ciel.

Elle hoqueta. C'était impossible.

— Non…

Elle fit un pas en avant.

Tombant depuis les étoiles, le Rideau bleu nuit occupait la ligne divisant les Yurkeis et les Piques. Il devait mesurer plus d'un kilomètre de large, et n'était constitué que du ciel nocturne. Il avait avalé les flèches des Yurkeis et la hache du Pique. La toile ondulait dans le vent, tel un épais tissu suspendu devant une fenêtre ouverte. Déployé depuis le firmament et cascadant sur la terre, il caressait le sol devant les pieds de Dinah. Il frémit légèrement quand la jeune femme s'en approcha, comme s'il la reconnaissait. Elle distinguait son reflet sur la surface vitreuse, tout en ayant les yeux rivés sur des profondeurs insondables et ancestrales. Au sein de sa substance ondoyante, les étoiles la contemplaient en retour, si proche qu'elle pouvait les toucher. Un véritable morceau de ciel touchait la terre. C'était à la fois le néant, le firmament et les cieux, et il se drapait à ses pieds, empêchant ses deux armées de se détruire mutuellement.

Près d'elle, Cheshire se releva à son tour, sa perpétuelle expression d'assurance remplacée par un masque d'incrédulité. Starey Belft était bouche bée quand elle s'approcha de lui.

— C'est pas les troupes du roi ! beugla-t-il avant de se tourner vers les Piques, qui avaient manifestement supposé la même chose. (Tous lâchèrent leurs armes, intimidés.) C'est… (Il marqua une pause, puis reprit dans un murmure de stupéfaction.) J'aurais jamais cru revoir ça un jour.

Et quand Dinah releva les yeux, son épée se leva également.

— Grands dieux, murmura-t-elle.

Les hommes demeurèrent sur place, pétrifiés par le phénomène qui se déroulait devant eux.

Dinah s'avança, fascinée. D'une manière ou d'une autre, elle savait que le Rideau était venu pour elle. Elle se plaça devant, terrifiée par sa présence divine, séduite par sa beauté. Ses yeux s'emplirent de larmes et elle regretta que Harris ne soit pas là pour admirer cette chose qui l'avait touché au cœur, des années auparavant.

Un chardon aux pieds de la future reine dansa dans le souffle léger du vent. Des corps célestes tournoyèrent à l'intérieur du tissu mouvant. Il ne faisait aucun doute que tout le Pays des merveilles pouvait voir le Rideau, tant il était haut. Le roi, où qu'il se trouve, le contemplait sans doute. Cela emplit Dinah de fierté. Elle s'en approcha encore, pour en admirer l'incroyable beauté. L'air alentour aspirait tous les sons, si bien qu'elle ne percevait plus que le claquement léger de l'étoffe, celui d'un minuscule drapeau agité dans la brise.

Au loin, quelqu'un hurlait, mais il semblait être sous l'eau.

— Dinah ! Arrêtez ! Ne vous en approchez pas trop !

Elle se retourna et vit Cheshire se précipiter vers elle, sa cape pourpre battant autour de lui. Sa main était tendue, lui indiquait de reculer. Sire Gorrann lui emboîtait le pas, débitant des chapelets de jurons dans deux langues différentes, la mine aussi furieuse qu'à l'accoutumée. Les Piques contemplaient tous le rideau, les traits déformés par la peur et la stupéfaction. Elle souriait. *Les hommes, quels imbéciles.*

Ses yeux se posèrent ensuite sur Wardley, assis par terre près de Cornier ; il la dévisageait, livide.

— Non… Dinah.

Il secoua doucement la tête, mais elle s'était déjà détournée.

Elle lâcha son épée et avança jusqu'au Rideau. Bien qu'incapable de l'expliquer, elle savait qu'elle n'avait rien à craindre. Elle tendit une main ferme, enfonçant ses doigts dans l'étoffe. Ceux-ci disparurent un instant, puis se matérialisèrent de l'autre côté, légers comme l'air. Elle fit pivoter sa main, percevant à la fois tout et rien. Une constellation circulaire tourbillonnait devant elle, juste hors de sa portée. Le temps sembla ralentir. Elle sentit la main de Cheshire se refermer sur sa cape pour l'attirer loin du Rideau. Elle détacha la broche en forme de plume qui attachait le manteau autour de son cou. Le vêtement tomba, et Dinah pénétra dans la toile.

Chapitre 3

Une profonde mare d'encre submergeait son corps entier, sauf que l'encre était intangible. Alors que ses mains s'agitaient à l'intérieur, de profondes rainures se formaient là où ses doigts s'étaient trouvés, s'illuminant d'étoiles minuscules. Les constellations tournoyaient autour d'elle, et Dinah comprit aussitôt que tout en elle était constitué de la même matière que les étoiles, qu'elle était à la fois lumière, vie et ténèbres, capable de tout engloutir autour d'elle.

Ses pieds se trouvaient au-dessus de sa tête, elle était sens dessus dessous, ses cheveux dégringolant autour de son visage tandis qu'elle tourbillonnait dans le ciel. Elle battit des jambes à plusieurs reprises avant de se hisser, une main après l'autre, afin de se remettre droite – mais l'était-elle vraiment ? C'était difficile à déterminer. Dans tous les cas, elle grimpait – vers le haut ou vers le bas – plus profondément dans le ciel nocturne.

Cependant qu'elle montait – ou *descendait* ? –, quelque chose arriva aux étoiles autour d'elle. Il y eut un nouveau craquement, et Dinah tourna la tête pour en distinguer l'origine, mais il n'y avait rien d'autre à voir que le noir absolu et les étoiles. Celles-ci dégringolèrent les unes après les autres autour de la jeune femme, dans une averse de lumière vive, toutes dansant au sein de leur constellation unique. Dinah cligna les yeux en voyant tout s'illuminer autour d'elle. Le noir d'encre se mua en un blanc aveuglant. Une beauté naturelle se déploya autour d'elle. Son cœur semblait impénétrable, comme si les étoiles elles-mêmes recousaient leurs plaies, des plaies subies en convoitant ce qu'elle ne pouvait avoir.

Elle comprit aussitôt pourquoi le Rideau était venu : c'était à la fois un avertissement et un don. Il annonçait cette guerre qui allait causer tant de morts ; il alertait ceux qui ignoraient que leur destin serait à jamais modifié par la fureur de Dinah. C'était un prodige, car il lui avait permis de gagner de précieuses secondes pour reprendre le contrôle de son armée.

Même si tout cela importait peu, puisqu'elle avait décidé de demeurer ici, dans ce plan céleste scintillant et dépourvu de pesanteur. Pour l'heure, elle allait fermer les yeux, juste une minute, et se libérer de la douleur.

Quelque chose tira sèchement sur son ventre, et elle fut arrachée aux étoiles tourbillonnantes, à la nuit épaisse.

Ses doigts inscrivirent des traînées lumineuses dans le noir aqueux. Elle rejaillit du Rideau de Ciel et atterrit douloureusement sur le sol rocailleux.

— Aïe ! glapit-elle.

Elle essaya de se lever, mais un poids la plaquait au sol, un poids si lourd qu'elle craignait que ses côtes se brisent.

Quand elle ouvrit les yeux, elle se retrouva face à une dizaine de pointes d'ivoire, certaines encroûtées de sang séché, d'autres si rutilantes qu'elles reflétaient ses prunelles terrifiées. Morte la toisait, sa tête imposante à quelques centimètres de la sienne. De la vapeur sifflait furieusement en sortant de ses naseaux, lui roussissant la pointe des cheveux. Il ourla les babines et, l'espace d'un instant, Dinah le crut sur le point de la dévorer. Au lieu de quoi, un morceau de tissu blanc tomba de la bouche du cornu et atterrit sur sa poitrine. Elle considéra l'étoffe, qui provenait de sa robe. Morte l'avait arrachée au Rideau de Ciel.

— Je suis là. Je suis là, souffla-t-elle pour le rassurer, et elle avec.

Cheshire s'agenouilla près d'elle.

— Est-ce que vous allez bien ?

Dinah contempla tour à tour Cheshire et Morte, qui s'ébroua, leva son sabot massif et l'abattit puissamment près de la tête de la jeune femme, une réprimande qui aurait pu lui être fatale. Le sol se fissura sous la force colossale de l'impact.

Dinah s'assit.

— Je vais bien.

Cheshire se releva avec un soupir et lissa sa cape pourpre avant de rajuster sa broche.

— Elle va bien, marmonna-t-il pour lui-même. Elle causera ma mort, mais elle va bien.

Puis, un sourcil dressé, il tourna les talons et s'éloigna de la princesse.

Sire Gorrann contemplait celle-ci d'un air amusé.

— Comment z'avez fait pour y entrer ?

Dinah secoua la tête, incapable de l'expliquer.

— Je l'ai fait, c'est tout. Combien de temps suis-je restée à l'intérieur ?

Sire Gorrann posa un genou près d'elle.

— Environ une minute. On vous voyait flotter là-d'dans en tourbillonnant, mais c'était clair qu'vous nous voyiez pas. (Il inclina la tête.) Comment c'était ?

Une fois encore, Dinah fut bien incapable de lui répondre, et quand elle essaya malgré tout de le faire, ses mots se bousculèrent sur sa langue.

— C'était rien. C'était… comme être libre.

Elle fut interrompue par un hurlement de vent mauvais qui tomba du Rideau de Ciel, si puissant qu'il faillit déséquilibrer sire Gorrann. La bourrasque cessa, et la toile resta immobile un instant, jusqu'à ce qu'une unique étoile en son sommet commence à tomber, dégringolant sur toute la hauteur de l'étoffe, heurtant d'autres étoiles au passage. Toutes se mirent alors à pleuvoir, se percutant dans des explosions vertes ou jaunes. Tout, à l'intérieur du Rideau, subit une destruction éclatante, des reflets lumineux ou de ténèbres tourbillonnantes apparaissant au hasard. Enfin, la dernière étoile tomba, fine volute lumineuse chutant à la verticale, filant à toute vitesse vers son funeste sort. Elle s'évanouit sous le bas de la toile, et celle-ci disparut aussi vite qu'elle était arrivée, crachotant telle une flamme mourante.

Dinah fut heureuse de constater que les Yurkeis étaient toujours présents de l'autre côté, sauf qu'ils s'étaient désormais tous prosternés. Les guerriers qui avaient décoché leur flèche se trouvaient eux aussi à genoux, la mine contrite. Les Piques étaient soit agenouillés soit allongés. Certains se cachaient le visage d'un air terrifié, d'autres avaient joint les mains en prière, un sourire d'émerveillement sur les lèvres. Les Yurkeis baissaient le front jusqu'au sol. Leurs montures cabriolaient follement autour d'eux.

Sire Gorrann considéra Dinah avec stupéfaction.

— J'crois qu'vous v'nez d'vous transformer en déesse.

Le bûcher funéraire reprit soudain vie, de légers crépitements emplissant l'air. De la fumée s'en éleva.

— Incroyable, souffla Wardley.

Dinah ferma les yeux en entendant sa voix, à la fois baume et poison.

Yur-Jee et Ki-ershan surgirent depuis l'endroit où le Rideau s'était trouvé et palpèrent Dinah comme pour étouffer des flammes, scrutant ses cheveux et son corps en quête de blessures.

— Je vais bien ! affirma-t-elle en tapotant de façon rassurante le bras de Ki-ershan. (Elle éclata de rire en voyant son arc et ses flèches prêts à l'emploi.) Avez-vous essayé de le tuer ?

Elle remarqua alors un monticule de traits au sol, à une demi-douzaine de mètres de là, de l'autre côté du mystérieux voile disparu. Il avait bel et bien tenté le coup, et plus d'une fois. Le dévouement de son garde du corps ne manquait jamais de l'émouvoir.

Les Piques se mirent à s'apostropher pour commenter la scène dont ils venaient d'être témoins.

— Grands dieux, bouclez-la, les crados ! R'tournez dans vos tentes et restez-y ! beugla Starey Belft pour réaffirmer son rôle de commandant redoutable.

Après une courte pause, les Cartes consentirent à obéir, leur colère à l'égard des Yurkeis envolée. Les deux qui avaient chargé le camp rival abandonnèrent leurs armes au sol et tournèrent les talons, tête basse.

Une fois que ses troupes eurent regagné leurs cantonnements, Starey Belft s'approcha de sa reine et agita sa lame en l'air.

— Foutre dieux, c'était quoi, ça ? Z'êtes sacrément courageuse, hein ? Faut qu'on vous nomme la Reine de Ciel ?

Il offrit sa main à Dinah pour l'aider à se relever. C'était la première fois qu'il s'adressait à elle comme à une égale. Elle dissimula son sourire en se détournant de lui.

— La Reine suffira.

Le commandant des Piques afficha un large sourire.

D'une main, Dinah attrapa Morte, qui leva le sabot pour l'aider à monter. Elle se hissa sur son dos, sentant les muscles imposants du cornu rouler sous son corps. Elle baissa les yeux vers ses hommes.

Sire Gorrann la regarda faire, fasciné par cette souveraine enhardie.

— Ça voulait dire quoi, à votre avis ?

— C'était un avertissement.

— À quel sujet ?

Dinah demeura parfaitement immobile.

— Pour nous prévenir, et prévenir les autres à notre sujet. La guerre est inévitable.

Sire Gorrann se tourna vers les guerriers yurkeis, toujours à genoux. Les Piques n'imaginaient pas à quel point ils étaient passés près de l'anéantissement.

— Faut les prévenir, tant qu'on arrive à pas s'entretuer.

Plus tard dans la soirée, alors que le reste de son armée dormait, Dinah affûtait son épée près du feu. Une pluie d'étincelles tombait de la lame chaque fois qu'elle la frappait à l'aide d'une pierre. Elle sentit derrière elle la présence sournoise d'une personne l'observant.

— Bonsoir, Cheshire.

— Bonsoir, ma fille.

Cheshire se tourna vers Ki-ershan, debout à quelques pas de là, si immobile qu'il aurait pu passer pour un arbre dans les ténèbres.

— J'ai besoin d'un instant en compagnie de la reine, annonça-t-il.

Dinah hocha la tête, et le Yurkei se recula alors de quelques mètres, ses yeux bleus et brillants restant visibles dans la nuit.

Cheshire ricana.

— Au moins, on ne peut pas dire que les Yurkeis manquent de suite dans les idées.

Il s'assit après avoir déployé sa cape pourpre, afin d'offrir à sa fille une place propre et sèche sur la souche où il s'était installé.

Dinah contempla ses pieds tandis qu'il se mettait à l'aise. Elle n'était toujours pas certaine de ses sentiments à l'égard de cet homme, ce père qui n'avait pourtant rien d'un père.

— Nous avons failli perdre la guerre aujourd'hui.

— Je sais, admit-elle à mi-voix. Je sais.

— L'apparition du Rideau de Ciel doit signifier que les dieux souhaitent notre réussite ! suggéra-t-il d'un ton triomphant avant de recouvrer son timbre habituel. À moins qu'ils cherchent à nous épargner la destruction aux mains du roi. (Il secoua la tête.) Voilà pourquoi je ne crois pas aux dieux.

Dinah redressa le front.

— Je pense que ce n'était ni l'un ni l'autre. Je ne sais pas, au juste, ce que cela signifiait, mais je sais ce que j'ai ressenti. (*J'ai ressenti la mort.*) Quoi qu'il en soit, c'est sans doute la dernière chose magnifique que nous verrons avant longtemps.

Il opina pensivement avant de baisser la tête pour placer sa figure à hauteur de celle de sa fille. Pour une fois, son ton était tendre.

— Je vous surveille, Dinah. Je vous ai surveillée toute votre vie. Je vois les cernes noirs sous vos yeux. Je vois les larmes que vous écrasez quand vous pensez que personne ne vous observe. Je vois que vous êtes brisée. (Il posa ses longs doigts sur les joues de sa fille.) Je sais qu'il vous a rejetée.

Dinah se détourna et tâcha de ne pas laisser sa voix trembler.

— Je ne vois pas à quoi vous faites allusion.

Les lèvres de Cheshire se retroussèrent sur son visage hâve, révélant ces petites dents blanches et voraces qui l'effrayaient tant quand elle était enfant.

— Ne me mentez pas, Dinah. Après tout ce temps, pensez-vous que je ne connaisse toujours pas ma fille ? Je lis en vous comme dans un livre ouvert. (Il repoussa derrière l'oreille de la princesse une courte mèche de cheveux noirs.) Mon livre préféré. Un livre empli de tant de fougue, un livre où tout est possible.

Elle tourna la tête. Elle préférait de loin le Cheshire comploteur génial au Cheshire tendre et paternel. Cela ne lui était manifestement pas très naturel. Le sourire patient qu'elle arborait se dissipa quand elle caressa du bout des doigts son épée. Elle enfonça la pointe de la lame dans le feu, puis la ressortit. Le fil émettait une lueur orangée dans l'obscurité.

— Il s'avère que je n'ai aucun rôle à jouer dans le livre de Wardley. Ses sentiments pour moi n'ont pas changé. Pas depuis l'époque où nous étions enfants, conclut-elle dans un murmure.

— Tout ce qui compte, c'est ce qui a changé en vous, répliqua-t-il d'un ton ferme.

Dinah y réfléchit un moment.

— Je suis tellement furieuse qu'il ne m'aime pas. Je lui en veux, j'en veux à tout le monde. De l'instant où je m'éveille à celui où je m'endors, c'est comme un poison qui se diffuse sous ma peau. Chaque fois que je le vois, je vois…

Elle s'interrompit.

— Quoi ? Que voyez-vous ? insista Cheshire.

Elle soutint son regard.

— Je vois des rivières de sang, chuchota-t-elle.

Cheshire n'arbora pas la moue dégoûtée qu'elle avait anticipée. Au lieu de quoi, un léger sourire étira ses lèvres.

— Bien, siffla-t-il en réponse.

— Bien ? (Dinah secoua la tête.) Non, c'est de la folie. Peut-être suis-je finalement aussi folle que mon frère.

— Vous ne ressemblez en rien à votre frère, rétorqua Cheshire. Il était toqué, vous êtes brillante.

— Mais la fureur…

Cheshire appuya son ongle long sur le cœur de sa fille.

— Canalisez cette colère, et servez-vous-en. Servez-vous-en au combat, servez-vous-en pour régner. Voyez comme vous avez soumis le capitaine des Piques aujourd'hui ! Cette colère est un don, visant à vous endurcir. Au lieu de la réprimer, accueillez-la. Laissez-la emplir votre corps, votre esprit, votre cœur. Elle sera votre meilleure alliée quand tous vous auront abandonnée. La colère est la vertu, elle est le pouvoir, elle construit les royaumes et les héros. Sans colère, il n'existe pas de passion, pas de vie.

Dinah bredouilla.

— Mais je ne parviens pas toujours à la maîtriser.

Cheshire haussa les sourcils, et ses yeux d'émeraude se mirent à luire dangereusement dans l'éclat des flammes.

— Alors, n'essayez pas.

— Quand je serai reine…

— Quand vous serez reine, vous vous occuperez de Wardley comme bon vous semblera. Vous pourrez l'épouser, vous pourrez le tuer, vous pourrez faire de lui votre esclave de boudoir.

Dinah émit un gémissement écœuré, mais Cheshire poursuivit :

— D'abord, vous avez dix mille Cartes à affronter, ainsi qu'un roi qui rêve de voir votre tête plantée sur une pique. Ne pensez-vous pas que la colère vous sera utile au combat ?

Dinah imagina son épée pourfendre Carte après Carte, cœur après cœur. L'excitation du combat lui fit dresser les poils des bras. Si Mundoo savait… Soudain, elle n'eut plus envie de discuter.

— Merci, Cheshire. Je crois que je vais essayer de dormir un peu, maintenant.

Il la dévisagea d'un air impassible à la lumière décroissante des flammes.

— Dinah, vous avez le cœur brisé, et il vous fera souffrir et ruminer pendant des années, le temps de renoncer à ce que vous ne pouvez avoir. Je connais cette sensation. Néanmoins, vous avez la charge de diriger une nation et d'unir un peuple. Ces fardeaux sont trop lourds pour être portés par ceux qu'un feu ne réchauffe pas de l'intérieur. N'essayez pas de réprimer votre âme magnifique, turbulente et furieuse. Laissez-la vous rendre plus forte.

Il fit mine de partir, puis hésita un instant avant d'ajouter une dernière pensée. Il leva les bras, comme pour cueillir le ciel.

— Laissez-la vous définir.

Chapitre 4

Au soir suivant, l'armée de Dinah avait atteint les villages en périphérie de Merveille. La princesse fit marcher Morte autour des troupes qui installaient nerveusement le camp. Son cœur tambourinait doucement contre sa poitrine tandis qu'elle observait autour d'elle. Depuis quelque temps, son armée n'avait vu que les endroits naturels et magiques du Pays des merveilles et de Hu-Yuhar. À présent qu'elle devinait les bâtiments à l'horizon, Dinah savait qu'il n'y avait plus de retour en arrière possible. Il y avait si longtemps qu'elle n'avait plus aperçu ces constructions en bois, en verre et en pierre. Ils étaient arrivés ; Merveille proprement dite commençait juste après le prochain à-pic.

Les hameaux en périphérie accueillaient quelques habitants et artisans, mais surtout des paysans. En plissant les paupières, elle distinguait les champs cultivés et les fleurs roses humides de rosée, qui couvraient l'horizon d'une fine couche colorée, magnifique au milieu d'un enchevêtrement de mauvaises herbes.

Dinah aida ses hommes à s'installer chaque fois que l'occasion se présentait. Ce qui aurait dû prendre des heures s'accomplit en quelques minutes à peine et, bientôt, Piques et Yurkeis se reposaient paisiblement dans leurs tentes, de part et d'autre du terrain. Des soupirs de lassitude se firent entendre alors que la lumière du jour commençait à décliner. Elle ordonna que l'on ouvre les réserves de nourriture et que chacun bénéficie d'une double ration. Ce soir, les soldats mangeraient à leur faim. Elle pouvait au moins leur accorder ceci.

Dinah entraîna ensuite Morte vers les collines voisines, le faisant grimper assez haut pour qu'elle puisse observer les ailes délabrées d'un moulin à vent, grinçant dans la brise. Sentant la peur la gagner, elle inspira un grand coup. La bataille allait commencer. Le célèbre moulin ancestral de Callicarpa marquait l'extrémité nord de la vallée encaissée au fond de laquelle se dressait la bourgade. Depuis le centre de la dépression, les terrains grimpaient en pente douce jusqu'à une crête, au-delà de laquelle un dénivelé soudain et abrupt plongeait jusqu'à la prairie entourant le palais des merveilles. Dinah contempla la petite ville sinistrement immobile. Elle tourna alors bride pour s'adresser à ses gardes.

— Je vais jeter un œil à Callicarpa. Quelque chose me semble étrange.

— Non ! s'exclama Yur-Jee en faisant usage de son nouveau mot préféré. (La relation se réchauffait peu à peu avec Dinah.) Ça pas travail de reine.

Il se racla la gorge avant de donner un ordre en yurkei.

Bientôt, Bah-kan chevauchait à leurs côtés, les poils humides de son torse scintillant à la lumière du soleil, sa large lame fermement attachée contre sa cuisse. *C'est comme voir un ours sur un cheval*, songea Dinah. Même si, sur le dos de Morte, elle le dépassait de plusieurs têtes, Bah-kan parvenait à soutenir son regard. Elle se sentait minuscule, en comparaison.

— Prenez douze de vos meilleurs guerriers. N'abîmez rien, ne touchez personne. Nous voulons simplement nous assurer que nous pouvons traverser sans risque. Revenez d'ici une heure. C'est une mission de repérage, pas une attaque.

Bah-kan sourit à Dinah avant de galoper vers le bas du coteau pour aller sélectionner ses hommes. Les Yurkeis montèrent vite à cheval et se précipitèrent vers la princesse, heureux d'enfin *agir*. Elle les observa bifurquer silencieusement devant elle sur leurs étalons pâles, ses cheveux courts flottant dans le courant d'air ainsi provoqué.

— Ils sont tellement… rapides, constata-t-elle avec un sourire. (Elle se tourna vers sire Gorrann, venu la rejoindre.) Comment pourrions-nous enseigner aux Piques à se mouvoir si vite ?

Sire Gorrann partit d'un rire profond.

— Oh, ma reine. Vous m'faites marrer. Rien pourrait pousser ces hommes à bouger comme des Yurkeis.

Morte renâcla impatiemment et enfonça ses sabots dans le sol. Il remua si violemment qu'il faillit démonter Dinah. Et elle était bien placée pour savoir que la chute était douloureuse.

— Qu'est-ce qu'il a, vot' bestiau ? s'enquit sire Gorrann.

— Il veut y aller.

Elle descendit de selle, grimaçant à la douleur dans son épaule quand elle leva le bras pour se saisir des rênes. Le Pique inclina la tête, inquiet.

— Ça vous fait encore mal ?

— Pas tant que ça, répondit-elle en massant l'endroit où le chef des Yurkeis avait enfoncé sa lame. Ça me rappelle quotidiennement que Mundoo n'a pas la mémoire courte.

Sire Gorrann lui effleura délicatement la joue.

— Et comment va vot' cœur, ces jours-ci ? Mieux ?

Dinah sentit ses yeux noirs se troubler.

— Cela ne vous concerne pas, messire.

Elle frappa l'arrière-train de Morte, qui s'élança joyeusement à la poursuite des montures yurkeis.

— Comment vous savez qu'il va rev'nir ?

— Je n'en sais rien.

Un sourire falot aux lèvres, Dinah entreprit de cueillir des herbes sauvages. Elle les ajouterait au bouillon de son équipe de reconnaissance, afin de prouver à tous que, si elle les dirigeait, elle les servait également. Puis elle s'épousseta et se saisit du sac que sire Gorrann lui tendait.

— Morte n'est pas mon coursier. C'est un soldat sous mes ordres, tout comme je suis sous les siens. Nous sommes égaux.

— Et vous lui faites confiance au combat, Majesté ? Z'avez d'jà vu un cornu sur l'champ d'bataille ?

Sire Gorrann la toisait d'un air sceptique depuis le dos de Cyndy.

— Non. Enfin... (Elle marqua une pause.) Je l'ai vu tuer un ours blanc.

Il mit pied à terre et l'aida à monter sa tente. Dinah aimait s'installer à l'écart du campement, isolée du reste du groupe. Cela lui permettait de respirer un peu. Lentement, il déroula les rabats en tissu qui composaient l'entrée.

— Vot' père... Pardon, j'veux dire le roi a pillé des territoires yurkeis reculés quand z'étiez qu'un bébé. Pendant ces escarmouches, j'ai pu voir deux cornus au combat. Le premier était Morte. L'aut' était tout blanc, encore plus grand et massif que lui.

— Et ?

— Z'étaient sans pitié. Y broyaient les hommes comme des insectes sous leurs sabots. Ces bêtes se j'taient droit dans la mêlée, tuant sans remords, même les soldats alliés. Elles pouvaient en piétiner un à mort tout en empalant l'autre d'leurs éperons osseux. J'ai vu un Yurkei planter sa lance dans l'flanc du blanc sans l'faire tressaillir. L'avait l'chanfrein hérissé d'flèches. Et pourtant, l'arrêtait pas d'tuer et d'tuer, jusqu'à c'que quelqu'un tente de lui trancher la tête. L'cornu l'a quand même éliminé, juste avant d'être décapité.

Dinah sentit le sang déserter son visage.

— Morte ne ferait…

— Si. J'vous en supplie, oubliez jamais sa vraie nature. Quand vous l'mènerez au combat, c'est l'carnage incarné qu'vous libérerez. Y pourrait même vous tuer, vous. Imaginez comme ce s'rait gênant d'clamser sous les pieds d'vot' propre canasson alors qu'vous êtes sur l'point d'gagner la guerre. Pensez-y ! rugit-il. Parce qu'après, Cheshire s'empressera d'revendiquer l'trône. Ouais, personne voudrait d'ça.

Cheshire en tant que roi ? Dinah n'avait jamais envisagé cette éventualité. Soit elle deviendrait reine, soit elle mourrait en même temps que tous ceux qui lui étaient fidèles. Imaginer toute autre issue était perturbant.

— C'que j'veux dire, Altesse, c'est faites gaffe avec lui. J'pense pas qu'Morte vous f'rait du mal exprès, mais dans l'feu d'l'action, y risque de pas réfléchir.

— Je vous entends, sire Gorrann. Merci de m'avoir avisée de ce point.

Ensemble, ils enfoncèrent les piquets dans le sol et dressèrent la tente de Dinah. Elle observa avec admiration les bannières noires des Piques se déployer dans le vent, claquant dans la brise. Un peintre talentueux au sein de son armée avait modifié les étendards pour y inclure un cœur rouge, brisé au milieu, légèrement décalé. C'était son sceau, le même que celui qui ornait son plastron. Jamais symbole plus fidèle n'avait été attribué.

Plus tard dans la soirée, Dinah était assise sur un rondin devant sa tente, tournée en direction du palais, lorsque Bah-kan revint à la tête de ses Yurkeis. Les cavaliers encerclèrent son abri de leurs montures blanches, leurs yeux bleus et brillants rivés sur la jeune femme. Bah-kan descendit de selle et s'approcha d'elle.

— Nous avons fouillé le village, et les deux au-delà. Ils sont vides, Votre Altesse. Chaque maison, chaque ferme a été désertée ; il ne reste ni nourriture, ni armes, ni bétail. On suppose que le roi a fait entrer tous les villageois dans l'enceinte du palais. Chaque homme disponible a dû être conscrit. (Il marqua une pause, massa ses joues mal rasées.) Ça veut dire qu'ils seront encore plus nombreux que prévu, mais que la traversée devrait être sûre. On ne risque rien si on ne croise pas d'ennemis.

Dinah remercia ses éclaireurs avant de leur donner congé. Elle souhaita aussi une bonne nuit à sire Gorrann, car son fidèle Pique devrait être au meilleur de sa forme à leur arrivée au palais. Il se fendit d'une révérence gracieuse avant d'embrasser Dinah sur le front.

— Dormez bien, ma reine.

Son garde yurkei préféré, Ki-ershan, s'attarda et s'assit près de sa tente en sortant une miche de sa besace.

— *Ji-hoy ?* Comment on dit ? Euh... pain ? demanda-t-il. (Elle acquiesça.) Pain !

Son merveilleux demeurait haché, mais il s'améliorait.

Dinah se saisit volontiers du pain et le rompit, laissant s'écouler le beurre de miel tiède à l'intérieur.

— Ça va me manquer, annonça-t-elle en croquant dedans. C'est peut-être la dernière fois que je goûte au pain yurkei.

Ki-ershan semblait plus nerveux et silencieux qu'à l'accoutumée, et la curiosité eut raison de Dinah. Elle l'encouragea du coude.

— Allez-y, parlez.

— Majesté... j'ai une requête pour vous.

— Oui ?

— J'aimerais rester à vos côtés. En tant que garde, quand vous serez reine. Cela serait un grand honneur pour moi de vous... (Il chercha ses mots.)... servir. Je pourrais devenir intermédiaire entre mon peuple et le Pays des merveilles.

Il effectua un geste partant de sa poitrine avant de joindre les mains.

Dinah, touchée, caressa sa joue délicate.

— Ki-ershan, c'est moi qui serais honorée de vous avoir pour garde. Mais êtes-vous certain de ne pas vouloir retourner à Hu-Yuhar ? Le palais des merveilles ne ressemble en rien à votre paisible cité. Vous vous y sentiriez bien moins libre, et croyez-en mon expérience : la vie de la famille royale peut se révéler très morne.

Ki-ershan sourit.

— Ce ne serait pas... morne. (Il sembla goûter ce nouveau mot.) Mon épouse est morte l'année dernière. Elle a attrapé la fièvre à Hu-Yuhar. Iu-Hora a essayé de la sauver, mais il est arrivé trop tard, et ses potions n'ont pu qu'apaiser sa douleur. Elle est partie au ciel ; son âme repose dans la vallée des grues. Je n'ai plus rien, là-bas. *Gye-dohur.* Fini. Vous protéger est ma vie, à présent. Je pourrais servir d'interprète.

Dinah lui adressa un sourire éblouissant qui le fit rougir.

— Cela me plairait beaucoup. Merci de m'honorer de cette requête.

Dinah hocha légèrement la tête, mais Ki-ershan retint son menton du doigt.

— Vous ne devez pas vous incliner devant moi. Vous êtes reine, c'est moi qui m'incline devant vous.

Il fit une révérence maladroite et recula de quelques pas vers sa tente, contiguë à celle de Dinah. Il ne s'agissait pas seulement de courtoisie : les Yurkeis ne s'inclinaient pas devant Dinah, seulement devant Mundoo ; par ce geste, Ki-ershan venait de dédier sa vie à celle qu'il considérait être sa reine et souveraine. Elle s'en trouva profondément émue.

La nuit tomba, et le silence envahit le campement. Les chants familiers des oiseaux du Pays des merveilles gazouillèrent dans l'air, troublés par le mutisme de deux mille hommes. Dinah revêtait sa tenue de nuit lorsque le rabat de sa tente s'ouvrit. Cheshire pointa la tête à l'intérieur. Elle s'empressa de fermer son peignoir, et il se détourna avec gêne.

— Votre Majesté, navré d'entrer à l'improviste.

— J'étais sur le point de me mettre au lit, même si je doute de trouver le sommeil. Quelque chose ne va pas ?

Cheshire entra alors, sans y avoir été invité.

— Aimeriez-vous voir le palais ? chuchota-t-il.

Ses mots prirent Dinah de court.

— Quoi ?

— Venez avec moi. Doucement.

Elle le suivit sans bruit et ils grimpèrent tous deux sur sa jument alezane. Ki-ershan et Yur-Jee, toujours sur le qui-vive, les suivirent comme leurs ombres sur leur propre monture. En quelques minutes à peine, ils avaient atteint la ville abandonnée. Les fenêtres toisaient Dinah de leurs yeux vides et morts, lui donnant l'impression d'être observée. Les chevaux effectuèrent quelques foulées au galop pour sortir du bourg abandonné et atteindre le moulin à vent que Dinah apercevait depuis sa tente. Avec un grognement, Cheshire en ouvrit la porte branlante, brandissant son poignard d'un air menaçant.

— C'est inutile, siffla Dinah. Il ne reste personne ici.

— On n'est jamais trop prudent, répliqua-t-il calmement.

— Attendez dehors, ordonna la jeune femme aux deux Yurkeis. Nous redescendrons très vite.

— Je vous accompagne, ma reine.

Ki-ershan mit pied à terre et ferma la marche, laissant Yur-Jee à l'extérieur. Suivant Cheshire de près, Dinah gravit l'escalier à vis qui menait au toit. Le bâtiment empestait le bois pourri et l'eau croupie. Les ailes géantes du moulin vibraient à travers les parois, produisant un grognement sourd à mesure qu'elles pivotaient autour de leur axe usé. Une fois au sommet, Cheshire sembla se volatiliser dehors. Dinah l'imita prudemment, posant le pied sur un étroit rebord au garde-fou effondré. Elle saisit la main de Cheshire pour s'aventurer sur le balcon. Un vent estival soufflait autour d'eux, et la cape de plume du conseiller claqua tel un étendard. La saillie donnait au nord, et pour une construction aussi misérable, la vue était royale.

Quelques villages jalonnaient le décor, des points noirs au milieu d'une mer d'herbe vert et jaune. Les derniers rayons du soleil projetaient de longues ombres sur la vallée, et les routes sinueuses s'illuminaient tels des serpents enflammés. Il n'y avait pas le moindre signe de vie dans aucun des villages. Rien à voir, à l'exception du palais des merveilles qui se dressait au loin, ses flèches magnifiques perçant le ciel, tandis que les pointes inquiétantes des Tours noires s'élevaient derrière, plus hautes encore.

D'ici, Dinah distinguait même les contours des appartements royaux, ces spirales de pierre rouge et blanc qui semblaient atteindre les cieux. Elle discernait tout juste la haute muraille de fer qui ceignait le château, les portes que ses hommes auraient, l'espérait-elle, brisées le lendemain. Le palais palpitait d'une lumière chaude émise par ses milliers de vitraux rouges. Depuis ce balcon, elle remarquait même la plus grande fenêtre en forme de cœur, qui déversait sa lumière dans la Grand-Salle. Cette Grand-Salle où les Cœurs du roi étaient à n'en pas douter réunis pour préparer les puissantes défenses du palais. Où il riait tel un ivrogne en imaginant la défaite face à sa faible fille et au chef yurkei.

— Pensez-vous… ?

Elle n'eut pas le loisir d'achever sa question. Une ombre s'éleva du village aride et s'envola rapidement vers eux. Elle ouvrit la bouche pour crier, mais il était trop tard. Une flèche lui érafla la joue et se planta profondément dans le moulin derrière elle. Quand elle se retourna, elle vit un cœur de verre trembler dans son encoche.

Dinah bondit en arrière et Ki-ershan fit rempart de son corps, plaquant son torse contre elle pour la forcer à se rabattre contre le mur. Il se retourna pour la cacher sous son bras. Cheshire baissa la tête pour éviter une autre flèche qui fendit l'air en sifflant. Ses yeux noirs étaient écarquillés de terreur quand il hurla à leur intention. Deux autres traits se fichèrent avec un bruit sourd dans le bois au-dessus de leurs têtes.

— Faites rentrer la reine ! D'où est-ce que ça vient ? Ki-ershan ? Vous voyez les tireurs ?

Le Yurkei, toujours recroquevillé sur Dinah tel un animal protecteur, redressa la tête.

— Là ! désigna-t-il.

Une silhouette solitaire s'éloignait du moulin en courant, un arc à la main. Ki-ershan cria quelque chose en Yurkei, et Dinah vit Yur-Jee s'élancer après le fuyard. La voix de Dinah mourut dans sa gorge quand elle vit son garde gagner rapidement du terrain. Soudain, le Yurkei interrompit sa course, prit une profonde inspiration et encocha une flèche pâle.

— Arrêtez ! s'écria la jeune femme, mais il était trop tard.

En un éclair, Yur-Jee lâcha la corde, et sa flèche s'enfonça profondément dans le dos inconnu. La petite silhouette tomba en avant. Ki-ershan saisit le bras de Dinah et la força à se relever, l'entraînant à sa suite dans l'escalier bancal. Cheshire les suivit en haletant bruyamment, le poignard serré contre sa poitrine. Ils se précipitèrent vers Yur-Jee, qui avait redressé sa victime et placé sa lame sous sa gorge. Quand Dinah s'approcha, son cœur se serra. Ils n'avaient pas affaire à un homme, mais à un grand garçon qui ne devait pas avoir plus de treize ans. Il était livide, les yeux ronds de terreur. Il prit une inspiration laborieuse, et Dinah comprit que sa dernière heure était venue. Une tache noire se répandait rapidement à l'avant de sa chemise. Yur-Jee s'écarta d'un pas, et le gamin s'écroula au sol.

— Ne vous approchez pas davantage, les avertit Cheshire. C'est un assassin.

— Ce n'est qu'un enfant, rétorqua Dinah.

Elle s'agenouilla près du malheureux pour le prendre dans ses bras. Il avait presque le même âge que Charles, mais son visage couvert de taches de rousseur était coiffé d'épaisses boucles rouges. Des traces de sang lui couvraient la bouche, et la pointe d'une flèche saillait de sa frêle poitrine, qui ne se soulevait plus qu'à peine. Elle posa la main sur la plaie et serra le garçon contre elle. Ses yeux papillotèrent quand il l'observa. Il cracha du sang en essayant de parler.

— Vous êtes la reine de cœur ?

Dinah acquiesça en lui touchant délicatement les cheveux.

— Pourquoi as-tu fait ça ? Où est ta famille ? (Les paupières du garçon se fermèrent, et Dinah le secoua doucement.) Regarde-moi. Ça va aller. Pourquoi as-tu essayé de me tuer ?

— Le roi... Le roi... Il a emmené ma famille, et il m'a dit que si je ne vous tuais pas, il tuerait mes parents. (Son regard trouble s'attarda sur le visage de la jeune femme.) Je suis désolé. S'il vous plaît, ne... (Ses lèvres tremblèrent une dernière fois, et il s'approcha de l'oreille de Dinah avant de se caler contre son cou.) Il y en a un comme moi dans chaque village.

Il fut pris d'une convulsion, et un râle rauque lui échappa, glissant sur la joue de Dinah.

Elle le regarda dans les yeux.

— Quand je serai reine, je protégerai ta famille. Je te le promets.

Il s'accorda un léger sourire, puis ses prunelles devinrent vitreuses. Sa poitrine cessa de se soulever. Il était parti.

Dinah déposa tendrement son corps sur le sol et essuya de sa manche le sang qui coulait de sa bouche. Il ressemblait à Charles. Les mêmes yeux, le même air déterminé. Ce n'était pas un accident. Des images des membres fracturés de son frère lui revinrent à l'esprit. Elle repensa aussi à Lucy et Quintrell, abandonnés en un tas sanguinolent, à la tache sombre sous le crâne de Charles, à la couronne qu'il lui avait fabriquée et qu'elle ne porterait jamais.

Sans un mot, elle se leva et s'en retourna vers le camp.

— Majesté…

— Enterrez-le ! aboya-t-elle.

Cheshire lui emboîta le pas.

— Il a essayé de vous tuer, ma fille…

Dinah fit brusquement volte-face.

— Seulement parce que le roi a menacé sa famille ! C'était un garçon innocent, que nous allons ensevelir avec une flèche dans le dos. (Ses épaules frissonnèrent.) Nous avons abattu un enfant.

— Yur-Jee ne pouvait pas le savoir, insista Cheshire. Il a simplement vu un assassin ayant tenté de vous planter une flèche dans la gorge. C'est l'essence même de la guerre, il y a tant de nuances de gris que le plus grand philosophe ne saurait démêler le bien du mal. Il a essayé d'abattre la reine. Nous ne pouvions pas le tolérer. Et s'il s'était enfui ? S'il avait regagné le palais ? S'il nous espionnait depuis le début ?

Dinah hocha la tête.

— Je comprends votre point de vue, Cheshire, mais vous devez entendre le mien. Je refuse que mon armée élimine des enfants, quelles que soient les circonstances. À l'avenir, quiconque commettra un tel acte en répondra devant moi. Yur-Jee et vous allez enterrer ce gamin. Avec vos propres mains.

Le regard de Cheshire s'assombrit.

— Surveillez votre ton, ma fille, et n'oubliez pas à qui vous avez affaire. D'ici deux jours, nous aurons atteint le palais, et il n'y aura plus de pitié pour vous ni pour moi. Souvenez-vous pourquoi vous dirigez cette armée et cuirassez votre cœur sombre. Vous n'imaginez pas la quantité de sang que vous allez voir couler.

Cheshire tourna les talons, mais Dinah le rattrapa par le bras.

— Mon cœur sombre bat très bien, lança-t-elle avant de le lâcher. Et il est assez gros pour accueillir à la fois ma rage *et* ma compassion.

Cheshire la dévisagea un long moment avant de baisser le front.

— Si vous le dites. Je vais aider à enterrer cet enfant, puisque tel est votre désir.

Dinah ne cilla pas.

— Bien.

Elle se retrouva seule, recroquevillée dans le noir, tandis que les hommes s'affairaient à creuser une sépulture au garçon roux. Les mains et le cou de la jeune femme étaient couverts d'un sang poisseux, qu'elle essaya frénétiquement d'essuyer sur l'herbe sèche à ses pieds. Il refusa de partir. Elle leva alors les mains à la lueur de la lune, éclairant ses paumes humides. *Les mains d'une reine. J'ai causé une mort, et ma fureur en provoquera bien d'autres.*

Tremblante, elle se força à se lever et à redresser sa tête lourde. *Je suis la reine*, se serina-t-elle jusqu'à le ressentir dans son corps tout entier, espérant ainsi renforcer sa détermination. Elle entendait derrière elle le bruit de la terre retombant sur le corps du garçon, qui reposerait en cet endroit pour l'éternité. Elle se retourna vers le palais. Les larmes avaient séché sur ses joues. Elle s'imprégna du conseil de Cheshire.

Elle se laisserait guider par sa rage, pas par sa miséricorde. C'était trop douloureux.

— Je viens vous chercher, chuchota-t-elle dans l'air nocturne à l'intention du roi de cœur, un homme qui avait l'habitude de tuer des enfants.

Elle posa la main sur le pommeau de son épée en laissant sa colère déferler dans ses veines. Il n'y avait pas une étoile dans le ciel cette nuit-là, car elles-mêmes tremblaient face à ce qui les attendait.

Chapitre 5

L'aube se leva tôt au matin de l'affrontement. La bruine qui criblait doucement le sol ternissait les rayons du soleil. Le temps semblait avoir compris que ce jour triste et malheureux était finalement arrivé. La pluie clapotait légèrement sur sa tente, produisant un son apaisant. Dinah resta allongée, immobile, se concentrant sur le fait de ne pas ouvrir les yeux. Elle savait que, dès qu'elle écarterait les paupières, cela commencerait. À la tombée de la nuit, son destin serait déterminé : soit elle siégerait, fière et triomphante, sur le trône de cœur, soit elle reposerait, enfouie, dans la terre humide du Pays des merveilles, et resterait pour l'éternité une traîtresse méprisée.

Chaque jour depuis son départ du palais, Dinah se réveillait en sachant qu'elle risquait de ne pas survivre à la journée. Pour une fois, c'était différent. Aujourd'hui, la mort n'était plus une silhouette inconnue chuchotant entre les arbres. Aujourd'hui, la future reine la défierait en combat singulier, un duel épique pour lequel elle ne partirait pas favorite. Un éclat de rire hystérique lui échappa, un ricanement de démente ressemblant beaucoup à celui de Charles. Un duel é*Pique*. Ses mains calleuses tremblaient sous sa fine couverture.

Ce fut l'image du corps brisé de son frère qui la convainquit enfin d'ouvrir ses yeux noirs noyés de larmes. Elle contempla le plafond de sa tente, écoutant les bruits de son armée à l'extérieur. Dinah se leva alors lentement, se débarbouilla dans une cuvette d'eau glaciale. Un plateau de nourriture appétissante avait été déposé pour elle – sans doute par Wardley. Son ventre était tellement noué qu'elle peinait à respirer. Elle se força à avaler quelques œufs et une croûte de pain. *Je vais devoir me contenter de ça.*

Elle resta assise un moment au bord de son lit de camp, observant par un petit trou dans sa toile de tente les plaines nues du Pays des merveilles, jalonnées de Piques noirs et de chevaux yurkeis couverts de peintures de guerre.

— Je suis la reine, chuchota-t-elle pour elle-même.

Elle essaya de répéter cette phrase inlassablement, mais les mots lui échappaient, s'emmêlaient dans sa gorge, prisonniers d'un nœud de terreur. Elle se mirait dans la glace quand sire Gorrann pointa la tête par le rabat de la tente.

— C'est l'heure, Majesté.

Dinah admira le Pique, courageux et puissant dans son armure noire rutilante.

— Dinah ?

— J'ai peur, murmura-t-elle. J'ai tellement peur.

Il s'agenouilla devant elle, ses jambières résonnant contre le sol quand il lui saisit les mains et posa le front sur ses paumes.

— Tout le monde a peur avant une bataille. Personne en parle jamais, par contre. Faut pas la nommer, sinon elle devient réelle. Les Piques, Cheshire, les Yurkeis, Mundoo, toutes ces Cartes près des portes de fer, tous ces gens à l'intérieur de la forteresse, et même le roi en personne : tout l'monde s'est réveillé c'matin avec la peur au bide. (Il posa délicatement sa main sur le cœur de Dinah.) Et pourtant, z'allez nous m'ner au combat aujourd'hui, comme un symbole de changement. Vous vous présent'rez d'vant les portes de Merveille en tant qu'reine légitime et qu'héritière d'votre mère. Et enfin, z'allez défier l'roi des Cœurs aujourd'hui, par vengeance et par justice, pour l'meurtre de vot' frère, pour Faina Baker, pour ma famille, pour les milliers d'Yurkeis, pour tous les innocents du Pays des merveilles qu'ont été assassinés ou emprisonnés. On doit tous se l'ver pour affronter not' destin, même si on a les genoux qui tremblent.

Dinah se pencha en avant pour lui embrasser le front.

— Merci, chuchota-t-elle. Pour tout.

Il prit alors congé, mais quelques secondes plus tard les rabats se soulevèrent de nouveau à l'arrivée des deux guerriers yurkeis venus la vêtir. Dinah se mit debout, les bras tendus, tandis qu'ils lui appliquaient des bandes de peinture blanche sur les bras et les jambes, avant de la draper d'un joli tissu imprégné des onguents d'Iu-Hora pour la préserver des infections. Après quoi, on lui enfila une tunique blanche toute simple et un pantalon de laine noire. Enfin, son armure fut sanglée, en commençant par le plastron, d'un blanc lumineux avec un cœur rouge barré sur la poitrine. Il lui tombait à la hanche, son rebord hérissé de minuscules cœurs rouges. Les Yurkeis lui soulevèrent les mollets avec précaution, pour lui permettre d'enfiler ses jambières de cuir noires et couvertes de cœurs. Des lanières rouges furent adjointes à l'ensemble pour lui protéger les hanches et les épaules. Quand ils eurent terminé de la parer de cette solide armure, ils sortirent brusquement de la tente, sans prévenir. Elle plia les genoux. L'équipement était lourd, mais lui permettait de se mouvoir sans trop de difficultés.

Elle perçut des pas discrets mais déterminés, et redressa la tête lorsque Cheshire pénétra dans la tente, une cape à la main. Il l'enroula autour des épaules de la jeune femme avant de la fermer soigneusement autour de son cou. Les plumes de grue blanche, qui semblaient avoir été trempées dans le sang, l'entouraient ; le poids de la cape la faisait traîner au sol tout en se déployant derrière Dinah comme des ailes.

Cheshire recula d'un pas et soupira d'admiration, les yeux remplis de larmes.

— Oh, ma farouche guerrière. Pour une fois, j'en reste sans voix. Regardez-vous !

Elle se tourna vers le miroir et arrondit les prunelles de surprise. Elle se reconnaissait à peine. Une femme dans la fleur de l'âge, fière et forte, la dévisageait, les iris brûlant tels deux charbons ardents, ses cheveux noir corbeau tombant juste sous son menton. Cheshire tendit la main vers sa couronne.

— Non, l'interrompit Dinah. Je m'en charge.

Tout en se mirant, elle souleva le fin cerceau de rubis et l'enfonça sur son crâne. Il s'y nicha confortablement, parfaitement adapté. Elle se contempla encore. *Cette femme n'a pas à avoir peur. C'est une reine.*

— Je suis prête.

— Vous incarnez une vision de gloire terrifiante, commenta Cheshire avec un sourire retors. Espérons que le roi de cœur ait le même sentiment. (Juste avant qu'elle sorte de sa tente, le conseiller la fit pivoter pour se retrouver face à elle.) Dinah, n'oubliez pas notre plan. Même si vous apercevez le roi, ne vous lancez pas à ses trousses. L'heure viendra d'obtenir réparation, pour vous et pour Charles, mais en attendant, nous avons une guerre à mener. Si vous le poursuivez du côté nord, tout sombrera dans le chaos...

Dinah acquiesça.

— Ça n'arrivera pas. Je m'en tiendrai au plan.

Il la jaugea de son air scrutateur.

— Notre stratégie est parfaite. Vous n'avez plus qu'à vous battre. Laissez la colère vous submerger. Nous sommes tous derrière vous. (Il inclina la tête.) Votre armée vous attend.

Avec une profonde inspiration, Dinah carra les épaules et sortit. Elle entendit un hoquet de stupeur collectif et se retrouva trop émue pour prendre la parole. Au pied de la colline, Piques et Yurkeis se tenaient côte à côte pour la première fois. Ils longeaient le sentier séparant sa tente de Morte, qui l'attendait au bout d'une longue rangée d'hommes. Sire Gorrann tenait ses rênes. Wardley, d'une beauté ravageuse dans son armure d'argent, vint se placer au niveau de Dinah et mit les mains en porte-voix autour de sa bouche. La foule se tut.

— Saluons tous la reine des Cœurs !

Dinah s'avança lentement vers Morte, sa cape dansant sur l'herbe humide. À mesure qu'elle les dépassait, chaque homme et guerrier se jeta à genoux devant elle dans un acte de fervente dévotion. Le rythme de ces têtes qui s'abaissaient lui rappela la Neuvième Mer, une ondulation délicate. Dinah garda le port altier, ses traits figés en un masque de détermination. Les Piques tendaient les mains vers elle, et elle s'assura de les caresser chacune. Elle était submergée par leur ardeur, et plus encore par cette démonstration de fidélité de la part des Yurkeis. Aujourd'hui, elle régnait sur eux. Demain, ils ne s'inclineraient plus devant elle.

Morte se dressait, splendide et monstrueux, dans le caparaçon que les Yurkeis avaient conçu pour lui. Ses larges flancs et son poitrail étaient protégés d'une armure noire décorée du même cœur rouge que celui que Dinah arborait au plastron. Le reste de la monture avait été zébré de peinture blanche. Les éperons osseux autour de ses sabots brillaient d'un blanc lustré, leur pointe affûtée réfléchissant le soleil. *Dieux ! Qu'il est terrifiant.* La bouche ouverte, il écumait, avide de la bataille à venir. La nouvelle selle de Dinah ceignait son cou, et lorsqu'elle l'atteignit, il leva la jambe pour l'accueillir. Avec un sourire, elle grimpa sur les éperons osseux et éprouva l'habituelle impression de décoller quand il la jeta sur son dos. Elle enfourcha la selle et considéra la route pierreuse devant elle – la route qui menait au palais. Morte trépignait d'impatience, mais Dinah lui fit faire volte-face pour s'adresser à ses troupes agenouillées. Les soldats contemplèrent silencieusement leur reine, incarnation de pouvoir et de fureur. Elle s'éclaircit la gorge et s'exprima d'une voix forte pour se faire entendre de tous.

— Allez-vous m'accompagner, mes guerriers et amis ? Allez-vous gagner le palais des merveilles à mes côtés ?

Leur rugissement ébranla le sol et les parois du cœur de Dinah. Elle sourit.

— Le roi nous attend. Ne le faisons pas patienter plus longtemps !

Il leur fallut plus de deux heures pour atteindre le palais, et encore une de plus pour gravir la colline que Cheshire lui avait tant de fois désignée sur la maquette en bois du Pays des merveilles.

Des Cartes étaient déployées devant les portes circulaires du palais des merveilles, couvrant chaque centimètre des murailles de fer de dix mètres d'épaisseur. Par endroits, ils étaient près d'une centaine sur la profondeur, épaules contre épaules ; Dinah n'avait jamais vu autant de monde se tenir en un même lieu. Les défenseurs étaient plus nombreux du côté nord, où se dressait déjà l'armée impassible de Mundoo. Les cavaliers de Cœur étaient presque deux fois plus nombreux que les Yurkeis. *Mais chaque guerrier yurkei vaut trois hommes normaux*, se rassura Dinah.

Les étendards des Cœurs, des Carreaux et des Trèfles claquaient au vent, au-dessus des centaines d'archers qui occupaient les tourelles du palais. Il devait y avoir parmi eux des Fergal, d'une précision mortelle.

Un Pique sortit du rang pour s'approcher de Dinah.

— Qu'est-ce qu'y z'attendent ?

Il contemplait les troupes immobiles de Mundoo. Les yeux de Dinah semblaient comme rivés au palais.

— Nous. C'est nous, qu'ils attendent. À présent, retournez dans les rangs.

— Bien sûr, ma reine.

Du côté sud du château, face à l'armée de Dinah, des hordes de Carreaux et de Trèfles, ainsi qu'une poignée de Cœurs, poussaient des cris et des acclamations, impatients d'en découdre. Cheshire ne s'était pas trompé dans ses prévisions : les combattants talentueux se trouvaient au nord, les brutes au sud. Répartis tout autour du palais, les hommes du roi formaient un cercle parfait. Il y en avait des milliers de plus que Dinah ne l'avait imaginé. Paniqué, le souverain n'avait négligé aucun adulte valide, aucune ressource.

Les Cœurs du côté nord se dressaient, intrépides, l'épée au clair ; leur uniforme rouge et blanc scintillait dans la brume ensoleillée. Sur l'autre flanc, brandissant toutes sortes d'armes abominables, les Trèfles grognaient en se martelant la poitrine. Près d'eux, des rangées d'hommes enchaînés les uns aux autres formaient une ligne hérissée de couteaux. *Des prisonniers*, comprit Dinah, le poing serré dans la crinière de Morte. Comme l'avait deviné Wardley, le roi avait vidé les Tours noires pour recruter de nouveaux combattants. Ceux-ci semblaient terrifiés, plissant les yeux pour se protéger du soleil, leur vue endommagée par leur séjour prolongé dans l'obscurité. Avec les menottes qui leur ceignaient les poignets, ils n'avaient pas la moindre chance de survie. Un seul Pique pourrait les abattre tous.

Plus décourageants encore que les Trèfles étaient les larges amas de Carreaux, dont les capes pourprées formaient des taches de couleur vive au milieu d'une mer de noir, de blanc et de rouge. Campés sur leurs pieds, ils se lançaient des poignards sans même se regarder. Ils se mouvaient en essaim, frappaient avec un dard acéré et mortel. Au-dessus d'eux, des plateformes avaient été érigées pour les archers, qui tenaient en joue les troupes de Dinah. Bah-kan éperonna sa monture pour se porter à sa hauteur.

— Vous êtes prête ? lui demanda-t-il.

Curieusement, la réponse sortit simplement, sans crainte ni hésitation.

— Je suis prête.

Des vivats s'élevèrent de l'armée de Mundoo, qui avait entièrement cerné le palais. Elle observa les Yurkeis rayés de blancs sur leurs pâles coursiers laisser libre cours à leur excitation, produisant un chœur de bruits terrifiants. Mundoo, vêtu de plumes bleues et blanches des pieds à la tête, montait Keres à l'avant de son armée. Depuis le dos de son cornu, son épée gigantesque dégainée, il hurlait ses ordres à ses troupes. Les cris sauvages de celles-ci atteignirent les Yurkeis stationnés derrière Dinah, qui répondirent de leurs propres glapissements. Les deux factions étaient prêtes ; bientôt, elles assailliraient le palais des deux côtés, dans une attaque furieuse que même le roi n'aurait pu anticiper.

Depuis son point de vue, elle vit les portes nord s'ouvrir et le roi en émerger, entouré d'un épais rideau de Cœurs. À califourchon sur son propre cornu blanc, son armure rouge flamboyant dans le soleil matinal, il brandit Cœurépée au-dessus de sa tête. Les Cartes poussèrent des acclamations, faisant pleuvoir des roses de leurs mains tendues. Le cornu du souverain foulait les fleurs délicates de ses sabots immenses. Un groupe d'hommes se détacha soudain de son escorte et se mit à galoper autour de l'enceinte.

Le cœur de Dinah se serra, et elle entendit Wardley, venu lui aussi la rejoindre, marmonner pour lui-même. Xavier Juflee, le Valet de cœur, chevauchait désormais vers le sud en compagnie d'un large groupe de Cœurs. Le vieux mentor de Wardley était le plus talentueux combattant de tout le Pays des merveilles, et il pourfendrait les Piques (et l'essentiel des Yurkeis) avec une aisance fatale.

— Maudit soit-il, pesta Wardley. Que les dieux l'emportent !

Il y eut un moment de flottement, durant lequel les deux armées se dévisagèrent. Tout autour du palais, les Cartes demeuraient immobiles, disciplinées, en attendant l'assaut. L'air était irrespirable. L'un des Piques se mit alors à taper du pied et à faire résonner son épée contre son écu. Ses compagnons l'imitèrent. Bientôt, les deux mille hommes derrière Dinah se mirent à beugler en agitant leurs armes en direction des Cartes. Les Yurkeis émirent des hululements gutturaux. Les Piques se joignirent à eux, leurs voix unies grondant tel le tonnerre. C'était le chant d'une armée soudée, et il emplit le cœur de Dinah d'un désir farouche de les protéger.

Bah-kan descendit de son étalon, tenant un ballot dans sa main tendue. Il le déballa avec précaution, révélant une unique flèche blanche à la tête anormalement large gravée de motifs élaborés. Il l'encocha sans attendre. Tous les yeux du côté sud du palais l'observèrent silencieusement viser le ciel et lâcher sa corde. Son trait s'envola plus haut que n'importe quelle flèche le pouvait. Une fois à l'apogée de sa trajectoire, il explosa dans une pluie d'or scintillante qui drapa le palais, un signal magnifique pour lancer les hostilités d'une guerre atroce. Ce tir représentait le signal convenu : la petite armée de Dinah était prête, Mundoo pouvait donner l'assaut.

Morte décocha alors une ruade, impatient de se joindre à la mêlée.

Wardley lorgna la monture de Dinah avec une lueur d'incertitude et s'adressa à la jeune femme :

— Êtes-vous sûre de ne pas vouloir monter avec moi ?

Dinah ne répondit pas, les yeux fixés sur l'armée qui l'attendait. Sire Gorrann, Starey Belft, Bah-kan et Cheshire se tenaient désormais juste derrière elle, la tête inclinée dans un silence déférent. L'heure était venue. Ki-ershan et Yur-Jee vinrent flanquer la princesse.

— Majesté.

Yur-Jee lui décocha un large sourire, le premier qu'il lui destinait. Il se frappa le torse.

— PRÊT !

Dinah observa un moment supplémentaire les visages déterminés de ces êtres chers qui se battaient pour sa couronne ; tous priaient silencieusement les dieux des merveilles. Seul Cheshire semblait serein. En réalité, il paraissait presque s'ennuyer. Elle esquissa un léger sourire. *Bien sûr qu'il s'ennuie.*

Le chant des trompettes emplit l'air, une cacophonie assourdissante émanant du palais. Dinah ressentit les vibrations jusqu'au fond d'elle-même, remontant de ses poumons jusqu'à la pointe de ses ongles. *C'est parti*, songea-t-elle.

Du côté opposé du palais, Mundoo était debout sur son cornu, lancé au galop, les mains jointes au-dessus de sa tête pour former le symbole de la grue. Son armée se tut en se rappelant ceux qui étaient partis avant eux dans la vallée des grues.

Enfin, avec un cri retentissant, il abattit promptement les bras et dégaina son épée. Avec des hurlements de triomphe, ses troupes se mirent à galoper vers le roi et ses Cartes. La croupe de Morte tressauta violemment et le sol se mit à trembler sous ses pattes, comme s'il s'ouvrait subitement.

— Calme, souffla-t-elle. Calme. Il faut qu'on attende.

Le bruit de quatre mille sabots emplissait l'air, ébranlait la terre. Un rugissement collectif poussé par les Cartes en contrebas répondit aux assaillants.

Le roi de cœur attendit patiemment l'arrivée de ceux-ci, Cœurépée rutilant au soleil, le bras tendu pour faire signe aux archers. L'armée de Mundoo poursuivit sa charge. Les arcs furent bandés sur la muraille nord. Tout le Pays des merveilles retenait son souffle. Puis, lorsque le roi abaissa la main, les archers propulsèrent une grêle de traits sombres, chacun orné d'un cœur de verre rouge. Les flèches s'élevèrent impitoyablement vers le ciel avant d'entamer leur descente vers les guerriers yurkeis. Dinah cessa de respirer en voyant cette pluie de mort s'abattre sur eux.

Mundoo poussa alors un cri et, sur son ordre, chaque Yurkei se pencha pour détacher le sac blanc attaché à sa selle. Mundoo cria derechef, et les guerriers déchirèrent leurs ballots cependant que les flèches s'apprêtaient à les atteindre. Des milliers d'immenses grues blanches s'envolèrent subitement des sacs éventrés, trop heureuses d'être libérées. Elles formèrent comme un grand nuage au-dessus des Yurkeis, un amas d'ailes blanches si épais que, l'espace d'un instant, Dinah ne distingua même plus les troupes alliées. Les projectiles destinés aux guerriers percèrent les oiseaux, jonchant le sol d'une mer blanc et rouge. Les grues rescapées battaient des ailes en craquetant, cherchant désormais à protéger leur tribu, fondant sur les Cœurs à cheval et semant le chaos parmi eux, arrachant les flèches de leurs mains et picorant leurs yeux de leurs longs becs. Quand la nuée de grues se fut élevée au-dessus des Yurkeis, Dinah constata que ceux-ci en avaient profité pour empoigner leurs arcs.

Les archers merveilleux ne surent jamais ce qui les abattit. Une volée de flèches pourfendit le cœur, les yeux ou la tête de chacun. *Les Yurkeis ne manquent jamais leur cible.* Des hurlements de douleur retentirent dans la vallée, et Dinah vit des hommes dégringoler des tours. Plus vite qu'elle ne l'aurait cru possible, les Yurkeis bandèrent de nouveau leurs arcs et effectuèrent leur deuxième tir de barrage contre la rangée de cavaliers partie à leur rencontre. Les montures hennirent et se cabrèrent, démontant les soldats.

Mundoo et Keres continuèrent leur progression, dépassant le roi dans la mêlée. Quatre mille guerriers yurkeis les suivaient. Le souverain tourna bride pour aller affronter son ennemi. Dès lors, il devint difficile de suivre les événements. Les deux rangées de chevaux se percutèrent, et un véritable raz-de-marée de Yurkeis montés déferla sur les Cartes. Les bruits de la guerre – les hurlements déchirants du métal contre le métal, les cris d'agonie, les exclamations victorieuses des survivants, les derniers râles des mourants – retentirent dans la vallée.

Dinah observa alors l'armée qui les attendait. Les Cartes du côté sud avaient dû entendre la charge de Mundoo et les souffrances qu'elle avait provoquées de l'autre côté du palais, car la ligne jusqu'alors parfaitement composée montra des signes de nervosité. Les Cartes échangeaient des murmures inquiets : « Qu'est-ce qu'ils attendent ? »

On tient bon, songea Dinah, *et on tiendra jusqu'à vous en rendre dingues.* Elle se rendit compte trop tard que ce n'était pas elle qui donnerait le signal du départ. Morte caracolait, piétinant le sol si violemment que Dinah peinait à ne pas se laisser démonter. Si Morte s'emballait, elle serait la première à atteindre l'ennemi, sans armée pour l'entourer. Cela ne pouvait pas se passer ainsi. Elle le retint aussi longtemps que possible et, lorsqu'elle le sentit à court de patience, elle se retourna vers ses troupes, tâchant désespérément de mémoriser les visages de tous ceux qui se battaient pour elle. Ses yeux croisèrent ceux de sire Gorrann, qui hocha sèchement la tête. Elle se mit debout sur ses étriers, toute tremblante. Morte saisit la solennité de l'instant et, pour une fois, se figea parfaitement, le chanfrein dressé avec fierté. En voyant leur reine se lever, les Piques brandirent leurs armes en signe d'unité, et les Yurkeis levèrent les mains pour réaliser le signe de la grue.

Dinah parla d'une voix forte pour se faire entendre malgré le tumulte des combats.

— Ma fidèle armée ! Naguère ennemis, vous joignez aujourd'hui vos forces contre un roi faible et apeuré. Ce soir, vos noms entreront dans les livres d'histoire du Pays des merveilles, et vous parlerez un jour à vos enfants de cette matinée qui a tout changé. (Les Piques poussèrent des exclamations tumultueuses.) Aujourd'hui, nous allons récupérer ce qui nous appartient légitimement, que ce soit notre terre, nos droits… (Elle marqua une pause.) ou une couronne !

Des rugissements assourdissants s'ensuivirent, et le fracas des boucliers frappant les écus se répandit.

— Aujourd'hui, ne vous battez pas pour vous-mêmes, mais pour chaque prisonnier des Tours noires, pour chaque Pique n'ayant jamais pu prendre femme, pour chaque Yurkei ayant dû céder son territoire à une lignée de rois avides ! Battez-vous pour eux, et battez-vous pour moi !

Après un nouveau silence, elle fit glisser de façon menaçante son pouce devant sa gorge.

— Qu'on leur coupe la tête !

— *Qu'on leur coupe la tête !* beugla l'armée en écho.

Motivés par son discours, tous les soldats affluaient désormais vers elle. Dinah fit faire volte-face à Morte, tenant ses guides de cuir rouge aussi fermement que possible. Le cornu rua et regimba, furieux de ne pouvoir s'élancer en même temps que les autres chevaux. Wardley approcha Cornier, leur armure argentée brillant comme un million de soleils.

— Dinah…

Sa voix déborda les digues qu'elle avait érigées autour de son cœur pour ne pas l'entendre. Elle se retrouva impuissante face à lui. Elle tourna la tête vers lui. Elle ne pouvait pas mentir davantage. Elle soutint son regard sans ciller.

— Wardley. Je t'ai toujours aimé, et je t'aimerai toujours.

Elle n'espérait plus cette réponse qu'elle n'obtiendrait jamais, mais estimait qu'il devait le savoir. Il lui retourna un sourire triste qui lui brisa le cœur une fois de plus.

— Je le sais. Et les dieux m'en soient témoins, je mourrai à tes côtés aujourd'hui, ou je me tiendrai près de toi au moment de ton couronnement.

Il lui tendit une main qu'elle serra, entrelaçant ses doigts aux siens. Ensemble, ils demeurèrent immobiles au milieu du flot des Yurkeis, deux amis d'enfance que le sort avait conduits à une situation inimaginable. Il pressa brièvement ses doigts avant de les relâcher.

— Libère le passage jusqu'au portail, puis bats en retraite. Tu m'as compris ?

Dinah hocha la tête et fit volter Morte en direction du palais. C'était à peine si elle parvenait à le contrôler, désormais. Un chemin s'était ouvert devant eux, les Piques courant de part et d'autre.

— Essayez de ne pas nous semer ! s'écria Ki-ershan en prenant déjà de l'avance, galopant à bride abattue.

Sire Gorrann et Wardley avancèrent eux aussi vers la ligne de Cartes, creusant autant que possible l'écart avec Dinah.

— Retenez-le ! Retenez-le ! s'époumonait sire Gorrann pour couvrir le vacarme.

Le corps de Morte fut pris d'une violente secousse, puis d'une seconde. Dinah s'accrocha à sa crinière, mais autant essayer de retenir une vague venant se briser sur la rive à l'aide d'une simple lanière de cuir. Il ruait et bondissait si violemment qu'elle se cogna le bras contre son cou.

Il essayait de la désarçonner. Elle comprit alors qu'elle le torturait. Elle ne pouvait pas contenir davantage la fureur du cornu, non plus que la sienne. Elle ouvrit enfin les yeux pour contempler le palais, prit une profonde inspiration. La reine des Cœurs lâcha alors les rênes.

— Va.

Chapitre 6

Morte s'élança, semant des nuages de fumée derrière ses sabots. Ils volaient ensemble, ses pieds foulant le sol avec une puissance incommensurable. Dinah se plaquait sur son encolure. En quelques secondes, ils dépassèrent Cheshire, avant de doubler sans peine Wardley et sire Gorrann. L'armée de Piques observa avec stupéfaction filer cette masse noire de fureur et de force physique. Dinah entendit les acclamations des cavaliers yurkeis tandis qu'elle fonçait vers la ligne de Cartes tremblant de peur, malgré les boucliers levés, alors que la mort incarnée se précipitait sur eux.

Les troupes du roi s'étaient préparées à un assaut frontal, supposant que l'ennemi tenterait de pénétrer leurs forces par là. Pourtant, elles virent avec horreur la ligne de front de Dinah ralentir et changer de forme à mesure qu'elle approchait. Sur un cri de la princesse, ses hommes se retirèrent carrément, et les flancs s'étendirent en un vaste demi-cercle autour du palais. Quand ils ne semblèrent plus pouvoir s'étendre davantage, ils rejoignirent au centre les forces de Mundoo. Les armées fusionnées engloutirent les Cartes telle une bouche béante et vorace.

Les Cartes, prises de court, se serrèrent les unes contre les autres, stupéfaites et terrorisées. La formation des hommes du roi était encore profonde, mais plus aussi large. Dinah les avait presque atteints, désormais, et Morte ne faisait pas mine de ralentir. *Je dois ouvrir un passage jusqu'aux portes*, se rappela-t-elle. Les Cartes positionnèrent lances et épées à son approche, comme si elles avaient affaire à un coursier normal. L'un des soldats en première ligne portait un bouclier réfléchissant, et juste avant de percuter les soldats, Dinah aperçut son reflet déformé.

Chevaucher un diable noir…

Soudain, Dinah se remémora les paroles d'Iu-Hora, le jour où sa tente était emplie de fumée bleue.

Reine de cœur, fille de deux pères, tenez compte de mes paroles. Pour ceindre la couronne, vous devrez percer le cœur d'un homme et arracher celui de l'être que vous chérissez le plus. Le chat ne tiendra pas la promesse faite à la grue, et votre tête roulera dans l'herbe.

Elle cilla, sentant la sueur lui couler dans les yeux. Cela signifiait-il qu'elle allait mourir ce jour ? Elle s'en fichait presque. Ses sens s'affûtèrent. Dinah entendait presque les hommes souffler, crier. Elle percevait l'odeur âcre de la peur et de la soif de sang qu'elle, la reine de cœur, provoquait.

Avec un sourire mauvais, elle ouvrit son cœur et son esprit, autorisant la rage noire qu'elle réprimait constamment à enfler dans sa poitrine et à inonder son corps. Elle se laissa submerger, jusqu'à en percevoir le goût séduisant sur sa langue. Un goût de sang. Quelques secondes avant d'entrer dans la mêlée, elle se pencha en avant et glissa trois petits mots à Morte : *« Tue-les tous. »*

Le corps de la créature se déploya alors sous elle.

N'ayant pas le temps de dégainer, elle se contenta de s'accrocher aussi fermement que possible à son cou et de tenir bon. Elle sut aussitôt qu'elle n'oublierait jamais le fracas dû à l'impact – les cris perçants, le bruit du métal contre l'os, le déchirement des chairs, le vagissement que poussa le cornu en s'élevant au-dessus des lances pour retomber parmi la meute d'hommes qui l'assaillaient à coups d'épées et de gourdins.

L'écume aux lèvres, Morte se mit à se cabrer joyeusement tandis que Dinah l'étreignait de toutes ses forces. Sans tressaillir, il piétina les deux soldats devant lui, ses sabots gigantesques leur broyant le crâne et le visage, répandant une purée rougeâtre au sol. Un homme s'était empalé sur un éperon arrière, et Morte l'écrasa encore et encore, jusqu'à être libéré de ce poids. Se cabrant sur les membres postérieurs, il abattit les antérieurs sur trois ennemis. Il rua de nouveau dans la figure d'un Trèfle et, quand Dinah se retourna vers le malheureux, celui-ci était méconnaissable.

Le chaos régnait tout autour d'elle. Morte, couvert de sang, arrachait la mâchoire d'un soldat entre ses dents ;

sire Gorrann, tout près de la princesse, plongeait son épée dans la poitrine d'un Cœur. L'homme tomba de cheval dans une mare de sang. Ses yeux se posèrent un instant sur Dinah avant qu'il parte dans l'au-delà. Elle le reconnut aussitôt : il avait fait partie de ses gardes au palais. Cette vision la ramena à la réalité.

Une flèche siffla près de sa tempe, puis une seconde. Elle baissa la tête et décrocha son bouclier du flanc de Morte afin de se protéger des traits. Le cornu virevoltait, tentant d'éviter les tirs qui, soudain, pleuvaient sur lui. L'un d'eux lui perça l'oreille, et il poussa un puissant hennissement avant d'enfoncer son sabot avant dans le menton d'un Yurkei. Celui-ci y resta accroché, ses yeux bleus écarquillés de confusion, tandis que la créature tentait de le faire tomber.

Un Cœur saisit la jambe de la jeune femme dans l'espoir de la faire démonter. Elle lui décocha deux coups de pied dans la bouche, lui brisant quelques dents avant de le forcer à lâcher prise. Du coin de l'œil, elle avisa un Trèfle se diriger vers elle, l'uniforme bardé de décorations, une hache brandie au-dessus de lui. Morte poussa un cri et regimba. Quand il décolla ses pieds du sol, Dinah dégaina. Son épée glissa sans mal dans son fourreau, et elle en savoura aussitôt le poids dans sa main. Elle se sentait vivante, chaque veine et chaque pore envahis d'une extase qu'elle n'avait encore jamais connue. Elle avait l'impression d'être immortelle, puissante, farouche. Elle allait faire pleuvoir la mort sur ces hommes.

Morte retomba lourdement, et la selle se desserra lorsque le sol trembla sous ses sabots. Le Trèfle à la hache les avait presque rejoints. Dinah fit reculer sa monture, évitant de justesse le tranchant de l'arme quand la Carte porta un coup de taille. Morte virevolta et déséquilibra l'homme de sa croupe ; il n'eut pas le temps de se relever que Dinah lui enfonça sa lame dans la gorge, faisant ressortir la pointe de l'autre côté. Il la dévisagea, stupéfait, et la jeune femme mémorisa son visage surpris. Puis il tomba en avant contre le cornu. Dinah récupéra son épée poisseuse de sang, avant de faire retomber d'un coup de pied le cadavre encore debout. Avec un sourire engageant, elle se retourna pour en tuer un autre.

Galopant en direction du portail, Morte abattit soudain ses sabots sur deux Carreaux qui s'étaient silencieusement matérialisés devant lui ; l'un d'eux eut toutefois le temps de lui enfoncer son poignard dans l'épaule. Morte ne sembla pas s'en rendre compte, même lorsque Dinah tira sur le manche pour l'en extirper. Elle le planta ensuite dans l'œil d'un jeune Cœur qui se précipitait vers elle, l'épée au clair. Il tomba la tête la première dans un torrent de sang noir.

Une flèche heurta son plastron dans un bruit sourd, juste au-dessus de son cœur, et Dinah redressa le front à temps pour voir deux archers se précipiter vers elle. N'ayant nulle part où se cacher, elle s'efforça de faire pivoter Morte pour fuir. Ils encochèrent leurs flèches suivantes et elle leva son bouclier, effrayée mais inébranlable, attendant la douleur inévitable.

Alors qu'une danse élaborée d'hommes et de sang se déroulait autour d'elle, Yur-Jee apparut près du cornu, se laissa tomber à genoux et décocha deux flèches de son arc clair. Les archers en approche tombèrent à l'unisson, le cou percé. Yur-Jee n'eut pas le temps de se retourner qu'un Cœur le surprit par-derrière et lui trancha la gorge. Dinah poussa un cri d'horreur en voyant son garde du corps lutter pour respirer puis quitter ce monde, ses yeux bleus virant au gris quand il les tourna vers le ciel.

La Carte sourit à Dinah avant de se ruer sur elle. Elle lui sectionna l'oreille de sa lame. Morte broya le reste du corps sous son poids, le torse du soldat implosant comme une pastèque tombée au sol.

Un vaste cercle se forma autour du cornu. Ces quelques secondes de répit permirent à Dinah de prendre la mesure de la situation. Ses troupes repoussaient celles du roi vers les portes de fer, où elles se faisaient massacrer par les guerriers yurkeis.

Des cris puissants éclatèrent sur sa droite, et elle pivota pour voir plusieurs de ses hommes en déroute, les membres consumés par une flamme noire. Les archers du roi faisaient pleuvoir des bâtons de poudre de nuit, ces flammes qui brûlaient sans produire de fumée. Les cris des victimes résonnaient sur tout le champ de bataille. Dinah était sur le point d'orienter Morte dans cette direction quand, sans crier gare, les centaines de grues restantes fondirent sur les archers, les jetant à bas des tourelles.

Dinah essuya la sueur de ses yeux quand Morte s'élança de nouveau dans un groupe de Cartes. Elle abattit son épée sur les crânes, les bras, les mains. Elle perdit toute notion du temps. À cet instant des combats, il était impossible de déterminer qui avait l'avantage. Dinah se retint plusieurs fois de justesse de s'en prendre à l'un de ses Piques. Dans ce désordre indicible, les côtés se rapprochaient peu à peu. C'était à la fois terrible et magnifique, la peur de la mort et la soif de pouvoir déferlant en elle à mesures égales tandis qu'elle pourfendait ses adversaires.

Elle se leva sur sa selle, juste pour estimer sa position. Les Yurkeis fendaient rapidement la foule ; elle vit un large groupe de Piques ensanglantés se frayer un chemin dans l'ouverture que Morte avait dégagée, se protégeant de part et d'autre de leurs boucliers cabossés.

Elle vit des hommes et des garçons mourir autour d'elle, leurs suppliques demeurées inaudibles. Certains étaient épargnés, d'autres pas. Et elle était responsable de ce massacre. Quel enfer son courroux avait-il donc causé ? Elle talonna les flancs de Morte pour atteindre les portes.

Un Trèfle colossal émergea de sous les cadavres des deux Yurkeis à ses pieds, surprenant Morte. Celui-ci effectua une embardée, mais la Carte, d'une taille inhabituelle, donna un coup de masse dans le torse de Dinah, qui fut précipitée à bas de sa monture. La chute jusqu'au sol lui parut interminable. Elle atterrit lourdement sur la hanche, et l'armure censée la protéger lui coupa la respiration.

Elle sentait sourdre une plaie à son côté. S'agissait-il d'une coupure ? D'une blessure plus profonde ? Sa lourde cape de plumes tournoya autour d'elle ; le sang qui imprégnait les rémiges était désormais en partie le sien. Elle tenta de respirer, une fois, deux fois, mais fut incapable d'aspirer le moindre souffle d'air.

Bouge ! s'ordonna-t-elle en rampant vers son épée. *Bouge !* Les sabots de Morte s'abattaient autour d'elle, et l'espace d'un instant elle le redouta plus que toute autre chose, et resta allongée au sol, se protégeant la tête de ses bras.

Ignorant que Dinah avait basculé dans la ferveur de la bataille, le cornu tournoya et galopa en direction d'un groupe de Carreaux particulièrement mauvais, qui jetaient des poignards à tous les Yurkeis courant vers eux. Quand il les fit voler en tous sens, leurs hurlements vibrèrent dans les oreilles de Dinah. Rampant dans la boue ensanglantée, elle parvint à atteindre son épée et à la lever juste à temps pour empaler un Cœur prêt à l'abattre. Il s'écrasa de tout son poids sur la lame, et Dinah eut du mal à extraire le fer de sa cage thoracique.

Un poing ganté de maille l'atteignit alors à la tempe, et elle bascula de côté, loin de son arme. Ses oreilles sifflaient ; elle peinait à ne pas sombrer dans l'inconscience. Elle cilla à deux reprises avant de parvenir à se hisser à genoux pour dégainer le poignard dissimulé dans sa botte. L'homme lui sauta dessus, et ils roulèrent ensemble au sol, leurs sueurs se mêlant ; il lui tirait les cheveux, agrippait sa couronne. Elle ouvrit de grands yeux ronds en le reconnaissant : il s'agissait de Yoous, le Trèfle géant qui les avait escortés dans les Tours noires.

— Eh ben, bonjour princesse. Comme on se retrouve.

Il lui décocha un large sourire tandis que son haleine fétide se répandait sur son visage.

— Vous pensiez m'avoir joué un sale tour, pas vrai ? Eh ben, quand je rapporterai votre tête au roi, je m'assurerai qu'elle trouve un socle spécial dans les Tours noires, là où je pourrai la voir tous les jours.

Dinah avait beau se débattre, il la releva par les cheveux. Sa lame lui piqua la gorge, faisant ruisseler un filet de sang jusqu'à son col.

Dinah lui décocha un violent coup de coude dans le ventre, lui coupant le souffle. Elle chercha à se libérer, mais il marcha sur le bord de sa cape avant de la serrer contre lui. Ses mains rugueuses lui remontèrent le menton pour la forcer à le regarder. Il appuya son épée fermement contre sa poitrine.

— Prenez votre dernier souffle, ma dame. Jamais une jouvencelle comme vous ne sera ma…

Il y eut un gargouillis, et soudain la tête de Yoous tomba de ses épaules. Dinah redressa le front avec un mélange de stupeur et de soulagement, et vit Wardley émerger de la brume rouge, son armure mouchetée de sang, une vilaine balafre à la joue. Il ramena son épée contre lui avant de soutenir la princesse par la taille. Ensemble, ils coururent au milieu des hordes d'hommes enragés.

— Attends ! Morte ! s'écria-t-elle.

— On ne peut plus rien pour lui ! Il est parti !

Ils percutèrent deux Trèfles. Wardley se débarrassa sans mal du premier tandis que Dinah enfonçait l'épée qu'elle avait ramassée en chemin dans la cuisse du second. Elle aperçut, sur sa droite, un Carreau sur le point de lancer un poignard sur Wardley, mais elle le planta dans la gorge alors même qu'il visait. Ses yeux s'écarquillèrent de stupéfaction avant qu'il s'écroule au sol.

Avec un cri, Dinah détacha la cape autour de son cou et se libéra de son poids, l'épée brandie devant elle. Elle adressa un signe de défi aux Cartes en approche.

Elle combattait aux côtés de Wardley, désormais, dans une reproduction parfaite de la danse qu'ils avaient perfectionnée des années plus tôt. Sauf que, cette fois, il ne s'agissait pas d'un jeu. Ils se battaient pour leur survie, abattant des soldats, fendant la foule pour rejoindre Cornier, qui hennissait en attendant son maître, deux flèches plantées dans le flanc.

Ils l'avaient presque rejoint quand Dinah entendit un étrange raclement, comme des chaînes traînées sur un sol de pierre. Ce bruit remonta lentement le long des murs du palais et se répercuta entre les tourelles, produisant un tintement suraigu devenu assourdissant. Elle eut tout juste le temps de lever la tête pour voir une boule argentée tomber sur eux.

— Le Jabberwocky ! s'écria Wardley. *Attention !*

Ils s'élancèrent à toutes jambes. Dinah entendit le sifflement dans les airs et accéléra encore, ses poumons l'élançant un peu plus à chaque inspiration douloureuse.

— À terre ! hurla Wardley à ses hommes sans cesser de courir. Baissez-vous et levez les épées !

Il s'immobilisa subitement, attirant Dinah près de lui. Elle put constater qu'ils se trouvaient hors de portée, bien en sécurité ; en revanche, ils figuraient désormais aux premières loges pour assister au carnage provoqué par le Jabberwocky.

L'arme apparut en tournoyant de derrière l'une des tourelles, propulsée par une catapulte dressée à l'intérieur des murailles du palais. Dinah vit le cercle d'acier de la taille d'une chambre franchir les remparts en pivotant, gagnant encore de la vitesse en se rapprochant des Cartes comme des Yurkeis. Wardley se mit à crier, et Dinah l'imita ; leurs voix se perdirent dans le tumulte des combats. Elle l'observa se déployer, de plus en plus largement, jusqu'à adopter sa forme véritable : celle d'un large filet métallique hérissé de piques en fer. Il plongeait vers le sol, son diamètre colossal couvrant un quart du champ de bataille. Des hommes s'enfuirent en courant, mais il était trop tard. Le Jabberwocky tombait du ciel comme une couverture.

Grands dieux !

— Couchez-vous ! Levez les épées !

Dinah avisa sire Gorrann, en train d'achever un Cœur gradé.

— À terre ! lui hurla-t-elle en agitant frénétiquement les bras.

Il leva les yeux à temps pour voir une mort douloureuse s'abattre sur lui. Le Pique se roula en boule et tendit son épée au-dessus de lui. Starey Belft se précipitait vers un large groupe de Piques pour les prévenir, mais il arrivait trop tard.

Le Jabberwocky atterrit dans un craquement stupéfiant, son filet de métal recouvrant des centaines de corps. Ses crochets épinglaient ses victimes au sol, tels des insectes sur une planche.

Des mugissements d'agonie résonnèrent dans toute la plaine quand l'arme du roi emporta membres, yeux, épaules ou bouches. Le silence se fit ensuite, tandis que tout le monde contemplait l'endroit où les victimes s'étaient trouvées, et où ne régnait plus qu'une masse métallique tremblotante. Plusieurs secondes s'écoulèrent sans que Dinah ne respire. Quelques épées émergèrent alors pour scier les rets. Ceux qui avaient eu le réflexe de s'agenouiller en se protégeant de leur arme ou de leur bouclier apparurent. À travers les trous qu'ils ménagèrent, Dinah put apercevoir de terribles souffrances : des hommes empalés, dont les regards sans vie étaient tournés vers le ciel avec stupeur ; une mare de sang s'écoulant désormais sous le filet. Elle se détourna, mais pas avant d'avoir vu sire Gorrann s'ébrouer avant de replonger dans la mêlée. Son cœur se remit à battre. Starey Belft, commandant des Piques, ne refit pas surface. Il n'était plus.

Un nouveau fracas emplit l'air, plus léger cette fois.

— Ils en balancent un de l'autre côté ! beugla Wardley en enfonçant son épée dans le cœur d'un Yurkei à l'agonie pour abréger ses souffrances.

Le visage de Dinah ruisselait de larmes. Son armée était décimée. Au moins la moitié de ses hommes étaient morts ou auraient préféré l'être ; cependant, les troupes du roi étaient en plus piteux état encore. De puissants mugissements s'élevèrent de l'autre côté du palais quand le deuxième Jabberwocky mit un terme à des milliers d'existences dans son enchevêtrement métallique mortel.

Profitant de son inattention malvenue, deux Cœurs la saisirent sans ménagement par les bras et la tirèrent en arrière. Dinah tournoya pour se libérer de leur étreinte et parvint à dérober l'une de leurs épées. Wardley plaqua au sol le soldat encore armé et l'étrangla. La Carte perdit rapidement connaissance. Dinah se mesurait à celui qu'elle avait désarmé, frappant de plus en plus vite. L'homme finit par lever le bras un peu trop haut, et elle put lui enfoncer sa lame dans le ventre, transperçant sa fine armure de cuir.

Elle n'eut pas le temps d'extirper son épée qu'un autre Carreau l'empoigna, s'accrocha à son plastron et la précipita au sol. Dinah parvint à se relever avant que l'autre l'atteigne, un poignard incrusté d'améthystes à la main. La Carte leva le bras, les yeux rivés sur le visage de la jeune femme.

Sans même un murmure, Ki-ershan bondit sur le dos de l'homme et referma ses mains zébrées de blanc autour de son cou. D'un coup sec des poignets, il brisa la nuque de son adversaire dans un craquement écœurant. La Carte tomba mollement au sol. Ki-ershan releva Dinah sans ménagement et la hissa sur le dos de Cornier, qui avait réussi à rejoindre Wardley. Celui-ci monta à son tour, une nouvelle plaie ouverte sur la jambe.

Depuis son nouveau point de vue, Dinah put constater avec horreur ce que sa quête de couronne avait causé. Tout autour d'elle n'était que sang, os et cadavres, amoncelés parfois sur près d'un mètre de hauteur. Des cris de douleur et la puanteur de la fumée imprégnaient l'air.

L'enfer avait déferlé sur le Pays des merveilles.

Elle avait déferlé sur le Pays des merveilles.

Malgré toutes ces souffrances, sa victoire se rapprochait à chaque instant. Ses Piques avaient désormais atteint les portes, éliminant des dizaines de Cartes. Des centaines de Yurkeis escaladaient les murailles d'acier, sous les tirs irréguliers des derniers archers debout.

— Non, non, non, marmonna Wardley.

Dinah vit Xavier Juflee et ses Cartes pourfendre trois guerriers yurkeis avec une aisance inquiétante. Le Valet de cœur laissait derrière lui un sillage de cadavres. Se sentant observé, Juflee leva la tête et croisa leurs regards. Il replia le doigt face à Wardley, le défiant de venir l'affronter. Le jeune homme secoua la tête. Il refusait de combattre son ancien mentor et ami.

Un deuxième coup de trompette retentit dans toute la vallée. Tous les combattants se tournèrent pour écouter les mots criés depuis la muraille.

— Repliez-vous ! Repliez-vous à l'intérieur ! Le roi de cœur a ordonné la retraite !

Cela donna lieu à une brève accalmie, durant laquelle une brise rafraîchissante se mit à souffler. Puis, soudain, toutes les Cartes autour de Dinah se précipitèrent vers l'enceinte, bousculant les Piques sur leur chemin, tenant moins à les occire qu'à se mettre en sécurité. Les Cartes se repliaient, disparaissant derrière les parois de fer, mais en vain. C'était terminé. Dinah avait la conviction que les troupes du roi ignoraient combien de ses guerriers yurkeis avaient déjà franchi le rempart. Le bruit d'un combat intense s'éleva depuis l'intérieur, suivi bientôt du calme de la capitulation.

Quelques minutes plus tard, le grincement de vieux vantaux de fer résonna sur le champ de bataille, et le portail qui protégeait le palais se retrouva grand ouvert. Avec des hurlements de triomphe, les Piques et Yurkeis encore debout déferlèrent dans l'enceinte. Des cris d'alarme retentirent à l'intérieur quand des centaines de rebelles franchirent les portes sud. Pour aller ouvrir au nord, là où patientait l'immense armée de Mundoo.

Le périmètre extérieur ne comptait plus que de rares vestiges de son armée, ainsi que les milliers de cadavres qui jonchaient le sol. Xavier Juflee avait disparu. Quelques centaines de Cartes n'ayant pu se replier à temps jetèrent leurs armes et se prosternèrent devant un groupe de Piques déchaînés.

— Épargnez-les ! leur hurla Dinah. Ou ce sont *vos* têtes que je ferai rouler.

Ses soldats acquiescèrent obligeamment. Wardley fit tourner bride à Cornier, et ils s'éloignèrent du palais au grand galop, le coursier blanc ensanglanté grimpant prestement les collines. Il était temps pour Dinah de réunir son conseil de guerre pour mettre à exécution le reste du plan.

Elle jeta un regard en arrière. De là où elle se trouvait, elle distinguait tout : les champs de fleurs sauvages désormais souillés d'écarlate ; les chevaux pâles des Yurkeis gisant, sans vie, de loin en loin ; la vaste quantité de dépouilles du côté nord, où l'armée de Mundoo et les Cartes continuaient de guerroyer. Dinah chercha Morte des yeux, sans parvenir à le trouver. Il était parti – elle ne pouvait plus rien y faire. Alors que Cornier fuyait le massacre, la jeune femme se retourna vers les tourelles qui dominaient le château et pria pour qu'un archer nommé Derwin Fergal ne retourne pas sa veste.

Chapitre 7

Dinah se souvenait de sa première rencontre avec Derwin Fergal ; à peine plus grand que son arc, il était déjà farouche et sévère à douze ans, adressant des sourires cassants à la princesse avant de fendre une flèche pour l'impressionner. Étant tous deux amis avec Wardley, il leur arrivait de se croiser, lors de compétitions équestres auquel le garçon participait, au cours de parties de croquet ou d'interminables défilés de robes de bal scintillantes qu'ils semblaient détester autant l'un que l'autre. Même à l'époque, Dinah voyait bien que Derwin était concentré sur autre chose : même en présence d'une princesse lunatique, il ne pensait qu'à ses flèches.

À seize ans, Derwin était entré chez les Cœurs en tant qu'écuyer, et avait peu à peu gravi les échelons jusqu'à servir sous les ordres directs de Royan Eugedde, le chef des archers. Derwin et Wardley s'étaient un peu perdus de vue, chacun étant parti dans une direction différente, mais ils demeuraient en bons termes. Selon Wardley, il n'y avait rien que Derwin ignorât encore dans le domaine du tir à l'arc, Euggede était donc devenu une sorte de figure paternelle à la disparition du papa du garçon. Comme bien d'autres, ce dernier avait été englouti dans les replis des Tours noires sans autre forme de procès. Le talent de Derwin s'était développé en même temps que sa rage provoquée par la détention de son père. L'on racontait qu'il pouvait abattre une biche en pleine course à un kilomètre de distance, même à travers un épais feuillage, d'une seule flèche en plein cou. Parfois, il se targuait d'être meilleur archer que la plupart des Yurkeis, une assertion bien prétentieuse même au sein du palais des merveilles.

Juste avant que le monde de Dinah ne sombre dans une mer de trahison, Derwin avait été nommé Chef-Archer des Cartes de Cœur. Sa réputation était légendaire, si bien que lorsque Wardley avait suggéré son nom durant l'un des premiers conseils de guerre de Dinah, la princesse et Cheshire avaient tous deux fait montre d'un profond intérêt. *Un Fergal ? Dans leur camp ?*

L'idée avait d'abord parue ridicule, et pourtant Dinah se retrouvait désormais à remettre sa vie – et celles des personnes à qui elle tenait le plus – entre les mains de ce garçon qui avait tenté de l'impressionner une éternité plus tôt.

— Tu penses qu'il peut y arriver ? chuchota-t-elle à l'adresse de Wardley. (Il lui pressa la main.)

— Si quelqu'un en est capable, c'est bien lui.

Cornier continuait de remonter au galop la colline face au palais. Une écume souillée de sang s'écoulait de sa bouche. Wardley lui murmurait des paroles désespérées, semblant presque oublier la présence de Dinah derrière lui. Elle resserra ses bras autour de sa taille, profitant de ce contact et de cette proximité réconfortants. Ses cheveux recelaient toujours la même odeur de paille et de citron, à laquelle venait désormais se superposer une puanteur prégnante : un mélange de fumée et de sang séché qui faisait monter les larmes aux yeux de la jeune femme. Elle ferma les paupières un instant, prétendant qu'il était sien et qu'ils chevauchaient ensemble vers le château, partageant le trône le jour et des draps entortillés la nuit.

La monture ralentit l'allure en se rapprochant de la crête depuis laquelle Dinah avait observé le début des combats. Même si l'affrontement n'avait duré que quelques heures, une vie semblait s'être écoulée. Dinah n'était plus la même personne, cette petite fille qui s'était jetée dans la mêlée avec l'espoir d'assouvir sa rage, de satisfaire sa fureur. Un espoir vain. En réalité, si elle écoutait son cœur, il semblait en réclamer davantage.

Dinah réprima ses sentiments et poussa une longue expiration en examinant le royaume en contrebas.

— Z'êtes prête ? (Sire Gorrann lui tendait la main pour l'aider à descendre.) Dépêchez, on n'a pas beaucoup d'temps.

Elle garda les yeux rivés sur les tourelles et se laissa entraîner à reculons vers la tente érigée en hâte sur la proéminence. Sa toile pourpre et les bannières yurkeis claquaient au vent quand elle se pencha pour y pénétrer. Cheshire l'attendait à l'intérieur, à court d'haleine et couvert de sang.

— Vite ! Déshabillez-vous ! aboya-t-il.

Avec l'aide de sire Gorrann, ils dépouillèrent Dinah de son armure. D'abord son plastron naguère blanc, désormais rouge, le cœur brisé maculé de boue. Cheshire s'affaira ensuite à retirer les jambières en cuir noir et les lanières qui ceignaient sa taille.

— Qu'est-il arrivé à votre cape ?

Dinah secoua la tête.

— Ne m'en parlez pas.

Il fit la grimace.

— Dommage, je l'aimais bien.

Le rabat de la tente se replia et Dinah dressa la tête, surprise, quand Wardley entra d'un pas pesant, lesté d'un sac encombrant. Il paraissait meurtri, mais plus encore fatigué. Du sang et de la cervelle maculaient son uniforme soigné. *Il a tué tant d'ennemis.* Elle en était témoin. Dinah détacha la faveur rouge à son poignet et s'en servit pour attacher une tresse au sommet de son crâne.

— Tout est là ?

Wardley acquiesça avant de vider son ballot. Des robes marron, habituellement portées par des indigentes, tombèrent au sol dans un bruit sourd. Une odeur de poisson leur assaillit les narines.

— Vous êtes sûr que c'est nécessaire ? demanda Dinah à Cheshire, qui se pinçait le nez d'un air dédaigneux.

— Plus maintenant, répondit-il en secouant la tête. Je songerai aux conséquences de cette décision une autre fois.

Il se tourna vers Wardley quand Dinah enfila le sac par-dessus sa tunique blanche et son pantalon noir.

— Est-ce que le petit Fergal se trouve du côté sud ?

Wardley tentait de se laver les joues à l'aide d'un torchon, les traits tirés.

Dinah répondit à sa place.

— Oui. Il est là. Je l'ai vu.

Quand Morte s'était élancé dans la mêlée, elle avait aperçu Derwin au sommet de la tourelle, sa veste argentée reconnaissable entre toutes scintillant dans la lumière matinale ; il tirait trait sur trait en direction des Yurkeis depuis l'intérieur de l'enceinte. Malgré la parade défensive des grues blanches, il avait à vue de nez abattu une cinquantaine de Yurkeis et un certain nombre de Piques. Dinah avait ensuite vu les deux frères de Derwin se faire cribler de flèches et s'était demandé s'il tiendrait la distance à présent que l'armée rebelle avait abattu sa famille. Elle l'avait vu aller et venir d'une tourelle à l'autre ; un homme plus à l'aise loin du sol, qui adorait le souffle d'une flèche frôlant sa joue. Et à présent, leur sort reposait entre ses mains.

Le souffle de Dinah sortait péniblement de ses poumons contusionnés quand elle avança dans son sac de jute marron. Dans le fond de la tente, une jeune Yurkei nommée Napayshi était en train de revêtir l'armure de Dinah. La Reine rebelle posa la main sur les cheveux noirs et courts de la fille, ne sachant trop quoi dire ou ressentir.

— Vous n'êtes pas obligée de faire ça, murmura-t-elle. Nous pouvons trouver une autre solution.

— Que dalle, ouais ! aboya Bah-kan en effectuant une entrée remarquée dans la tente.

Napayshi saisit alors la main de Dinah, faisant courir sa peau brune et lisse sur la paume maculée de sang de la princesse.

— C'est un plaisir de mourir pour mon peuple, pour Mundoo.

Ses yeux noirs croisèrent ceux de Dinah, et son expression convainquit cette dernière que l'amour de cette femme pour Mundoo dépassait la simple loyauté.

La Yurkei se pencha en avant.

— Ne vous méprenez pas, je ne fais pas cela pour vous. Je verrai mon peuple s'élever de la vallée des grues, je le regarderai récupérer ses terres.

Une volute de fumée bleue s'échappa de ses lèvres.

Dinah se renfrogna, tentant de ne pas inhaler. *Maudits soient Cheshire, la Chenille et leur plan tordu.*

Elle recula d'un pas, un sourire troublé aux lèvres, et laissa les Yurkeis achever d'équiper la fille. Elle se rappela les paroles de Cheshire quand ils avaient évoqué cette stratégie, que Dinah avait d'abord rejetée sans pour autant trouver d'alternative viable. *C'est à la fois une diversion et une arme.*

Napayshi se leva et carra les épaules comme l'avait fait Dinah. C'était étrange de voir cette jeune créature devenir l'effrayante reine, avec son armure cabossée et couverte de sang. Un sang que Dinah avait fait couler. Des bosselures que Dinah avait gagnées seule. La gorgère de l'armure dissimulait le visage de la jeune femme, et entre le sang répandu sur ses joues et ses courts cheveux noirs, même Dinah était impressionnée par l'efficacité de la transformation.

Elle se tourna vers son groupe disparate de partisans.

— Préparons-nous. Nous devons faire vite.

Dinah, Cheshire, Wardley, Bah-kan, Ki-ershan et sire Gorrann étaient blottis les uns contre les autres dans leurs sacs de jute.

— Ah, ah, ah ! s'esclaffa Cheshire en lui ôtant la couronne de la tête. (Dinah porta les mains à ses cheveux.) Vous alliez oublier ça.

Elle se sentait nue, sans sa coiffe.

— Vous la récupérerez, siffla Cheshire. Je jure sur ma vie qu'une couronne plus belle que celle-ci viendra orner votre tête.

Leurs regards se croisèrent.

Comme tout le monde guettait son ordre, Dinah ferma les yeux et prit une grande inspiration, rassemblant son courage pour retourner au combat.

— Le roi nous attend.

Les deux groupes émergèrent en même temps de la tente, Napayshi par devant, une poignée de miséreux en haillons par derrière. La fausse reine grimpa sur un cheval noir, minuscule par rapport à la véritable monture de Dinah. En regardant s'en aller son double, la jeune femme éprouva un violent pincement au cœur. Morte allait-il bien ? Était-il en train d'agoniser quelque part, en se demandant où elle était ? Alors même que ces questions lui traversaient l'esprit, elle savait qu'elle n'avait aucun moyen d'y répondre.

Dinah se tourna alors vers le palais, la pile de cadavres et les charognards qui tournaient dans le ciel, l'ombre des vautours se répercutant déjà sur les dépouilles ; elle observa aussi les portes de fer et les murailles. Un éclat argenté parcourait les escaliers et chemins de ronde qui reliaient les tourelles entre elles à l'avant du château. Derwin.

Plus bas, Dinah vit les Piques – traités de traîtres la veille, désormais conquérants – arpenter les contours du palais, tandis que des hordes de femmes et d'enfants effrayés pleuraient dans la cour en s'agrippant désespérément les uns aux autres, en quête qui d'un père, qui d'un mari, qui d'un fils. Les membres de la cour prenaient les armes pour protéger leur maison. Dinah leur accorda à peine un coup d'œil. Elle ne pouvait s'appesantir sur leur sort, pas maintenant. Il n'y avait qu'un seul moyen de les sauver tous : entrer dans le palais sans en éliminer des milliers d'autres en chemin.

Elle vit Derwin contourner le côté sud du château pour aller se mettre en position. Il traversa les écuries en courant et émergea au-dessus des portes de fer, grouillant désormais de Yurkeis. Sans s'arrêter, il décocha des flèches dans le crâne de deux envahisseurs qui tentaient de l'arrêter. Dinah ferma les yeux. *Je suis désolée, désolée, mais il a un rôle à jouer.* Les hommes, *ses* hommes, hurlèrent en tombant vers leur mort. La ligne de la trahison en temps de guerre était si ténue qu'on l'eût crue faite de sable.

Tandis que Derwin prenait position, Dinah vit deux autres archers basculer par-dessus le rempart. Elle inspira longuement et se détourna lorsqu'il visa de nouveau. Des cris retentirent tout autour d'elle tandis que les Piques se précipitaient vers la fausse reine, juchée sur sa monture, hors de leur portée. Les Yurkeis rescapés couraient eux aussi, leurs cris féroces attirant l'attention des Cœurs restés du côté sud du palais. Sous sa capuche brune et crasseuse, Dinah vit Derwin Fergal encocher une flèche spécialement créée pour un tir rapide de longue distance – et considéra l'armée de la Reine rebelle par-delà la tour. Les Cartes de cœur avançaient lentement vers la jeune Yurkei, les yeux sur Derwin, en priant pour que le garçon parvienne à accomplir ce dont nul autre n'était capable. L'archer s'immobilisa. Dinah reporta son attention sur Napayshi et son étalon noir, la couronne rouge posée sur sa tête, l'allure altière et magnifique, le symbole de son peuple. Prête à se sacrifier. La fausse reine beuglait des ordres en imitant à la perfection la voix fière et hautaine de Dinah tandis qu'elle se rapprochait au galop du palais, attirant de plus en plus de Cartes. La vraie princesse souffla, vidant l'air de ses poumons. Un seul tir.

Sire Gorrann et Wardley se postèrent devant Dinah, au cas où, bien décidés à protéger leur reine. La jeune femme se dressa sur la pointe des pieds pour regarder par-dessus leurs épaules, oubliant tout le reste – la bataille, le palais, le roi – pour se concentrer uniquement sur la Yurkei. Il n'y avait plus que Derwin et cette fille que tout le monde prenait pour la reine. L'archer visa le cœur rouge peint sur son plastron. Dinah s'arrêta un instant pour contempler le palais, ses cheveux noirs lui tombant sur les joues. *Il ne peut pas manquer.*

Derwin libéra sa flèche. Le trait fila, parfaitement droit et rectiligne. Il vola devant les murs du palais, plongeant vers la Yurkei avec la détermination d'un faucon. La flèche l'atteignit avec une telle force qu'elle fut démontée de son cheval et précipitée à terre. Elle heurta le sol dans un grand fracas ; ce bruit terrible résonna longuement aux oreilles de Dinah, qui savait son cœur marqué à tout jamais. Elle fit la grimace quand un silence absolu se déposa. Le cœur de verre rouge scintillait à la lumière, à l'endroit où il émergeait de la poitrine. La fille gisait telle une poupée de chiffon, la pointe émergeant de son dos, une fleur de sang sombre exsudant de sa poitrine. Napayshi était morte avant d'avoir touché terre.

Dinah se sentit sur le point de tourner de l'œil. Wardley déglutit en blêmissant.

— Eh bien, c'était à peu près aussi horrible que je l'avais imaginé.

Dinah ravala sa bile.

— Non, c'était pire.

Des cris de triomphe retentirent en contrebas. Les Cœurs qui protégeaient le côté sud du palais s'élancèrent vers eux. Partout, les Cartes hurlaient leur joie, lâchaient leurs armes, s'étreignaient mutuellement.

— La Reine rebelle est morte !

Dinah fut bousculée vers l'avant tandis qu'une foule se formait autour du corps.

— C'est la reine ! La Reine rebelle ! s'exclama Wardley en déformant sa voix. Elle est morte ! La victoire est à nous !

Dinah, Cheshire, Wardley et Bah-kan ramassèrent le corps de la fille et le hissèrent sur leurs épaules pour le ramener au palais. Dinah en éprouvait le poids sur son dos, tandis qu'un filet de sang écarlate dégouttait lentement sur son visage, lui coulant sur la joue. Il était encore chaud. Les Cœurs se rassemblèrent autour de la victime.

— C'est la reine ? Elle est morte ?

— Oui, sieurs, répondit sire Gorrann d'une voix cassante. Abattue par une flèche en plein cœur.

— Oui, on a vu ça, confirma un haut gradé dont le nom échappait à Dinah.

— Pourquoi vous la touchez, bande de crasseux ? Sa dépouille doit être portée au roi immédiatement.

Dinah et ses hommes la déposèrent soigneusement ; le cœur de la princesse battait si fort qu'elle était convaincue que les Cartes pouvaient l'entendre. Un geste déplacé, et ces hommes les élimineraient sur-le-champ.

— Transportez-la à l'intérieur, vite !

Les soldats se saisirent du corps de Napayshi pour l'emporter au cœur de la cité.

Dinah et ses hommes battirent en retraite, fendant la foule pour regagner le côté sud du palais. Sur la colline, le battement des tambours se fit entendre, tandis que les vagissements joints des Yurkeis et des Piques emplissaient l'air. Dinah baissa la tête pour esquiver la volée de flèches dirigée vers les Cœurs qui rentraient le cadavre dans la cour pour le livrer au souverain.

Dinah jeta un dernier coup d'œil à l'intérieur des murailles. Le corps de Napayshi se mit à se convulser, réagissant à l'imposante quantité de fumée bleue qui commençait à être libérée. Alors que son sang refroidissait, la forme liquide de la drogue de la Chenille se vaporisait dans l'air.

— Qu'est-ce que c'est que ce truc ?

C'était pour le moins surprenant.

Elle entendit les cris inquiets derrière elle, cependant que les Cœurs et les villageois observaient, perplexes, la fumée s'élever par le nez et la bouche de la reine morte. Dinah s'autorisa un dernier regard en arrière avant de se mettre à courir. Les Cartes, pliées en deux, toussaient pour recracher la fumée bleue entrée dans leurs poumons. Dinah savait d'expérience qu'ils se perdraient bientôt dans une brume agréable, inconscients de leur entourage.

La cour se remplit rapidement de ce brouillard bleuté qui se déversait désormais par vagues du corps de Napayshi. Le chaos se déchaîna quand les personnes présentes tentèrent d'échapper à ses vrilles fourbes, mais il était déjà trop tard.

Dinah constata avec un bonheur croissant le ralentissement des piétinements des paysans comme des Cartes. Tous cessèrent de crier, de bouger. Des sourires ravis égayèrent leurs visages, et ils se mirent à murmurer pour eux-mêmes. En quelques minutes, la horde furieuse prête à défendre le palais s'était muée en une bande de nigauds s'amusant des hallucinations qui se déroulaient devant leurs yeux.

Cette drogue leur avait permis de neutraliser la violence de ce côté du palais et de distraire les Cœurs. Grâce au sacrifice de Napayshi, les Cartes et le roi croyaient désormais Dinah morte. Il ne leur restait plus qu'à mettre la main sur le souverain, qui devait se terrer dans le donjon, un lieu seulement accessible depuis les confins du palais, qu'ils n'auraient autrement jamais pu rejoindre sans attirer l'attention générale et provoquer un véritable bain de sang. Ils avaient pavé la route pour les troupes de Mundoo, et il était à présent temps pour un plus petit groupe de se mettre en action.

— Arrêtez d'lanterner, maugréa sire Gorrann. Elle est morte. Allons-y.

Le groupe de Dinah s'élança vers la petite touffe de fleurs sauvages juste devant la muraille principale. La jeune femme observa les tourelles et avisa un éclat argenté comme Derwin en descendait. Elle le salua brièvement, et une flèche se planta à ses pieds avec un bruit sourd, signe que Derwin Fergal avait accompli son devoir. Son nom resterait sur les lèvres des enfants de ses enfants, et il entrerait dans les livres d'histoire comme étant l'homme qui avait abattu la Reine rebelle ou celui qui avait aidé la reine de cœurs à accomplir son coup d'État. Dans un cas comme dans l'autre, Derwin Fergal en sortirait grandi.

Dinah et ses hommes atteignirent l'herbe moussue et les massifs de fleurs tout autour.

— Je sais que c'est par ici, je le sais.

Elle fouillait frénétiquement le sol, repoussant la terre, arrachant des herbes qui n'avaient pas été coupées depuis des années.

Bah-kan fit un pas en avant.

— Vous êtes sûre que c'est le bon endroit ? Je me rappelle avoir vu un plan du palais montrant des entrées secrètes…

— Silence ! aboya Dinah. Fermez-la. Tout le monde.

Nul ne pipa mot. Dinah se redressa, tourna sur elle-même et contempla le soleil, se remémorant le fin croissant de lune qui avait illuminé sa route cette nuit-là, celle où elle avait rencontré Vittiore pour la première fois, lorsque Cheshire lui avait révélé l'existence des tunnels. La lune se trouvait alors… *là-bas*. Elle avança d'une dizaine de pas et s'accroupit. En quelques secondes, ses doigts avaient repéré le sillon dans la terre et tracé le contour de la trappe.

Elle la souleva et sourit à ses hommes quand un nuage de poussière se déposa sur elle. Elle décocha à Cheshire un rare clin d'œil complice. Il lui tendit une torche.

Dinah se racla la gorge.

— Je crois que notre revanche nous tend les bras. À présent, à genoux, messieurs.

Les souterrains secrets menant dans l'enceinte du palais étaient aussi déserts et silencieux que lorsqu'elle les avait traversés pour la première fois, tant d'années auparavant.

Chapitre 8

L'obscurité consumait Dinah. Elle se trouvait loin sous la surface, et l'odeur de terre humide submergeait ses sens. Pendant un instant, elle se trouva désespérément seule, griffant la boue autour d'elle. Elle finit par brandir la flamme rose de sa torche devant son visage sévère.

— Tu es sûre que c'est par là ? siffla Wardley, deux pas derrière elle. Je crois qu'on est perdus.

— Fais-moi confiance.

Elle agita de nouveau sa torche. Le tunnel aurait dû se trouver là – elle le savait. Pourtant… Ah ! Elle s'accroupit, rampa dans une petite ouverture, se frayant un chemin à travers la fine couche de terre qui avait empli le tunnel depuis son dernier passage. Des vers, des araignées et d'autres créatures dont il valait mieux ignorer la nature dégringolèrent autour d'elle tandis qu'elle déplaçait la boue.

Les racines noires qu'elle connaissait bien se tortillaient au-dessus de sa tête, et Dinah les entendait se tendre vers elle, cherchant à s'emparer de son corps et de son esprit.

Avec un cri, elle parvint à franchir l'obstacle. Wardley lui tenait la cheville pour ne pas la perdre. Une fine paroi de terre s'effrita sous la main tendue de la princesse, qui progressa malgré la pluie de débris. Sa tête finit par émerger dans un conduit plus vaste, glacial, abandonné depuis longtemps. *Oui, oui, c'est ça !* En dépit de la pénombre, elle le voyait se déployer loin devant elle.

— On y est, chuchota-t-elle.

Elle se mit debout en attendant que les autres la rejoignent. Wardley, Ki-ershan, sire Gorrann, Bah-kan, Cheshire et une dizaine de Piques parmi les plus robustes l'avaient accompagnée dans son périple. Dinah leva sa torche bien haut pour observer les alentours. Elle retrouvait un terrain connu, avec le froid intense des tunnels, la terre humide, les racines noires. Elle s'élança, les mains contre les parois.

— Oui, oui, je crois qu'il faut aller par là !

— Dinah, arrête ! lui ordonna Wardley. Attends-nous !

Elle fit une pause pour reprendre sa respiration et attendit que Wardley la rejoigne en clopinant. Cet instant de répit raviva ses souvenirs des combats : Morte percutant les vagues ennemies ; son épée s'enfonçant dans un cou, un ventre ; la gorge tranchée de Yur-Jee. Des éléments cruels, qui ne l'emplissaient pourtant pas de désespoir. Après cet instant d'égarement, Dinah secoua la tête pour se ressaisir.

Concentre-toi. Concentre-toi. Une courte minute plus tard, Wardley émergea enfin à sa hauteur. Tous deux saignaient et affichaient les stigmates de la guerre.

— Est-ce que ça va ?

Dinah essaya d'oublier qu'il se trouvait tout contre elle. Son odeur, sa présence réconfortante, la chaleur de sa peau… tout cela pouvait suffire à la rendre dingue, et elle avait plus que jamais besoin de garder les idées claires. Elle le repoussa.

— Je suis si près de l'homme qui a tué Charles et usurpé ma couronne, lui murmura-t-elle doucement. Je ne peux pas perdre l'esprit ici, mais… Wardley. Cette bataille. Tout ce sang…

Elle n'informa pas le garçon qu'elle aimait de la fureur noire qui bouillonnait en elle, la rongeait de l'intérieur ; elle était pourtant prête à la rassasier de tout son saoul. Tout ce qu'elle touchait semblait prendre vie à son contact. Elle était éveillée, son épée criait vengeance.

Sire Gorrann émergea du petit trou dans le sol, les flammes roses de sa torche dansant sur son visage tanné.

— Vous disiez qu'c'était la façon la plus simple d'entrer au palais ? À vous écouter, c'tait pas plus fatigant qu'une balade sur l'terrain d'croquet.

Il décocha à Dinah un sourire qu'elle fut incapable de reproduire.

Cheshire apparut derrière lui, son apparence d'ordinaire immaculée soudain couverte de crasse. Elle le reconnaissait à peine sans ses ornements et sa cape pourpre.

— Oui, elle a raison, c'est bien ici, confirma-t-il. Je suis presque certain que ce tunnel mène à la tapisserie non loin des latrines du roi, et depuis laquelle nous pourrons gagner la Grand-Salle.

— Et où se trouvera-t-il ? tonna Bah-kan, qui refusait de parler bas en dépit des réprimandes de ses compagnons.

Il tenait sa Cœurépée tout contre sa poitrine ; son armure était couverte du sang de centaines d'autres guerriers.

— Le roi doit être au donjon, qui se trouve juste au-dessus de la Grand-Salle, conjectura Cheshire. Il doit s'y être réfugié avec son conseil et la reine Vittiore.

— Elle n'est pas reine, rétorqua Dinah d'un ton glacial. Ce n'est qu'une étrangère placée sur le trône.

— Et une innocente, lui rappela Wardley avec fermeté. Un pion dont s'est servi le roi, comme toi. On doit rallier un maximum de gens à notre cause.

Dinah inspira un grand coup.

— Je sais.

Sire Gorrann laissa échapper un grognement de douleur en prenant appui contre une paroi. Une blessure à sa cuisse saignait abondamment et une estafilade lui barrait l'épaule, mais il refusait de laisser quiconque s'approcher pour le soigner. Il paraissait épuisé, avec son armure souillée de fluides indicibles. Après un instant de répit, il reprit sa route dans les tunnels.

— V'nez. Qu'on en finisse ! Quand l'palais découvrira qu'vous êtes encore en vie, les armées r'commenc'ront à s'tailler en pièces. Faut qu'la majorité d'ceux qui peuplent le palais survive. La fumée d'Iu-Hora fait effet moins d'deux heures. Les Yurkeis attendront pas éternellement pour piller la cité, et l'roi d'cœur s'r'tiendra pas. Leur rage va éclater, jusqu'à c'qu'y ait plus qu'des enfants pour faire la guerre.

— Dans ce cas, cessons de bavasser et hâtons-nous, répliqua Dinah. Suivez-moi.

Elle se mit à courir dans les tunnels, sinuant entre les portes et gravissant des marches de pierre boueuses sans réfléchir. Quelque chose en elle lui assurait que c'était bien l'escalier qu'elle avait déjà emprunté à deux reprises. Elle connaissait ces souterrains, et il semblait que plus elle tenterait d'y réfléchir, plus elle s'égarerait.

— Oui, murmura Cheshire en se glissant à sa hauteur. Je m'en souviens, maintenant, c'est bien par ici. Suivez-nous ! lança-t-il en se retournant.

— Est-ce que le roi nous attendra ? lui chuchota-t-elle, le souffle court et rare.

— Sans l'ombre d'un doute, répondit-il d'un ton sinistre. Mais il ignore que nous arrivons *par* le château. Pour l'heure, il nous pense encore à l'extérieur. Par ailleurs, il vous croit morte, ce qui signifie que l'effet de surprise jouera pleinement en notre faveur. Il prévoit de nous avoir à l'usure – cet imbécile pense que nous comptons assiéger le palais. Faites-moi confiance, ma chère : le roi, à cet instant, a largement baissé sa garde. Croyez en votre leurre. Cette fille était très convaincante.

Il lui adressa un sourire sinistre.

Dinah était toujours mal à l'aise au sujet de Napayshi, à présent réduite à un tas de chair répandant de la fumée bleue. Elle frissonna.

— Nous y sommes presque, annonça-t-elle à ses hommes. Dégainez vos armes.

Sire Gorrann remonta les rangs jusqu'à elle.

— Gardez-les contre vous, à l'intérieur de vos manteaux.

Dinah entendit le glissement du métal contre le fer. Elle serra son épée contre son cœur. Ils avaient atteint une épaisse porte en bois, contre laquelle tombait le dos d'une tapisserie exposant son père, monté sur Morte, Cœurépée à la main. Il avait l'air du guerrier le plus redoutable que le royaume eût jamais connu. *Et elle allait le tuer.*

Au-delà de la tapisserie se trouvait la Grand-Salle, sans doute pleine de citoyens merveilleux, de femmes et d'enfants venus trouver refuge.

— Rappelez-vous qui nous sommes et qui nous ne sommes pas, lança Wardley aux hommes. (Il prit Dinah par le bras.) Surtout toi. Garde la tête froide. Tu n'es peut-être pas son héritière de sang, mais tu partages son impulsivité.

Agacée, Dinah se libéra d'une secousse et écarta la tapisserie. Ils se retrouvèrent dans un étroit couloir donnant derrière le trône. Le groupe émergea du tunnel vêtu de haillons, une ceinture de corde serrée autour de la taille. Avec un peu de chance, les nombreux visiteurs présents dans la Grand-Salle les prendraient pour de simples paysans venus s'abriter dans un endroit où ils n'appartenaient pas.

Mais qui s'en soucierait, alors que l'ennemi tentait d'abattre les murailles ?

— Tout le monde est prêt ? demanda Dinah.

Sire Gorrann la bouscula pour lui passer devant.

— J'y vais d'abord.

Ki-ershan se posta lui aussi devant la princesse, tous les muscles de son corps bandés, prêt à attaquer. Sire Gorrann émergea dans la Grand-Salle. Dinah le suivit, tête baissée. Elle s'attendait à découvrir des centaines de Merveilleux, largement plus nombreux que sa petite troupe.

Elle s'immobilisa, bouche bée de stupéfaction. Wardley la dépassa avec une mine dégoûtée.

— Comment se… ? (Il s'interrompit.) Où sont-ils tous ?

La Grand-Salle était déserte. La pièce, tellement immense, paraissait mille fois plus vaste que dans les souvenirs de Dinah. Les trônes dorés étaient là, avec leurs cœurs gravés. Elle avisa aussi la fenêtre en cœur, qui nimbait la salle d'une lumière rouge, ainsi que la « Boîte », cette alcôve où Wardley et elle se retrouvaient pour échanger des secrets. Dinah était de retour chez elle, mais personne n'était là pour l'accueillir.

— Où sont les habitants ?

Même Cheshire paraissait étonné, alors que cette expression ne semblait pas faire partie de sa gamme d'émotions habituelle.

— Dans les rues, répondit sire Gorrann. Ils les ont renvoyés dehors.

Wardley serra les dents en étreignant le pommeau de son épée.

— Quel genre de roi refuserait la protection de son palais à son peuple en temps de guerre ?

Cette fois, elle en avait assez. Dinah retira son vêtement en jute. Ses cheveux scintillèrent dans la lumière rouge, comme si sa tête était faite de flammes.

Elle dégaina son arme.

— Le genre de roi qui va mourir aujourd'hui.

Sire Gorrann laissa échapper un hoquet de stupeur.

— Pourquoi vous r'tirez vot' déguisement ? Arrêtez !

Dinah se tourna vers lui, les yeux brûlant d'une rage légitime.

— J'ai quitté ce palais, ma maison, couverte d'un manteau ; je me suis enfuie pour sauver la vie de la petite fille effrayée que j'étais. Je ne reviendrai pas sous l'habit d'une paysanne, tout aussi effrayée. Je reviens ici comme reine, en temps que femme venue revendiquer le trône qui lui revient de droit. Venez, débusquons-le !

Son discours inspira ses compagnons, qui l'acclamèrent avant de se précipiter vers la sortie, l'épée au clair, débarrassés de leur costume. Bah-kan ouvrit à la volée les portes de la Grand-Salle. Deux Cœurs étaient postés dans le couloir désert, et Dinah les prit en pitié quand ils observèrent l'ennemi apparaître derrière eux. Bah-kan les élimina rapidement et brutalement. Le groupe s'élança alors dans les corridors de marbre. Seigneurs et dames, domestiques et enfants ouvraient leurs portes en entendant ces bruits de course. En voyant leur groupe déferler, ils se repliaient dans leurs quartiers, terrifiés.

— Cachez-vous ! hurlait Dinah à ces imbéciles en leur passant devant. Barricadez-vous à l'intérieur !

Tous obtempéraient sans poser de questions.

Comme un seul homme, la bande grimpa les escaliers de pierre menant au donjon, l'un après l'autre, jusqu'à avoir l'impression de ne plus pouvoir gravir la moindre marche. Arrivés au sommet, ils émergèrent dans une vaste pièce, où une collection d'armes était exposée sous les chefs-d'œuvre les plus inestimables du Pays des merveilles. Dans un coin de la pièce sombre, un unique colimaçon montait au donjon.

Ils s'arrêtèrent en ordre irrégulier. Au pied des marches, deux douzaines de Cartes étaient disposées en une ligne silencieuse, formant comme un échiquier élaboré avec leurs uniformes rouge et blanc bardés de galons et de médailles. Xavier Juflee, le commandant des Cœurs, se tenait en première ligne, un bouclier dans une main, l'épée dans l'autre. En voyant arriver les combattants de Dinah, les Cartes dégainèrent. Il y eut un instant d'hésitation durant lequel les deux factions observèrent la scène en anticipant le carnage à venir.

Juflee ouvrit de grands yeux ronds en reconnaissant Dinah.

— Quoi ? s'étrangla-t-il. Mais je vous ai vue mourir.

Plusieurs autres Cœurs reculèrent, frappés d'admiration.

Dinah s'avança pour s'adresser au commandant d'une voix ferme.

— Xavier. Nous ne tenons pas à nous battre. Je suis juste venue récupérer mon trône, usurpé par votre roi. Si vous vous effacez, vous obtiendrez tous la grâce et pourrez conserver votre poste actuel. Je vous en conjure, livrez-vous.

Juflee mit plusieurs secondes à retrouver contenance. Quand sa surprise s'estompa enfin, il lui décocha un sourire mauvais.

— Je ne peux pas faire ça, princesse. Vous êtes une meurtrière et une traîtresse, et j'aurai grand plaisir à livrer votre tête au roi. À moins, bien sûr, que *vous* vous rendiez.

Dinah branla du chef d'un air triste. Elle recula entre les rangs protecteurs de ses hommes. Xavier leva le bras, et la jeune femme l'imita. Elle poussa un cri, et ses guerriers chargèrent, les deux groupes se mêlant en quelques secondes. La pièce minuscule s'emplit du fracas des épées et des hurlements. Les deux factions ferraillaient, Dinah aidant autant que possible. Elle ne pouvait cependant pas courir le risque de se faire blesser maintenant, pas si près du but.

L'affrontement fit rage pendant plusieurs minutes, jusqu'à ce que Xavier Juflee traverse ses lignes de plus en plus éparses et se rue sur elle, fendant l'air juste devant sa gorge. En un clin d'œil, la lame de Wardley s'interposa ; mentor et élève se retrouvèrent à danser, alignant bottes et parades. Ils tournaient et sautaient, se mouvant plus vite que jamais. Wardley essayait sans cesse de reculer d'un pas lorsque Xavier l'engageait. Ce dernier, perdant patience, finit par jurer en insultant le renégat.

— Pourquoi tu ne veux pas m'affronter, mon garçon ?

Wardley le repoussa avant de lui infliger une vilaine estafilade à la joue.

— Parce que vous étiez mon ami et que je ne souhaite pas votre mort ! s'écria-t-il. Sincèrement. Mais si vous vous approchez d'elle à nouveau, je n'hésiterai pas à vous tuer.

Xavier éclata de rire.

— Tu n'en es pas capable.

Un profond grondement agita la pièce quand Bah-kan s'avança.

— Moi si, et je vais le faire !

Sans crier gare, Bah-kan se précipita sur Xavier à une allure terrifiante. Toute la pièce sembla se figer quand les deux hommes croisèrent le fer, produisant un bruit si puissant que Dinah le ressentit jusque dans sa poitrine. Bah-kan abattit sa lame massive en direction du Valet de cœur, qui l'esquiva de justesse en rebondissant contre un lustre tombé au sol. Porté par son élan, il repoussa Bah-kan et approcha sa lame ornée de cœurs de la gorge de son adversaire. Ce dernier réagit en projetant Xavier contre un mur avant de frapper de taille, manquant d'un cheveu la tête de la Carte. Sa lame se retrouva coincée dans la paroi. Il l'en extirpa avec un rugissement, projetant une pluie de cailloux minuscules. Leurs épées se heurtèrent encore et encore. Dinah eut le tournis rien qu'à les observer ; tous deux étaient si talentueux, les meilleurs combattants qu'elle eût jamais croisés. Ils se tournaient autour tels deux lions en cage.

Les combats se poursuivaient autour d'elle. Ki-ershan prit l'ascendant sur le second du Valet d'un coup de taille au ventre, tandis que l'une des Cartes tua trois des meilleurs Piques de Dinah. Wardley retourna éliminer un Cœur sournois qui s'approchait discrètement de son amie.

Celle-ci sentait l'odeur du sang autour d'elle. Dehors, au moins, il y avait le ciel et la terre, autant d'éléments permettant de vous ancrer dans l'affrontement. Ici, dans un espace clos, la réalité des combats était plus étouffante, plus prégnante.

Wardley sectionna le bras du Cœur avant d'abattre sa lame dans l'estomac du mourant. Les poignards de Cheshire trouvèrent des cous où s'enfoncer, ceux d'hommes qui eurent l'air stupéfaits et perplexes avant de s'écrouler la tête la première. Sire Gorrann, aux prises avec deux Cartes, parvint à les assommer l'une contre l'autre, avant d'embrocher leurs deux épaules d'un coup. Elles cédèrent en implorant grâce avec force gémissements. Ainsi donc, même les plus hauts gradés pouvaient tomber très bas en période de guerre. Sire Gorrann, haletant sous l'effort, brandit son épée bien haut avant d'interroger Dinah d'un regard.

Elle secoua la tête.

— Accordez-leur la miséricorde qu'ils réclament, ordonna-t-elle.

Sire Gorrann obtempéra. Dès lors, les hommes de la reine prirent rapidement l'avantage et expédièrent les derniers hommes du roi. La plupart de ceux-ci se virent épargnés – mais pas tous.

Bientôt, seuls Xavier et Bah-kan se défiaient encore, répandant chacun un sang poisseux sur le sol de pierre déjà glissant. La blessure à la tête du premier saignait abondamment ; le second souffrait d'une plaie au flanc. La fatigue les gagnait, et leurs coups se faisaient plus lents, plus désespérés. Même les Cartes blessées les contemplaient avec révérence, conscientes qu'elles n'assisteraient sans doute jamais à plus beau duel.

Xavier planta son regard dans celui de son adversaire.

— Je vous connais, siffla-t-il. Stern Ravier, ancien Trèfle réputé devenu traître et Yurkei, tout de plumes vêtu. Dites-moi, avez-vous eu une ribambelle de petits traîtres, avec quelque catin yurkei ?

Bah-kan porta un coup fulgurant du plat de son épée, faisant tomber le Valet de cœur à la renverse. Le bouclier de Xavier glissa à travers la pièce.

Bah-kan secoua son arme en rugissant.

— Je suis né Trèfle, mais je mourrai Yurkei, avec la gloire et les honneurs. Et ce jour-là, je m'élèverai avec les grues et en profiterai pour chier sur votre tombe !

Xavier se releva d'un bond, l'épée brandie au-dessus de la tête. Dinah vit l'occasion se présenter. Bah-kan, avec une dextérité époustouflante, fit remonter son épée sous les côtes de son ennemi. La pointe rejaillit par le dos, et le Valet de cœur s'affala en avant sur la lame. L'ancien Trèfle recula d'un pas en rugissant de triomphe rien qu'un instant trop tôt. Xavier, fidèle jusqu'à la mort, jeta ses dernières forces dans un ultime assaut et planta son épée dans le cou de Bah-kan. Tous deux retombèrent au sol, emmêlés dans la mort, leur sang se mélangeant au sol.

— Bah-kan ! Non, non !

Dinah poussa un hurlement d'agonie en écartant le corps du Valet pour recueillir entre ses bras la tête massive du Yurkei. Celui-ci la considéra avec un mélange d'inquiétude et d'incrédulité.

— Oh, Bah-kan, je suis tellement désolée. Tellement désolée.

Elle lui embrassa délicatement le front. Il cligna rapidement les paupières et lui sourit, à travers les voiles de sang qui les recouvraient tous deux. Elle sentit alors tout le poids de son fidèle guerrier, le grand Trèfle, un homme qui avait vécu – et était mort – deux fois.

— Ma reine, articula-t-il dans un gargouillis.

Il prononça quelques phrases en yurkei, cilla une fois de plus ; ses yeux vitreux se rivèrent alors sur le plafond, et sa poitrine cessa de remuer. Dinah se pencha sur lui, effleurant de ses cheveux son visage immobile. Le silence emplit la pièce, même au sein des Cartes épargnées. Des larmes ruisselaient sur le menton de la jeune femme, étalant la peinture blanche qui couvrait la figure de Bah-kan. Elle les essuya.

— Il aura droit à des funérailles de guerrier. Elles auront lieu à Hu-Yuhar, sa vraie demeure.

Elle se tourna vers les deux Cartes qui gisaient, blessées, aux pieds de sire Gorrann. Elle en botta un dans les côtes ; il grogna de douleur avant qu'elle lui saisisse le menton. Elle plongea ses yeux noirs dans les siens.

— Vous veillerez à ce que son corps reste intact et ne soit pas souillé, c'est compris ? S'il lui arrive quoi que ce soit, je vous retrouverai, et ma miséricorde ne sera plus qu'un lointain souvenir.

Les deux hommes contemplèrent Dinah d'un air terrifié. Ils acquiescèrent à l'unisson.

— Oui, ma reine.

Chapitre 9

Dinah prit une grande inspiration, arracha son regard à la forme inerte de Bah-kan et observa les hommes autour d'elle : Cheshire, Wardley, Ki-ershan, sire Gorrann. Ses yeux croisèrent ceux de celui-ci. Elle y lut la même soif de vengeance qu'elle éprouvait, la promesse de mettre enfin un terme à ces horreurs. Plombée par le chagrin, elle sentait ses mains trembler de fatigue et d'émotion. Elle savait ce qu'il y avait à faire, à dire. Cela l'emplissait de terreur, mais la colère qui l'animait étouffait ses doutes. Elle se tourna vers ses troupes.

— Moi seule affronterai le roi. Je refuse que quelqu'un d'autre meure à ma place aujourd'hui. Ce doit être moi. Faute de quoi, je n'aurais plus aucune légitimité à revendiquer le trône. Vous comprenez ?

Wardley s'avança et la saisit sans douceur par les épaules.

— Dinah, je ne te laisserai pas le tuer.

— Le peuple ne respectera pas une reine qui aura chargé quelqu'un d'autre d'effectuer les basses besognes à sa place. N'est-ce pas précisément pour cette raison que j'ai engagé cette bataille ? Je montrerai à tous (elle brandit son épée vers la porte) que je n'ai pas peur d'un roi ayant épuisé son règne.

— Dinah... (Les yeux de Wardley brillaient de larmes.) Je ne veux pas te perdre aujourd'hui. Pas maintenant. Nous sommes parvenus si loin...

Elle lui adressa un léger sourire et lui caressa la joue.

— Wardley... (Elle toucha alors l'endroit de son front où se trouvait habituellement sa couronne.) Obéis-moi.

Il baissa la tête, les poings serrés le long de ses flancs.

Dinah se dirigea alors vers le donjon, ses hommes dans son sillage.

À l'intérieur des tours fortifiées se trouvait une pièce peu décorée, mais remplie pour tenir un siège. De la nourriture et des armes s'empilaient contre les murs. Des Cœurs et des dizaines d'hommes issus de nobles familles se tenaient devant. Le conseil du roi était réuni autour d'une estrade accueillant un trône de fortune. Le roi de cœur siégeait dessus. Il avait considérablement vieilli en un an. Ses cheveux blonds qui lui tombaient aux épaules laissaient apparaître des mèches grises. Son corps imposant, autrefois robuste et vigoureux, s'était ramolli. Ses bras demeuraient toutefois énormes, sa peau veinée, et Dinah voyait ses muscles saillir sous son armure. Son visage était marbré de rouge, ses yeux bleus plissés et injectés de sang.

Le souverain étreignait Cœurépée contre sa poitrine. Il dressa à peine le menton lorsque Dinah et ses hommes firent leur apparition. La princesse comprit aussitôt qu'il s'agissait d'une représentation, dans laquelle elle tenait l'un des rôles principaux. Il ne se lèverait pas devant elle, preuve qu'elle n'avait rien d'une reine à ses yeux. Pour lui, elle ne valait guère mieux qu'une roturière. La foule s'écarta silencieusement quand Dinah s'approcha de l'estrade.

Le roi se fendit d'un sourire condescendant.

— Il m'avait bien semblé entendre la voix de ma méchante fille. Moi qui vous croyais morte. Mais non, je vois que vous êtes revenue essayer de me voler ma couronne, sale petite ingrate.

Dinah se força à le regarder dans les yeux, même si ses jambes tremblaient légèrement. Le roi de cœur – celui qu'elle avait longtemps pris pour son père – avait toujours su l'effrayer, la briser. Pas ce jour-là. Pour une fois, elle ne le laisserait pas la réduire en miettes de l'intérieur et détruire tout ce qu'il y avait de positif. Dinah lutta pour conserver son assurance ; son cœur battait si fort qu'elle avait l'impression que toute la pièce pouvait l'entendre.

— Je ne suis pas ici pour *voler* la couronne, mais pour revendiquer ce trône qui me revient de droit. Ma mère était la reine Davianna, la couronne devrait donc m'échoir plutôt qu'à Vittiore, qui n'est pas de sang royal. Je suis venue réparer cette terre que vous avez détruite, réclamer justice pour tous les innocents que vous avez assassinés ou emprisonnés, et libérer le peuple yurkei de votre oppression avide.

La fureur déformait les traits du roi quand il se leva ; sa lame scintilla dans la lumière de cette fin d'après-midi. Il partit dans un rugissement.

— Je ne souffrirai pas de vous écouter parler de trahison dans mon propre palais ! Pauvre fillette pitoyable. Dès l'instant de votre naissance, vous m'avez dégoûté, avec vos pleurs et vos complaintes. Vous n'êtes pas ma fille, je le sens au fond de moi. *Vous*, avec vos cheveux noirs, êtes la bâtarde de votre mère ! Preuve qu'elle était bien la catin que je soupçonnais ! Je ne laisserai aucun de mes enfants se retourner contre moi.

— Ah bon ? s'écria Dinah, perdant déjà toute mesure. Et votre fils ? S'est-il retourné contre vous ? Charles était votre enfant ! Il était innocent !

Une veine se mit à palpiter sur le front du roi quand il laissa libre cours à sa rage.

— Je vous interdis de prononcer son nom, espèce de putain meurtrière ! (Il adressa un signe à ses Cartes.) Tuez-les tous, jusqu'au dernier. Tranchez-leur la tête !

Les soldats avancèrent d'un pas hésitant vers les hommes de Dinah. Sire Gorrann leva son épée quand un son terrible déchira la pièce, paralysant tout le monde. Chacun se tourna alors vers les fenêtres du donjon, tandis que le bruit atroce de fer ployé se réverbérait dans la pièce. Les murs tremblèrent quand des tonnes de pierre s'écroulèrent au sol. L'armée de Dinah avait forcé le portail nord. Les hurlements terrifiés des femmes et des enfants s'élevèrent de la cour en contrebas ; s'ensuivirent les cris de triomphe des Yurkeis et le fracas des sabots. La vaste armée de Mundoo déferlait dans l'enceinte. Le pillage du palais allait commencer, et les citadins prendraient les armes pour protéger leurs demeures.

En entendant les portes tomber, le roi blêmit. Il avait perdu. Dinah réfléchit à toute allure ; il lui fallait s'adresser au peuple, et vite, ou tout dégénérerait dans le chaos et de nouveaux actes de violence. Elle baissa la voix et dévisagea le roi.

— C'est terminé. Nos armées ont franchi vos murailles. D'ici une heure, nous aurons investi tout le palais des merveilles. Je vous en conjure, capitulez, et sauvez ceux qui vous défendent encore. Leurs vies restent précieuses à mes yeux.

— Vous parlez comme une reine, répondit le roi. Mais vous mourrez comme une traîtresse, une gamine sans valeur, une orpheline de mère, une meurtrière, une enfant que j'aurais aimé ne jamais appeler ma fille.

— C'est parce qu'elle ne l'est pas, intervint Cheshire en s'avançant.

Le roi s'empourpra et se tourna vers son plus fidèle conseiller et compagnon.

— Vous !

Cheshire essuya le courroux royal comme une simple goutte de pluie. Le souverain tendit le doigt vers lui.

— Sale sangsue gluante et perfide. Vos paroles sont du poison pour qui les entend ! Vous m'avez servi fidèlement pendant presque vingt ans, avant de déserter pour vous rallier à elle ? À cette créature minaudière ? (Il partit d'un rire hystérique.) J'essuierai sur vos côtes le sang qu'elle aura laissé sur Cœurépée.

Cheshire s'esclaffa ainsi qu'il l'aurait fait lors d'un dîner mondain.

— Seriez-vous aveugle au point de n'avoir jamais suspecté qu'elle puisse être ma fille ? Vous ne voyez donc pas ? Ces cheveux bruns, ces yeux sombres, cet esprit affûté ? Ce n'est certainement pas de vous qu'elle a hérité tout cela. Davianna ne vous a jamais aimé. Dites-moi, avait-elle même la moindre raison d'essayer ? Vous, avec vos putains et vos guerres vaines, qui ne lui accordiez jamais une minute de votre temps. (Une ombre défila sur le visage de Cheshire, dont le sourire narquois se fit mauvais.) Je l'ai aimée. Physiquement et mentalement, *elle était à moi*. Elle a toujours été mienne. Je vous ai vu l'assassiner à force de négligence et de maltraitance. Si vous aviez accepté notre fille, une armée n'aurait pas abattu vos murailles. Mais vous n'en avez pas été capable, car vous êtes un porc imbu de lui-même, qui souffre du besoin de posséder tout ce sur quoi il pose les yeux. Vous n'êtes pas le dirigeant que ce peuple mérite, mais Dinah, si. Elle est la reine qu'ils chériront pendant un siècle, et alors que notre famille s'élèvera, votre nom sera effacé de ce royaume comme de la poussière posée sur un miroir.

Il y eut alors un rugissement, et Dinah comprit qu'une vaste meute gravissait l'escalier derrière eux. Allaient-ils se retrouver pris au piège, coincés entre deux ennemis ? Elle se retourna lorsque des dizaines de Yurkeis déferlèrent dans le donjon, bondissant par-dessus les cadavres des gardes. Une poignée de flèches en bois volèrent à travers la pièce et s'enfoncèrent dans la gorge de quelques Cartes, qui tombèrent face contre terre.

— Arrêtez ! s'écria Dinah.

Les Yurkeis hésitèrent en haut de l'escalier.

— Capitulez, répéta la jeune femme à l'adresse du souverain, consciente que les vies des nombreuses personnes présentes dans cette pièce dépendaient d'elle à présent. (Elle écarta les mains.) Par tous les dieux, je vous en prie, capitulez ! Alors ?

Le roi lui décocha un sourire carnassier et lui fit signe d'approcher. Dinah hésita, incertaine de la conduite à tenir. Puis, tel un serpent se déployant d'un coup, il lui sauta dessus, fendant l'air de Cœurépée. Dinah recula juste à temps, et le tranchant de la lame lui entama le menton. Elle sentit un sang chaud lui dégouliner dans le cou. *Cette fois, ça y est,* songea-t-elle.

L'heure n'était plus à la réflexion. Elle leva son arme pour parer un nouvel assaut. Le fracas perçant des lames sembla tétaniser tout le monde. Leurs fers se croisèrent de nouveau, celui du roi tintant si rapidement qu'elle dut d'abord se concentrer sur la défense, sans jamais contrattaquer. Il lui entailla à deux reprises le haut du bras. Elle grimaça en voyant son sang gicler sur le sol à ses pieds.

Le roi se remit en garde et sourit.

— Je vais vous tailler en pièces, fillette.

Dinah se mit en position et pensa à Bah-kan, à tout ce qu'il lui avait enseigné, en compagnie de sire Gorrann et Wardley. Elle inspira un grand coup et laissa son esprit déferler tel un vent déchaîné, faisant défiler toutes ses connaissances. Elle frappa de taille et manqua. Elle tenta de nouveau et érafla la gorge de son adversaire, mais se retrouva déséquilibrée. Le roi de cœur, apercevant l'ouverture, attrapa Dinah par les cheveux et remonta sa lame sous son menton. En tournoyant pour se libérer, elle parvint à lui décocher un coup de pied puissant qui l'atteignit en pleine poitrine. Le roi recula de quelques pas, surpris, le souffle coupé. C'en était trop. Elle avança et frappa d'estoc au niveau du cœur, lui heurtant les côtes.

Dans sa hâte, Dinah y avait mis plus de force que nécessaire, et son épée rebondit sur l'armure royale et lui échappa. Elle se jeta à terre pour la récupérer, évitant de justesse les vastes moulinets du souverain enragé. Cœurépée s'abattait, encore et encore, tandis que Dinah se tortillait sur le sol. Wardley, terrifié et furieux, fit glisser l'arme vers elle de la semelle. La jeune femme s'en saisit et la brandit au-dessus d'elle.

Le roi semblait partout, désormais, l'assaillant sans relâche, la contraignant à se protéger tant bien que mal. Toutefois, ses grands coups désordonnés l'exposaient en retour. Dinah parvint à lui décocher une violente ruade dans le talon. Il hurla de douleur, laissant à la princesse le temps de se relever. Il se remit debout à son tour sans la quitter des yeux ; il claudiquait, à présent, plus enragé que jamais. Tous deux respiraient laborieusement, et les spectateurs les observaient dans un silence admiratif.

Dinah avait conscience, au fond d'elle-même, d'être surpassée par le roi. Il était meilleur guerrier, meilleur bretteur. Elle avait espéré que les années passées à s'adonner à la boisson et à la luxure l'auraient ralenti, mais vraisemblablement pas. Elle ne pouvait plus espérer rivaliser, seulement repousser l'échéance jusqu'à ce que l'épuisement ait raison d'elle. Voilà ce que Wardley avait tenté de lui expliquer. Elle ne l'emporterait pas.

Le roi se précipita sur elle, malgré sa jambe blessée. Elle bloqua Cœurépée à l'aide de sa longue lame, un coup devant, un coup derrière. Ils se remirent à danser et à volter, de plus en plus vite, jusqu'à ce qu'il leur tarde à tous deux de mettre un terme au combat. Les coups se rapprochaient désormais de sa poitrine, et sa tenue était marquée de longues entailles révélant le tranchant de l'épée royale.

Elle avait survécu à la nature sauvage du Pays des merveilles, levé une armée et était rentrée chez elle, mais elle serait vaincue ici, sa vie mouchée par l'homme qui lui avait déjà ôté tout le reste. C'était profondément injuste. Elle implora silencieusement les dieux des merveilles – auraient-ils pu lui réserver plus funeste destinée ? Dinah s'appuya un instant sur le pommeau de son arme, pour reprendre le souffle qui lui manquait si cruellement. Le souverain sourit et essuya une trace de sang sur sa joue.

— Êtes-vous prête à mourir, princesse ? J'estime que vous avez largement dépassé votre espérance de vie. J'aurais dû vous tuer dès l'instant où vous avez quitté le ventre de votre mère. Il est grand temps que vous partiez la retrouver.

Les bras de Dinah tremblaient quand elle leva son épée pour ce qui devait être le dernier assaut. Elle était épuisée, plus fatiguée que jamais dans toute sa vie. Même la mort ferait office de soulagement, et elle était prête à l'accueillir hardiment avant de rejoindre les ténèbres. Elle ne se laisserait toutefois pas abattre docilement. Elle chancelait, son corps entier hurlant sa douleur. Le roi recula d'un pas et leva Cœurépée, se préparant à lancer son ultime offensive.

Sire Gorrann s'avança alors et contempla le roi en secouant la tête.

— Amabel, Ioney, déclara-t-il doucement. Amabel et Ioney. (Il se mit à répéter leurs noms, de plus en plus fort.) Amabel. Ioney.

— Qu'est-ce que vous radotez, traître de Pique ? beugla le roi. Fermez votre clapet, ou je vous couperai la langue quand j'en aurai fini avec elle !

Sire Gorrann resta immobile, mais poursuivit sa litanie.

— Amabel, Ioney.

Comprenant aussitôt ce qu'il avait en tête, Wardley se joignit à lui.

— Amabel, Ioney, Faina Baker, Bah-kan.

Cheshire participa à leur chœur.

— Davianna.

Ensemble, ils se mirent à répéter ces noms.

— Amabel, Ioney, Faina Baker, Bah-kan, Davianna…

Les autres Piques dans la salle se mirent à recenser à leur tour leurs chers disparus, des noms que Dinah n'avait jamais entendus. Les Yurkeis les imitèrent, psalmodiant musicalement l'identité de leurs défunts. Les voix gagnèrent en puissance, la cacophonie envahit bientôt tout l'espace. Les quelques Cartes rescapées échangèrent des regards prudents, jusqu'à ce qu'un Cœur courageux s'avance vers Dinah en ployant la tête.

— Eliza Grotton. Forsham Smith.

Il lâcha alors son épée et mit un genou en terre. Aussitôt, plusieurs de ses compagnons suivirent son exemple. Des noms résonnaient désormais dans la salle, vibrant en même temps que chaque brave âme qui les prononçait ; des noms d'êtres aimés, assassinés, emprisonnés, portés disparus… Tous sous le règne du roi de cœur.

Sire Gorrann se rapprocha du souverain.

— Amabel, Ioney.

Il haussa un sourcil à l'intention de Dinah. Celle-ci se tourna vers le roi. La scène semblait se dérouler au ralenti, comme si chaque mouvement avait lieu sous l'eau.

— Je suis votre roi ! leur hurla-t-il alors, et avec un rugissement, il abattit Cœurépée sur le cou nu de Dinah.

Elle plongea en avant ; la lame lui esquinta le bord de l'oreille avant de s'enfoncer violemment dans le côté de son crâne. Une douleur fulgurante résonna jusque dans ses orbites, et elle porta par réflexe sa main ouverte sur la plaie.

Du sang en dégoulinait en abondance, ruisselant sur son front et son nez. Le roi hésita le temps de toiser sa faible fille avec mépris, tandis qu'elle s'essuyait les yeux pour en chasser le sang.

— Pauvre imbécile, cracha-t-il.

Il leva le bras. C'était l'instant que Dinah avait attendu, celui qu'elle avait prévu. Elle perçut la faille dans son armure, une minuscule brèche juste au-dessus du cœur, où le métal se retroussait à l'écart de sa poitrine. Rassemblant ses dernières forces, elle bondit, esquiva la lame qui s'abattait vers sa gorge. Abandonnant toute garde, elle enfonça son épée à l'endroit souhaité aussi profondément qu'elle put. Elle sentit les muscles se séparer, les pulsations remonter le long de la lame quand elle pourfendit le cœur battant.

Les yeux bleus du roi s'écarquillèrent de stupéfaction. Il chancela une fois, deux fois, l'épée dépassant de son corps tel le fil d'une épouvantable marionnette. Un filet de sang apparut au coin de sa bouche et il considéra avec surprise la foule rassemblée autour de lui.

— Non, murmura-t-il, pas par elle.

Dinah le fit basculer, et la couronne roula de sa tête quand il se retrouva contraint de s'agenouiller devant son bourreau. Dinah contempla sa figure pâle et moite de sueur, dont la bouche s'ouvrait et se refermait comme celle d'un poisson hors de l'eau. Un râle guttural s'échappa de ses lèvres tandis qu'elle scrutait son visage flasque. Elle tordit la poignée de l'épée avant de la retirer de son cœur. Le roi tomba dans les bras de la princesse, la bouche ouverte dans un cri silencieux. Dinah le regarda une dernière fois. Ce triste sire, son père, son roi… n'était plus rien de tout cela.

— Charles, lui chuchota-t-elle à l'oreille. C'est pour Charles.

Il parvint à tourner les yeux vers elle ; ses traits demeurèrent immobiles tandis qu'il s'efforçait de repousser la mort. L'ultime émotion qu'affichèrent ses prunelles ne fut pas de la haine, mais de la confusion.

— Charles ?

Son dernier souffle, chaud et aigre, glissa sur son visage.

Dinah le déposa doucement au sol, la tête près de son trône de fortune. Le roi était mort.

— Je suis la reine, souffla-t-elle avant de refermer farouchement les doigts autour de la couronne.

Chapitre 10

Dinah dévisageait les Cartes du donjon dans le plus grand silence. Les seigneurs se réunirent autour d'elle. Étourdie par tout le sang perdu, elle était prise de vertiges.

— Lâchez vos armes ! ordonna-t-elle à ses hommes.

Les Yurkeis abaissèrent leurs flèches, les Piques déposèrent leurs épées avec précaution. Elle se retourna vers ceux qui avaient juré de protéger le roi, une main tremblante toujours plaquée sur sa blessure à la tête.

— Je ne réclame pas vos vies, et vous n'êtes pas mes prisonniers. Vous êtes les Cartes du Pays des merveilles, et je souhaite vous conserver à mon service. Je vous demande de rester ici, dans le donjon, jusqu'à mon retour. Nos discuterons alors des conditions de votre emploi, pas à l'aide de chaînes et d'épées, mais de plumes et de papier. Cela vous convient-il ?

La Carte qui, la première, avait prononcé les noms des victimes du roi fit un pas en avant.

— Je m'exprime au nom de ces Cartes et seigneurs, Votre Altesse. Nous nous conformerons à votre volonté, tant que vous épargnez nos familles.

— Cela va de soi.

Sire Gorrann et Wardley s'affairaient à laver et panser ses principales blessures, à la tête et au menton, ainsi que les diverses autres que le défunt souverain lui avait infligées. Mundoo émergea de la foule de Yurkeis derrière elle.

— Le roi est mort ? s'enquit-il.

— Oui, répondit Dinah, submergée par la fatigue.

Mundoo tira un poignard de sa ceinture et s'approcha d'elle promptement. La jeune femme sentit sire Gorrann se crisper, la main déjà sur la poignée de son épée. Wardley vint se placer devant elle. Mundoo regarda Dinah droit dans les yeux et, voyant qu'elle ne cillait pas, lui tapa joyeusement dans le dos avant de s'agenouiller près du corps. La tête du roi se détacha facilement, et Mundoo la brandit devant ses troupes, qui explosèrent en braillements de triomphe. Dinah se détourna, écœurée.

— Nous devons partir, lui chuchota Cheshire. Maintenant. Le palais des merveilles est en train de tomber.

Dinah sortit du donjon, abandonnant le cadavre décapité du roi. Mundoo et ses hommes la suivirent avec le chef royal. Les anciens fidèles de l'ancien souverain patientèrent sur place.

— Où est Vittiore ? demanda-t-elle à Cheshire tout en marchant. (Sire Gorrann s'occupait encore de sa blessure au crâne.) Pourquoi ne se trouvait-elle pas au donjon avec les autres ?

Cheshire eut un sourire mauvais.

— Cette poltronne se cachait dans sa chambre. Des Piques l'ont fait descendre dans la cour. Nous devons faire vite. Les Yurkeis sont dans l'enceinte, et le peuple est agité. Si nous ne rétablissons pas le calme très vite, le royaume sera ruiné avant la fin de la journée.

Dinah opina, tentant d'assimiler toutes ces informations tout en nettoyant au mieux le sang qui la couvrait. Wardley, livide, la suivait en silence ; elle ne l'avait encore jamais vu l'air si grave et tracassé. *La bataille l'a peut-être changé.* Elle secoua la tête – bien sûr que cette bataille l'avait changé, comme eux tous.

Elle passa devant une fenêtre ouverte près de la bibliothèque du palais et entendit les bruits paniqués du royaume qui faisaient rage à l'extérieur – un mélange morbide de sanglots, de cris de joie et de supplications fébriles. Bien qu'épuisée, elle se mit à courir à toutes jambes, imitée par ses hommes. Ensemble, ils traversèrent un dédale de couloirs, de cuisines et de portiques, avant de déboucher dans la cour principale. La vive lumière extérieure l'aveugla tout d'abord, puis elle dut réprimer une exclamation quand ses yeux accommodèrent.

Une épaisse fumée noire emplissait le ciel, l'intégralité du palais semblant recracher cette couleur onyx. Le monde s'était transformé en enfer. Les écuries – autrefois son endroit préféré – avaient été réduites en cendres. Un gros morceau de structure était en proie aux dernières flammes avides. Deux Cartes abattues gisaient en dessous, leur uniforme prêt à s'embraser. Il y avait des Yurkeis de partout. Les Piques et les autres Cartes s'affrontaient dans les rues, le visage contorsionné par la rage ; le fracas de leurs épées retentissant entre les bâtiments. Les cris de ses sujets s'élevaient de partout. Le sol était jonché d'armes et de cadavres ; des enfants terrifiés étaient blottis dans des coins, pleurant doucement leurs pères. Un Carreau esseulé contemplait fixement la plus haute tour du palais.

Le coût de la guerre était exorbitant. Elle pensait l'avoir compris, mais elle se trompait. À présent, elle comprenait. Quand ils l'aperçurent, les Piques l'acclamèrent, ravis de la voir vivante et bien portante. Le peuple merveilleux resta silencieux et l'observa avec un mélange de crainte et de rage.

Au milieu de la cour, des centaines de personnes épuisées attendaient devant la plateforme réservée aux exécutions. En voyant Dinah s'y diriger, ensanglantée et tenant la couronne du roi, ils reculèrent, formant une longue et étroite allée – comme ils l'auraient fait devant une reine. Dinah inspira profondément, s'efforçant d'oublier que des milliers de regards étaient braqués sur elle, et que la sécurité de tous ces gens reposait sur ses épaules.

— Attendez ! (Cheshire la contourna pour placer la couronne du roi sur sa tête.) Vous en aurez peut-être besoin. À présent, écoutez-moi. Tenez-vous fièrement. Regardez-les, sages petits moutons, attendant leur berger – n'importe quel berger. Leur dévouement n'attend que d'être cueilli, alors saisissez-vous-en.

Elle se mit à remonter l'allée. Wardley tendit le bras, l'air désespéré et terrifié. Son visage était couvert de sueur, et Dinah craignit qu'il fût plus grièvement blessé qu'il ne le laissait paraître. Il l'attrapa par la taille, le regard implorant.

— Dinah, quoi que Cheshire ait pu vous dire, soyez clémente. Tenez-vous-en à notre plan. Vittiore est adorée par le peuple. Le roi a décapité sa mère sous ses yeux. Accordez-lui la grâce. Je vous en supplie, soyez la souveraine qu'il n'était pas. Si vous la tuez, nous aurons une révolte à gérer.

Elle l'embrassa tendrement sur la joue. Il s'inclina légèrement, et elle reprit sa progression, Mundoo sur ses talons. Le guerrier yurkei tenait toujours la tête du roi au-dessus de la sienne. Arrivée vers l'avant de la foule, Dinah entendit les hoquets douloureux de ses sujets découvrant le chef décapité de leur ancien dirigeant. Le leur montrer était cruel, mais nécessaire. Elle regardait autour d'elle tout en avançant, ses yeux noirs ronds d'émerveillement.

Les roses blanches avaient été peintes en rouge. Ce fut la première chose que Dinah remarqua en se dirigeant, le port altier, vers la plateforme. Les roses blanches, qu'elle avait amoureusement plantées avec sa mère si longtemps auparavant, étaient maculées d'une couleur rubis. Du sang avait giclé sur les pavés blancs et noirs, un cramoisi sombre se répandant sur les trottoirs et les jardins. Les roses en avaient subi le plus gros, ainsi qu'en témoignaient les nombreuses dépouilles reposant contre les treillis, comme si ces hommes profitaient d'une sieste parmi ces boutons odorants.

Les semelles de ses bottes étaient poisseuses de sang et de boue. Son épée rebondissait contre sa hanche contusionnée à chacun de ses pas. Des milliers de regards nerveux observaient son cheminement au cœur de l'étroite allée ; chacun inclinait la tête à son approche. Dinah sentait leur terreur quand elle les frôlait. Elle était leur reine, à présent, et elle obtiendrait leur allégeance, de gré ou de force.

La couronne du roi pesait lourdement sur sa tête, ses pointes dorées s'enfonçant dans son crâne, tirant ses épais cheveux noirs. Elle essaya de masquer le fait que ses jambes tremblaient de fatigue, consciente d'être encore plus couverte de sang que les roses. En atteignant l'escalier de la plateforme, elle contempla les hautes marches d'obsidienne menant au long billot de marbre blanc, où des centaines de malheureux avaient perdu la tête. Quand elle posa le pied sur la première, une goutte de sang tomba au sol. Elle s'arrêta. Le pire serait de dévaler l'escalier devant ses nouveaux sujets. Elle n'était plus cette gamine fragile dont ils se souvenaient. Elle se tourna vers la Carte la plus proche.

— Retirez votre cape et essuyez mes pieds, aboya-t-elle.

Le jeune Cœur se débattit avec sa broche, les mains tremblantes, mais finit par ôter son vêtement.

— Ma reine.

Il s'agenouilla devant elle, soulevant ses bottes de ses mains calleuses pour en frictionner frénétiquement les semelles. Elle attendit patiemment qu'il termine avant de reprendre son ascension, sentant ses genoux trembler légèrement à chacun de ses pas. Enfin, elle parvint sur la plateforme, dominant la foule tandis que les acclamations tonitruantes de son armée ébranlaient le domaine. Elle savourait le goût de la victoire. Une saveur douce-amère, délicieuse et bien méritée. Un sourire hésitant étira ses lèvres. La dernière fois qu'elle avait vu cette cour, c'était au moment de sa fuite. Alors qu'elle se délectait de la vision du château fumant, les gémissements pitoyables de Vittiore vinrent assaillir ses tympans.

— Pitié, criait-elle assez fort pour que sa voix couvre les murmures de la foule. Pitié, Dinah, vous ne comprenez pas.

Ses immenses prunelles bleu barbeau se braquèrent sur elle quand la fillette leva douloureusement la tête du billot. Elle était encore plus magnifique que dans les souvenirs de Dinah. Ses cheveux dorés se déployaient en éventail sur le marbre blanc qui rutilait au soleil. Elle semblait minuscule et pâle, vêtue d'une robe fleurie. Elle avait perdu une chaussure dans la bataille.

La reine leva les bras pour exiger le silence. Cheshire avait raison : ces gens voulaient que quelqu'un prenne leurs existences en main, même si elle venait d'assaillir leur ville. Le bourreau, dépourvu de sa cagoule, s'approcha derrière Vittiore. Sa voix tremblait, mais l'encouragement d'une lame yurkei l'aida à la faire porter jusqu'à l'autre bout de la cour.

— Lisez, siffla le guerrier.

Le bourreau déroula son parchemin, couvert de l'élégante écriture cursive de Cheshire.

— Vittiore, l'ancienne reine illégitime, est accusée des crimes suivants : haute trahison, sédition, complicité de meurtre. Vous serez jugée et punie conformément à la volonté de la reine de cœur, la seule souveraine légitime.

La foule l'acclama, poussée en cela par les soldats de Dinah, qui brandissaient leurs épées d'un air menaçant. La fillette éclata en sanglots sonores, tandis que ses larmes roulaient sur le billot.

— Je vous dirai tout. Je vous en prie, Dinah, vous ne savez pas ce que vous faites ! (Son corps frêle se mit à trembler quand elle sombra dans l'hystérie.) Ce doit être un terrible cauchemar, je vais me réveiller.

Elle répéta cette dernière phrase en boucle.

Le bourreau se tourna vers sa reine, des gouttes de sueur lui coulant dans les yeux.

— Quel est le verdict de la reine, Majesté ?

Il adressa à Dinah un regard peiné. Elle redressa la tête pour regarder au-delà de la foule, au-delà des portes de fer renversées et des Tours noires, au-delà des écuries en cendres. La reine de cœur inspira profondément et contempla les plaines des merveilles. Le ciel de cette fin d'après-midi était époustouflant – des teintes lavande et orange s'étendaient au-dessus des nuages lourds, tandis qu'un orage bleu grondait à l'aplomb des Bois tordus. Le jour dont elle rêvait depuis si longtemps était arrivé, il ne lui restait plus qu'à s'emparer du pouvoir. Le sang sur ses bottes était à présent presque sec, et elle avait obtenu tout ce qu'elle désirait. La vengeance, enfin, se trouvait à sa portée.

La fillette blonde aux yeux bleus redressa une nouvelle fois la tête, une expression de désespoir déformant son visage radieux.

— Pitié ! hurla-t-elle.

Dinah devait faire montre de clémence. Elle serait miséricordieuse. Elle en avait fait la promesse. Elle n'était pas comme lui. Elle marqua une pause, contempla la foule. Elle savait comment gagner l'amour de ses sujets, mais comment s'assurer de leur terreur sans verser dans la tyrannie ?

— QU'ON LUI COUPE LA TÊTE ! s'époumona-t-elle.

— Non ! s'écria Wardley, qui se dandinait désormais nerveusement derrière l'estrade. Dinah, non !

Sire Gorrann fit signe à la reine de s'arrêter, et même Cheshire, qui scrutait l'assemblée de ses yeux de chat plissés, fronça les sourcils d'un air inquiet. Le bourreau avança à pas pesants vers sa hache. Les mains tremblantes, il alla rejoindre la reine détrônée. Les spectateurs commençaient à s'agiter, implorant la pitié de la reine en se bousculant et en repoussant les Piques qui les entouraient.

Dinah les scruta d'un œil attentif et calculateur. Le bourreau positionna sa hache au-dessus du cou de la condamnée, et Vittiore se tut subitement, les yeux rivés sur quelque chose que Dinah ne voyait pas. Ses lèvres roses et parfaites articulaient des phrases silencieuses. Le bourreau leva haut sa hache, s'apprêtant à l'abattre, ainsi qu'il l'avait déjà fait des milliers de fois. Il prit sa respiration, carra les épaules, et se prépara à porter le coup fatal.

Dinah leva soudain la main.

— Arrêtez ! aboya-t-elle à son encontre.

La foule se figea, les mains jointes en prière, l'observant avec attention. Dinah s'éclaircit la gorge.

— J'accepte de la gracier, seulement parce que vous me l'avez demandé, seulement parce que la clémence est la marque des grands dirigeants, ce que vous n'avez jamais connu avec le roi de cœur. Vittiore ne mérite pas ma miséricorde, car elle s'est assise sur un trône qui n'était pas le sien. Cette femme n'est aucunement liée au roi, à la reine Davianna, pas plus qu'à moi ou à mon défunt frère Charles. Vous avez été dirigés par une traîtresse, une conspiratrice, une étrangère. Selon toutes les lois du Pays des merveilles, elle mérite la mort, seul châtiment réservé pour ces crimes. Et pourtant, j'espère que vous vous rendrez compte que je ne ressemble en rien à votre assassin de roi de cœur, cet homme qui a éliminé son propre fils avant d'accuser sa fille pour ne pas avoir à partager son trône.

Un hoquet de stupeur s'éleva de la foule, suivi de murmures étouffés. *Était-ce possible ?*

— Je vous fais une promesse : je n'entends pas régner par la terreur, mais avec force et patience. J'aimerais que vous m'accordiez votre loyauté pour que nous puissions reconstruire cette cité et créer un meilleur Pays des merveilles, pour nous tous comme pour nos voisins, les Yurkeis.

Ce ne sont pas ces sauvages que vous avez appris à craindre, mais un peuple paisible et généreux…

Dinah fit la grimace, regrettant en cet instant que Mundoo tienne encore la tête tranchée de son défunt père.

— J'œuvrerai pour la paix et le commerce avec nos voisins, tous autant qu'ils sont ! Les Yurkeis ont bien des choses à nous apprendre et, en guise de bonne foi, à la fin de cette journée, ils quitteront l'enceinte du palais en attendant la ratification de nos traités.

Dinah se tourna vers sire Gorrann, qui l'observait silencieusement, débordant de fierté, les yeux troublés de larmes. La voix de Dinah se brisa quand elle leva une main ensanglantée au-dessus de sa tête. Elle le sentait. La foule lui était acquise.

— Je vous fais le serment ce jour d'être la dirigeante que le roi de cœur n'a jamais été. Je vous jure que les criminels auront droit à un procès équitable avant d'être enfermés dans les Tours noires. Je vous jure que celui qui parlera d'injustice ne disparaîtra pas sans laisser de traces. Si nous devions être attaqués de nouveau, je vous jure de vous ouvrir les portes du palais pour vous protéger. Et lorsque je me serai assurée que ce château et cette ville auront retrouvé leur grandeur d'antan, je vous jure qu'en tant que fille de Davianna, la reine des Cœurs, je viderai les Tours noires. Que le mal qui ronge cet endroit par la racine sera évacué et que nous entrerons dans une période de paix et de prospérité. Vous joindrez-vous à moi ?

La foule l'acclama à pleins poumons, poussant des cris déchirants et emplis de larmes.

Dinah dressa le menton.

— Relâchez-la.

Le bourreau releva Vittiore en la tirant par les cheveux. Son visage inquiet était maculé de larmes. Elle se jeta aux pieds de Dinah et les embrassa, ses cheveux blonds se répandant sur ses bottes.

— Merci, merci, vous êtes ma reine, vous êtes ma reine.

Dinah se détourna et descendit rapidement de la plateforme pour se joindre à la foule. Ses nouveaux sujets tendaient la main vers elle, tentant de toucher ses vêtements, son visage, ses pieds. Elle sourit à chacun, ses mains ensanglantées en caressant des dizaines d'autres, ses lèvres craquelées embrassant le crâne de bébés joufflus, désormais en sécurité. Une pluie de roses, arrachées aux buissons de la cour, s'abattit autour d'elle.

— Longue vie à la reine de cœur ! Longue vie à la reine de cœur !

Dinah ferma les yeux pour profiter de ce bain de gloire. L'espace d'un instant, le monde était à elle. *Dieux merci, les humains sont inconstants.* Cheshire avait eu raison sur toute la ligne. En graciant Vittiore, elle avait gagné le cœur du peuple. *Le plan a fonctionné.*

Cheshire vint se mettre à sa hauteur.

— Votre Altesse. Ma reine. Allons vous nettoyer avant que vous entrepreniez de rétablir l'ordre. Une reine ne devrait jamais être aussi sale. Et, surtout, nous devons panser vos plaies.

— J'ai encore une dernière chose à accomplir, lui répondit-elle en marchant désormais si vite que Cheshire devait courir pour ne pas se laisser distancer.

— Puis-je vous y aider ? s'enquit-il.

— Non.

Elle devait s'en charger seule.

Dinah ouvrit brusquement les portes des Tours noires, laissant la lumière inonder les ténèbres. Cette fois, elle ne venait pas fouiner dans les souterrains. Les tours étaient à peine peuplées ; quelques Trèfles nerveux avaient été laissés en surveillance. Les nouvelles se répandaient vite au Pays des merveilles, et ils la saluèrent à son entrée. Elle en empoigna un au col et le plaqua contre le mur.

— Où est-il ? siffla-t-elle.

Le garde désigna le sommet de la tour, et Dinah courut plus vite qu'elle ne l'avait jamais fait dans l'enceinte du château, gravissant la spirale jusqu'à en avoir la tête qui tournait et le souffle court. Un palier après l'autre, elle grimpait les niveaux de cette ruche aux relents de mort. Le Trèfle le plus haut gradé des Tours essaya de suivre le rythme, mais il se retrouva bientôt distancé de plusieurs étages. Des mains sales, parfois entremêlées à des racines noires poisseuses, se tendaient vers elle quand elle passait devant les cellules. *Bientôt,* leur promettait-elle silencieusement, *je reviendrai bientôt vous chercher.*

— C'est la reine ! La reine des Cœurs ! s'exclama une voix, et bien vite toute la prison fut emplie de sifflets et d'acclamations d'aliénés.

Dinah atteignit enfin le sommet. La plateforme était minuscule, à peine trois mètres de large, et plongée dans une obscurité quasi totale. Un cadenas était passé autour de barreaux métalliques ; un nouveau cadenas en argent, adapté à une clef en forme de cœur. Dinah tira sur la porte, au désespoir. Le battant résonna bruyamment tandis qu'elle le secouait. Elle hurla à l'intention du garde.

— Déverrouillez-moi cette porte immédiatement, ou je vous jure que je vous ferai couper la tête !

Le Trèfle farfouilla son trousseau, le faisant tomber à deux reprises sur le sol crasseux avant que Dinah le lui arrache des mains. Elle trouva enfin la clef en forme de cœur et l'enfonça dans la serrure avant d'ouvrir en grand la porte de la cellule. Elle découvrit les contours d'un corps, roulé en boule sur un banc. Un rai de lumière éclaira une barbe broussailleuse et une colonne vertébrale noueuse.

Il était bien plus maigre que dans son souvenir. Son visage était plongé dans les ténèbres, mais sa voix lui était toujours familière – chaleureuse et aimante.

— Qui est là ? demanda-t-il. Qui est-ce ? Je ne vois rien !

Dinah s'avança et fit signe au garde d'approcher sa lanterne. Il avait les traits tirés ; de profonds cernes noirs soulignaient ses yeux, et la faim lui creusait les joues. Ses mains tremblaient quand il se couvrit les yeux.

— Qui est-ce ? Qui est là ? S'il vous plaît, arrêtez, je vous en supplie !

Elle resta un instant silencieuse, puis se pencha pour apposer délicatement sa paume sur son visage.

— Harris ?

Il laissa échapper un cri, un sanglot déchirant.

— Dinah ?

Il tendit la main pour toucher sa figure contusionnée, ses cheveux imprégnés de sang.

Elle ne put retenir ses larmes.

— Je suis là. (Elle saisit sa vieille tête flétrie et la contempla avec amour.) Je suis la reine, à présent, et vous ne mettrez plus jamais le pied dans cette tour, mon vieil ami.

Secoué par l'émotion, Harris lui embrassa les paumes de ses lèvres craquelées.

— Mon enfant, je savais que vous étiez vivante. Je le sentais ! Les racines me l'ont dit ! Elles me l'ont chuchoté dans mon sommeil. Je vous ai vue dans mes rêves. Je vous ai vue au milieu d'un champ de champignons, je vous ai vue prendre la forme d'une grue…

Elle n'en doutait pas une seconde. Il leva les yeux vers elle, et Dinah crut apercevoir le vieux Harris, gai et jovial, pris d'un accès de joie délirante. Elle lui attrapa le bras.

— Voulez-vous bien me faire plaisir ? murmura-t-il.

— Tout ce que vous voudrez, répliqua-t-elle.

— Éloignez-vous de moi.

Dinah recula, surprise, et Harris se releva lentement de son banc de pierre. Il chancela à deux reprises, et Dinah tendit la main pour le retenir. Les jambes et la poitrine du prisonnier tremblaient sous l'effort, mais il la chassa d'un grand geste.

— Ne m'aidez pas, mon enfant ! lui ordonna-t-il d'un air sévère.

Dinah recula encore, ne sachant trop comment réagir. Harris se fendit alors d'un sourire révélant ses dents noircies.

— J'attends cet instant depuis que je vous ai sortie, hurlante, du ventre de votre mère. Vous étiez déjà farouche et furieuse, à l'époque. (Il se tut un instant.) Cela me convenait à la perfection. (Avec un sanglot de bonheur, il s'inclina tendrement devant elle.) Ma reine. En quoi puis-je vous servir ?

Ses jambes se dérobèrent sous son poids, et Dinah l'aida à se rasseoir sur le banc. Il posa les mains sur la tête de la jeune femme et entonna une berceuse qui lui avait tant manqué.

— Soyez en paix, ma douce. Reposez-vous enfin.

Dinah posa alors la tête sur ses genoux et pleura sans honte pour évacuer tout ce qu'elle avait pu voir et faire.

Chapitre 11

Dinah se contempla dans le miroir doré, se préparant à son couronnement. Cette perspective lui fit froncer les sourcils. Elle avait l'impression d'avoir tué le roi une éternité plus tôt, alors que la guerre n'était terminée que depuis quatre jours. Le flot d'événements qui s'était ensuivi avait provoqué une telle frénésie que le temps avait filé.

Dès que la paix avait été déclarée et que les combats avaient cessé, Dinah avait envoyé les Yurkeis attendre à l'extérieur des murailles avant de retourner à Hu-Yuhar. Mundoo était toutefois resté au palais, pour s'assurer que la reine tiendrait ses promesses et assister à son couronnement, au cas où quelques Cartes renégates tenteraient une révolte.

Toutes ces précautions avaient été vaines : il n'y avait pas eu le moindre murmure de mécontentement. Yurkeis et Piques étaient deux fois plus nombreux que les autres, et une mort rapide aurait découlé de la moindre tentative d'insurrection.

Dinah était impressionnée par la faculté qu'avait Cheshire de tout organiser si rapidement – les lois, les ordonnances, les terres et les titres avaient été distribués dans les deux jours. S'en était suivi un soupir de soulagement collectif émanant tant du peuple que des Yurkeis, qui avaient hâte de retrouver leurs petites vies paisibles. Une partie de Dinah aurait voulu les accompagner et couler des jours heureux à Hu-Yuhar, sous l'œil attentif des grues et de Mundoo, qui était le genre de chef qu'elle aspirait à devenir. Ce ne serait toutefois plus pareil sans Bah-kan, et elle savait que son âme à elle appartenait ici, au palais.

Elle joignit les mains, se sentant sur le point de craquer nerveusement.

Renverser et tuer un roi ? D'accord.

Se tenir en robe devant tous ses nouveaux sujets ? Terrifiant.

L'intégralité de Merveille proprement dite avait été invitée à la cérémonie. La foule débordait de la Grand-Salle jusque dans les couloirs et les escaliers du palais. Les membres les mieux nés de la cour comme les simples paysans se côtoyaient dans la cour, qu'ils soient ou non célèbres et décorés. Tous avaient hâte d'apercevoir la reine de cœur, brusquement passée de terreur de la nation à héroïne du peuple. Leur versatilité la mettait mal à l'aise, mais Cheshire avait expliqué leurs motivations tout en contribuant à l'organisation du couronnement.

Elle se tourna vers lui, assis sur la chaise de lecture de la reine à l'autre bout de la pièce, drapé de son époustouflante robe pourpre qui contrastait brillamment avec le cuir beige du siège. Il faisait paresseusement tourner son poignard dans sa main droite.

La chambre de Dinah était en désordre, mais des morceaux de son ancienne vie subsistaient : un bibelot ici, une boîte à musique ou un livre là. À terme, ces appartements redeviendraient splendides, mais ils ne constituaient pour l'heure guère plus qu'une garde-robe de fortune.

— M'écoutez-vous, Votre Altesse ?

Dinah se retourna.

— Oui. Je réfléchissais juste.

Cheshire se racla la gorge et poursuivit son laïus relatif au couronnement.

— N'oubliez pas : les paysans et simples citadins se moquent des affaires des rois et des reines. Ils aspirent par-dessus tout à la stabilité. À moins que votre guerre ait causé la mort d'un membre de leur famille, auquel cas vous resterez sans doute à jamais leur ennemie jurée, vous n'avez pas à vous soucier de leur loyauté. Ces gens veulent pouvoir s'occuper de leur ferme, avoir des enfants, manger des tartelettes et vivre en paix. Pour eux, vous êtes désormais une femme fascinante, une source de ragots, et ils ne désirent rien plus que de vous voir vous emparer du trône. La plèbe adore voir un chef jeté plus bas que terre, et vous leur avez offert ce plaisir. À présent, ils souhaitent simplement commenter vos tenues, vos paroles, vos menus, vos actes.

Cheshire se leva et lui tendit un rouleau de parchemin sur lequel était inscrit son bref discours.

— Cela devrait les satisfaire. Je vous laisse vous habiller.

Dès qu'il fut sorti, les portes de la pièce se rouvrirent à la volée sur trois domestiques qui se débattaient avec une énorme robe soigneusement emballée dans du lin rouge. Dinah soupira en étudiant la tenue. Elle regrettait déjà ses bottes, sa tunique et son pantalon de laine. Le peuple s'attendait à voir sa reine vêtue d'une certaine manière, et elle allait lui accorder cela, mais jamais elle ne se débarrasserait des chaussures boueuses et couvertes de sang qui reposaient près de son lit. Elle les portait aux pieds quand elle avait traversé le Pays des merveilles de long en large, et les voir dans cet état lui rappelait les efforts qu'elle avait dû consentir.

Vittiore apparut à son tour et décocha à Dinah un sourire timide. La reine l'avait recrutée à contrecœur comme dame de compagnie, un poste seyant davantage à une fille née sur le Versant Ouest. Wardley, qui avait pris en pitié cette gamine maigrelette, avait beaucoup insisté en ce sens. Le peuple était attiré par son éclat naturel comme les insectes par une fleur sur le point de se faner. Dinah peinait à comprendre, mais, malgré ses réticences, elle avait finalement autorisé Vittiore à la servir. Elles ne manquaient par ailleurs pas de points communs : toutes deux avaient été manipulées par le roi ; celui-ci avait tué leurs deux mères, l'une par négligence, l'autre par le fer. Cela créait des liens indéfectibles.

Vittiore fit signe aux domestiques de suspendre la robe de Dinah près de la fenêtre. Les servantes firent la révérence à leur reine, qui les gratifia d'un léger hochement de tête avant de leur donner congé. Seul Ki-ershan demeura dans la pièce avec les deux jeunes femmes.

Ki-ershan, devenu inséparable de Dinah depuis la bataille, restait posté près de la porte opposée. Il avait troqué son pagne contre une tunique frappée du sceau de Dinah, mais avait conservé les rayures blanches qui couraient de ses yeux bleus à la pointe de ses pieds. La reine n'aurait jamais pu rêver meilleur garde : il était malin et plein d'intuition, devinait de quoi elle avait besoin avant même qu'elle le réclame. Il percevait le danger avant qu'il se présente et lui avait déjà fourni maints conseils avisés. Il restait dans sa chambre tard dans la nuit, pour l'aider à comprendre les traités et registres, alors même que la plupart des Merveilleux s'étaient déjà effondrés sur leurs oreillers.

Vittiore fit la révérence.

— Nous sommes prêts, Votre Altesse.

Ki-ershan tourna la tête.

Avec une grimace, Dinah se défit de sa robe de chambre et se planta nue devant le miroir. Sa silhouette svelte et musclée n'avait plus rien en commun avec le corps rond et flasque qu'elle avait eu en partant. *Tant de cicatrices*, se dit-elle en étudiant ses nombreuses plaies. Une longue balafre parcourait l'arrière de son épaule, à l'endroit où Mundoo lui avait « rappelé » son pouvoir. Une couture irrégulière, datant du jour où elle avait retiré un éperon osseux de la jambe de Morte, fendait sa paume. Cette blessure n'avait jamais guéri correctement. Pas plus que ses deux doigts brisés, toujours un peu tordus. La vilaine estafilade restait à son menton, ainsi que sa contusion au crâne, toujours douloureuse, et qui suintait encore à l'occasion. Un présent du défunt roi de cœur.

Vittiore se mit à lui envelopper délicatement le torse d'une écharpe de lin. Cheshire pensait que Dinah s'était fêlé une côte quand le Trèfle l'avait fait basculer de Morte. Elle grimaça. L'endroit était sensible au toucher.

— Soyez prudente, murmura Vittiore en pansant délicatement le flanc de Dinah, sa petite main posée juste sous le sein de la reine. Vous êtes en convalescence.

Dinah considéra une fois de plus son reflet, et celui de Vittiore à côté d'elle. Sa dame de compagnie portait une robe rose pâle toute simple ; pourtant, elle rayonnait. La reine avait l'impression de se tenir près d'une poupée, quelque chose d'à la fois irréel et sacré. Pour sa part, elle se sentait telle une plaie vivante rassemblée en une seule forme compacte. Elle s'autorisa toutefois à souffrir. Elle avait gagné chacune de ces cicatrices, qui lui avaient permis de devenir reine.

Si c'était à refaire, je choisirais à nouveau la victoire plutôt que la beauté.

Elle resta assise pendant que Vittiore lui appliquait du fard rouge sur le visage et dessinait un minuscule cœur sous son œil droit – symbole de son dévouement envers les Cartes.

— Dessinez-en un autre, ordonna Dinah en montrant son œil gauche. Le symbole des Piques, cette fois.

— Vous en êtes certaine, Majesté ?

— Oui. Je montrerai à tous que Starey Belft n'est pas mort en vain.

Vittiore souleva très légèrement le menton de la reine. Les doigts tremblants, elle dessina un minuscule symbole au crayon noir. Ses yeux bleus, de la couleur de la mer aux premières lueurs du jour, embrassaient le visage de Dinah avec une attention sincère. Aimer Vittiore comme une sœur s'était révélé plus facile que la reine ne l'avait initialement imaginé. Vittiore étala alors un rouge à lèvres vif sur la bouche parfaite de Dinah.

— Voilà, c'est terminé. Enfilons votre robe, à présent.

Vittiore sortit péniblement la tenue de couronnement de son enveloppe de lin pourpre et la disposa sur le lit. Cinquante couturières, grassement rémunérées sur les fonds discrétionnaires de la reine, avaient assemblé cette robe en trois jours. Dinah avait refusé celle qu'avait portée Vittiore, et Cheshire en avait donc conçu une toute neuve. Cet homme jouissait décidément d'innombrables talents. L'habit écru était décoré de milliers de minuscules cœurs rouges. La pointe de chacun rencontrait le sommet d'un autre, si bien que l'ensemble formait une espèce de toile de cœurs rouges, chacun orné d'un unique rubis. Le haut rouge sang épousait parfaitement la silhouette de Dinah. Les symboles des Cartes – cœurs, carreaux, trèfles et piques – longeaient le buste et remontaient autour des épaules. Le dos du corsage était simplement constitué de la trame de cœurs rouges, révélant une portion scandaleuse des épaules et du dos royaux. L'ourlet du jupon était saupoudré de paillettes blanches, afin que le tissu danse et scintille lorsque Dinah remonterait l'allée. Elle donnerait l'impression de marcher sur l'air.

Dinah plaça les pieds au milieu de l'étoffe et Vittiore entreprit de la remonter jusqu'à ses épaules. La reine se retrouva subitement privée d'air quand sa dame de compagnie noua le corset qui comprimait sa côte fragilisée. Elle se mordit la lèvre.

— Je suis navrée, Votre Altesse, chuchota Vittiore. Je peux le desserrer, si vous le souhaitez.

— Non.

Dinah n'entendit plus que vaguement les paroles de Vittiore quand elle se retourna vers la glace ; ce qu'elle y perçut l'encouragea. Elle était reine, puissante et majestueuse. Pendant une fraction de seconde, Dinah crut voir sa mère.

— Nous devons y aller, Majesté. Votre escorte vous attend, et le chemin est assez long.

Dinah s'emplit les poumons d'air, en dépit de sa poitrine corsetée. Elle grimaça. La robe était si lourde qu'elle arrivait à peine à se tenir debout. Vittiore lui posa gentiment la main sur la hanche et remit en place une mèche de cheveux égarée.

— Respirez, mais pas trop fort. N'allez pas vous blesser encore plus.

Dinah hocha la tête et tourna les talons.

— Je suis prête.

— Vous avez l'air d'une reine, commenta la fille à mi-voix.

Dinah remonta seule le couloir, tourna l'angle et laissa échapper un hoquet de stupeur.

L'extrémité du long corridor était nimbée de la lumière de centaines de torches roses. Sire Gorrann l'y attendait, paré de son plus bel uniforme de Pique, parfaitement propre et lustré. Il était presque méconnaissable. Il se fendit d'une profonde révérence à son approche. Le nouveau co-commandant des Cartes se saisit du bras de la reine.

— Je vous reconnais à peine, sire.

Il partit d'un rire franc.

— Pareil pour vous. C'te robe doit peser plus lourd qu'vous. Honnêtement, c't'un peu ridicule.

Dinah lui pressa affectueusement le bras.

— Elle me plaît bien. Je ressemble à ma mère.

Le Pique garda les yeux rivés droit devant lui tandis qu'ils parcouraient les couloirs de pierre du palais, le visage illuminé par la lumière rouge filtrant par les fenêtres en cœur.

— Dinah, j'oublie parfois combien z'êtes jeune. Z'avez toujours cru qu'vous partageriez l'trône avec vot' père, au moins jusqu'à vot' mariage. Z'avez jamais été censée régner seule.

— Mieux vaut régner seule qu'accompagnée d'un tyran.

— C'est vrai, mais être reine est bien plus compliqué qu'il y paraît. J'espère qu'vous z'en sortirez mieux qu'le roi d'cœur.

— Comptez sur moi, chuchota-t-elle, même si l'ombre d'un doute la parcourut.

L'ancien roi n'était peut-être pas son véritable père, mais elle était animée de la même rage que lui. Cela l'effrayait. Elle avait grandi en sa présence, et celle-ci semblait l'avoir contaminée tel un virus.

Dinah et sire Gorrann se trouvaient désormais dans le couloir des Oiseaux dorés, où les animaux métalliques la toisaient d'un air accusateur, tandis que leurs homologues vivants batifolaient parmi les chevrons et sautillaient sur le sol.

— C't'ici qu'j'vous laisse. (Sire Gorrann s'inclina pour lui faire le baisemain.) J'ai plus vu d'si belle journée d'puis l'jour où j'ai t'nu mes filles dans mes bras pour la dernière fois. (Il se redressa et lui adressa un clin d'œil.) Éternuez pas dans c'te robe, ou vous risquez d'montrer à tout l'monde c'que c'te reine de cœur a d'spécial.

Dinah pouffa et lui cogna le bras.

— Partez.

Inspirant un grand coup, elle effectua un quart de tour, sachant ce qui l'attendait.

Debout devant un paon empaillé, Wardley était là pour accueillir sa reine. Dinah sentit une pierre se loger dans sa gorge lorsqu'elle l'aperçut, si radieux dans son uniforme neuf de Valet de cœur, sa cape ornée de plusieurs nouveaux sceaux. Wardley observa son amie, les yeux humides de fierté. Dinah lui pressa la main. Il y avait tant de choses qu'elle voulait lui dire ou l'entendre dire, mais ils se trouvaient chacun d'un côté d'un gouffre si vaste qu'il les engloutirait tout entiers. Dinah exhala longuement.

— Tu es prêt ? murmura-t-elle, alors qu'elle aurait voulu lui glisser : *« Pourrais-tu essayer de m'aimer, au moins un tout petit peu ? »*

Wardley lui saisit le bras avec un sourire affable.

Il paraissait si fier, avec cette cicatrice irrégulière encore sombre et furieuse qui lui barrait la joue. À l'instar du corps de Dinah, la moitié de son visage était toujours couvert d'hématomes en voie de guérison. Dinah réprima un éclat de rire.

— Qu'est-ce qui peut te faire marrer à un moment pareil ? lui chuchota-t-il.

— On fait la paire, tous les deux. Tout contusionnés, prêts à entrer dans la Grand-Salle.

— Ça fait bizarre de se dire qu'il y a à peine quatre jours on baignait dans le sang jusqu'aux genoux. Il y a eu tant de morts.

Ils marquèrent une pause, assaillis par des souvenirs brutaux. Quand Wardley se décida enfin à avancer, il entraîna Dinah avec lui et changea délibérément de sujet.

— Je dois avouer que ta robe est parfaitement ridicule. Elle est grosse comme une maison !

— Ah bon ? (Dinah tourna joyeusement sur elle-même.) Elle me plaît assez.

— Toi ? Tu aimes une robe ? Ce qu'il ne faut pas entendre ! Ils n'avaient pas de tunique de couronnement disponible pour aujourd'hui ?

— Non, mais si j'en avais réclamé une, Cheshire l'aurait fait coudre dans l'heure.

Wardley secoua la tête.

— N'est-ce pas une bien triste vérité ?

Ils rirent ensemble jusqu'à se retrouver devant les immenses portes dorées qui les séparaient de milliers de curieux. Harris patientait là, tel un père le jour des noces de sa fille. Il fit une révérence, non sans difficulté. Il avait effectué des progrès incroyables depuis que Dinah l'avait libéré des Tours noires ; ses joues avaient recouvré un peu de leur rougeur, et il avait d'ores et déjà repris au moins cinq kilos, même s'il restait d'une maigreur affligeante. Les sillons profonds sous ses yeux s'étaient atténués. Toutefois, la joie qu'ils éprouvaient ce jour-là dépassait de très loin le chagrin subsistant.

Harris referma ses mains autour de celles de Dinah, qu'il embrassa sur les deux joues.

— Enfin. (Il ne put retenir ses larmes en la serrant contre lui.) Le jour dont j'ai rêvé depuis si longtemps est finalement arrivé. Êtes-vous prête, ma reine ?

Dinah considéra les portes dorées en se remémorant sa dernière visite en ce lieu. C'était le jour où son père avait présenté Vittiore à la cour et commencé à s'agripper au pouvoir. Elle s'était battue pour revenir ici et, à présent, elle pénétrerait dans cette salle non plus comme une enfant maltraitée, mais comme une femme.

Comme une reine.

Elle hocha la tête.

— Je suis prête.

Wardley et sire Gorrann ouvrirent grand les portes, et un chœur s'éleva de l'autre côté, un chant que la reine n'avait plus entendu depuis l'enfance.

Qu'il est cruel, de réclamer ainsi
Sous ce ciel onirique et bientôt noirci
Une histoire à souffle pourtant si ténu
Qu'il est même incapable de soulever un fétu
Mais que peut une pauvre voix
Pour s'opposer à l'union de trois ?

Le silence revenu
L'on poursuit en éveil
L'enfant-rêve parvenu
À une terre de merveilles
Où il n'est incongru
De parler aux corneilles.

À la fin de l'histoire
Fantaisie épuisée
L'on aimerait tard le soir
Interrompre la veillée
« La suite une prochaine fois… »
« Non, maintenant ! » crient les voix.

Ainsi vit la légende du pays des merveilles ;
Et un à un s'égrènent sans sommeil
Les récits de tant d'événements pittoresques
Une fois cette histoire terminée ou bien presque
L'on raccompagne chez elle une foule rassasiée
Car déjà le soleil achève de se coucher.

Des colombes peintes, chacune enguirlandée de scènes scintillantes trop mirifiques pour s'y attarder, furent alors relâchées pour symboliser l'arrivée de la nouvelle reine. Elles furent rejointes par quelques grues blanches offertes par les Yurkeis en signe de soutien à Dinah. De longs andains de lin blanc et rouge drapaient le dôme du plafond, s'agitant dans la brise légère qui caressait la foule. Harris lui embrassa la main et la laissa filer avec un clin d'œil. *On a réussi.*

Dinah fit un pas hésitant dans l'allée interminable, puis un second. Sa paire de souliers rouges sertis de bijoux – une création de sa mère – la porta à l'autre extrémité. Alors qu'elle se rapprochait du trône sur le tapis rouge sang, ses sujets se prosternaient devant elle, un plaisir dont elle ne se lassait pas. D'interminables averses de pétales de roses lui tombaient sur la tête. Un chœur de jeunes garçons entonna une longue note solitaire, chant mélancolique employé pour symboliser la fin d'une ère. Dinah se rappela alors qu'elle devait respirer.

Mundoo et Cheshire l'attendaient à l'autre bout, de part et d'autre du trône. Ils étaient entourés de dizaines de nobles en tenue d'apparat et de membres du clergé local vêtus de leurs plus belles soutanes noires. Quand Dinah arriva à leur hauteur, Cheshire fit la révérence et Mundoo se contenta de hocher sèchement la tête – un geste destiné à rappeler pas seulement à Dinah, mais à tout le peuple merveilleux, qu'il n'était pas l'un de ses sujets, mais son égal. Mundoo était resplendissant avec sa coiffe de plumes et sa robe de mailles complexes ornée de montagnes minutieusement brodées. Les décors semblaient se modifier et se succéder dans cette vive lumière post-méridienne. Cheshire était paré de son éternelle cape pourpre, désormais décorée de dizaines de broches étincelantes. L'homme le plus puissant du Pays des merveilles tenait à réaffirmer sa position aux yeux de tous.

Dinah atteignit enfin son trône, le souffle court, étouffée par une vague de bonheur et par le poids de sa robe. Il y avait là deux sièges royaux dorés, façonnés dans le même métal que celui de Mundoo à Hu-Yuhar. Chacun avait la forme d'un énorme cœur. Une cascade de petits cœurs en ascension en formait le dossier, chacun tranchant comme un rasoir. Le second trône demeurait vacant, une unique rose blanche reposant sur l'assise – et qui y resterait jusqu'à ce que Dinah se marie.

Elle gravit les marches de pierre devant lesquelles elle s'était de si nombreuses fois agenouillée étant enfant et se tourna vers la foule. En affrontant le regard de ses sujets, elle fut submergée par une étonnante déferlante de gratitude et d'amour. À présent qu'elle se tenait là où elle était destinée à aboutir, son âme voguait en pleine félicité. Elle leva la main et l'assemblée se tut. Observant chaque visage, un sourire étincelant sur son visage lumineux, elle s'assit sur le trône.

La cérémonie commença alors, mélange complexe et ancestral de lectures, proclamations, histoires et chansons. Cela dura des heures. Dinah se leva et s'assit à de nombreuses reprises, tout en récitant chaque clause et chaque devoir d'une reine. Elle les mémorisa tous, convaincue que chacun de ces serments ferait d'elle une meilleure souveraine, une meilleure dirigeante que ceux qui l'avaient précédée.

À la fin de cette interminable cérémonie – Dinah vit quelques enfants piquer du nez au premier rang –, les quatre commandants des Cartes s'approchèrent, portant tous un plateau doré sur lequel reposait une unique carte à jouer. Wardley et sire Gorrann se tenaient entre le nouveau commandant des Trèfles et le nouveau commandant des Carreaux, dont la blessure à la cuisse n'avait pas encore cicatrisé. Tous s'inclinèrent devant elle, le plateau tendu. Cheshire s'approcha alors de la reine avec une simple aiguille coiffée d'une perle. Dinah offrit son doigt, qu'il enserra dans un tissu de feutre rouge. Il appuya alors l'aiguille, plus fort que la reine ne le pensait nécessaire. Elle n'émit pas un son quand une goutte de sang chaud jaillit de la pulpe percée. Il s'effaça ensuite, et les quatre Cartes approchèrent leur plateau. Dinah se pencha en avant et recouvrit de son sang la surface de toutes les cartes à jouer. Celles-ci avaient déjà recueilli des dizaines d'autres empreintes sanglantes, de la part des rois et des reines venus avant elle. Quand vint le tour de Wardley, il lui adressa un sourire entendu.

Elle eut l'impression qu'un fin éclat de verre avait été habilement inséré dans son cœur. Elle réprima ce sentiment et lui sourit timidement en retour. Rien ne pourrait lui gâcher cette journée.

Les Cartes s'inclinèrent devant le trône et sortirent par les côtés, ayant accompli leur rôle dans cette cérémonie. Le chœur de voix s'éleva de nouveau, entonnant un chant sacré consacré aux rois et reines d'antan. La foule se mit à genoux quand Vittiore remonta l'allée à son tour, dépouillée de tout symbole royal, portant une robe très sobre pour de telles festivités. Elle tenait un coussin fuchsia sur lequel reposait une couronne, mais pas celle à laquelle Dinah s'était attendue.

C'était *sa* couronne. La base d'acier brossé était sertie de milliers de minuscules pierres taillées en forme de cœur. Elle se souvenait des tiges fleuries qui en émergeaient pour venir se rejoindre au sommet. De petits visages hurlants étaient gravés tout le long de celles-ci. Des étoiles scintillantes pendaient à de fins fils d'argent parmi les vrilles. Ces fils représentaient les troncs qui l'avaient accueillie au sein des Bois tordus. Quatre symboles de Cartes reliaient les lianes des côtés de la couronne à son apogée, où un cœur en diamant chatoyait à la lumière, encadré par la silhouette d'une grue.

Dinah ferma les paupières et vit Charles devant elle, ses yeux bleu et vert la lorgnant avec curiosité. Ses petites mains, son corps chétif blotti contre le sien. Elle se rappelait l'odeur de ses cheveux blond sale, zébrés de graisse et de peinture. Il était là, avec elle, elle percevait sa présence.

C'était la couronne que Charles avait créée pour Dinah, une œuvre d'art qu'elle supposait détruite par le roi. L'assemblée tout entière se tut et se figea, à l'exception de Vittiore, qui continuait d'avancer. En voyant cette couronne magnifique progresser devant eux, les personnes présentes au bord de l'allée ne purent s'empêcher de tendre la main pour la toucher, au mépris du protocole. La couronne de Charles, l'ultime présent offert à sa sœur. Elle sentit son cœur se briser et s'efforça de demeurer stoïque en voyant le dernier souvenir tangible de son frère remonter l'allée.

Elle cilla rapidement pour ne pas perdre contenance. Vittiore se dressait devant elle, à présent, la couronne entre ses mains tremblantes, afin de prouver à tous que leur reine éphémère se soumettait réellement à Dinah, la véritable reine de cœur. Vittiore contourna la souveraine pour remettre la couronne à Cheshire, qui l'abaissa lentement sur le crâne de sa fille. Des larmes silencieuses jaillirent des yeux de celle-ci quand elle sentit le poids de l'argent brossé symbolisant la présence de son frère. Elle se leva alors et posa la main sur son cœur.

Cheshire se redressa à son tour et clama :

— Pays des merveilles, voici votre souveraine, la Reine des Cœurs !

La foule répéta cette phrase après lui en un écho interminable. Le chœur se remit à psalmodier, des oiseaux s'envolèrent vers la lumière. La couronne de Charles reposait fermement sur son front, ses mesures parfaites lui permettant d'en épouser la forme. L'objet idéal pour régner.

Chapitre 12

Bien qu'épuisée outre mesure et n'aspirant qu'à se mettre au lit, Dinah accueillit Mundoo dans ses appartements aussitôt après le couronnement, espérant finaliser les derniers détails du traité de paix. Le Yurkei se présenta escorté de sa garde personnelle, et la reine les observa tous avec fascination. Pas à leur place dans cette enceinte, ils semblaient mal à l'aise et nerveux, comme étouffés par ces murs de pierre et la lumière teintée de rouge. Deux d'entre eux se firent des grimaces dans l'un de ses miroirs dorés, et plusieurs autres s'installèrent à sa longue table pour piocher parmi un vaste inventaire de nouvelles saveurs. Il était manifeste que les Yurkeis jugeaient les Merveilleux excessifs et ridicules, aussi prétentieux et superficiels que les oiseaux qui arpentaient les couloirs du palais. Elle sourit en les observant. Ils n'avaient pas totalement tort.

Mundoo se pencha vers elle, une tasse de thé à la main.

— Et si nous sortions sur le balcon, Dinah ?

Entendre prononcer son nom lui fit l'effet d'un choc, à présent que tout le monde l'appelait « Votre Majesté » ou employait quelque autre titre ronflant. Mundoo avait effectué ce choix à dessein : elle n'était pas sa reine. Elle hocha la tête et ouvrit les portes donnant sur l'extérieur. La lumière les engloutit lorsqu'ils sortirent. La journée était belle, et l'on devinait les monts yurkeis dans la lourdeur estivale. Mundoo sirotait son thé avec une légèreté que Dinah lui enviait : il endossait ses responsabilités avec tant de grâce.

Depuis la fenêtre, la reine distinguait les dernières tentes de l'armée yurkei, dressées dans les champs juste en périphérie de Merveille proprement dite ; les guerriers seraient prêts à partir en un clin d'œil. Il leur tardait de rentrer chez eux. En gage d'amitié pour le peuple merveilleux, les infatigables Yurkeis avaient débarrassé le champ de bataille des restes fumants qui jonchaient les alentours du château, y compris les cadavres. Ceux des Merveilleux et des Cartes avaient été inhumés dans le cimetière à l'ouest du palais, tandis que ceux des Yurkeis étaient placés de côté pour la Chenille. Le sorcier les bénissait avant de prélever un petit os dans leur bras pour l'envelopper dans un linge blanc. Ces ossements seraient ensuite ensevelis avec le reste de la tribu dans le champ de champignons non loin de l'entrée d'Hu-Yuhar, liant leur âme à cette terre pour l'éternité. Dinah comprenait qu'il n'existait pas de plus grand honneur. Le reste de leurs dépouilles serait enterré dans les Bois tordus.

Le chef des Yurkeis était penché par-dessus le garde-corps, ses yeux bleus et lumineux rivés sur le champ en contrebas, les plumes blanches et bleues de sa coiffe dansant doucement dans la brise.

— Je suppose que Morte n'a pas encore été retrouvé ?

Dinah posa les bras sur le parapet de pierre.

— Non, seulement Keres, mais vous le saviez déjà.

Mundoo huma son thé.

— Ce qui signifie que vous ne pourrez pas respecter votre part du marché que nous avons conclu pour l'épargner, et que nous allons donc devoir trouver un autre arrangement. Un autre sacrifice.

Dinah braqua sur lui un regard sceptique.

— Je ne modifierai pas ce traité, ce n'est pas la peine d'insister.

Mundoo lui sourit avant de se repencher sur sa tasse.

— En réalité, j'allais seulement demander des livraisons de thé régulières à Hu-Yuhar. Mes guerriers ne peuvent plus s'en passer.

Dinah éprouva un accès de satisfaction. Tous les matins, elle envoyait des domestiques nerveux porter des plateaux de thé à la tribu qui patientait dehors. Un geste minuscule, mais elle avait appris que les présents les plus subtils pouvaient suffire à influencer autrui.

— Faites attention, chef. Quand on y a goûté, on en consomme de plus en plus et on en a besoin tout au long de la journée.

Mundoo observa les montagnes.

— C'est la même chose avec le pouvoir.

Un silence se déposa sur eux tandis que Dinah prenait la mesure de ses paroles.

Le Yurkei se racla la gorge.

— D'ici, nos montagnes paraissent insignifiantes, de simples petites collines marquant... quel est le mot merveilleux pour désigner ça ? le bout du ciel ? l'au-delà ? C'est un joli mot, mais je ne m'en souviens plus.

Dinah croisa les mains derrière son dos.

— L'horizon ?

— Oui, voilà, c'est ça. L'horizon. C'est une chose magnifique, vous ne trouvez pas ? Et pourtant, la distance n'est pas si importante. De nombreux hommes peuvent chevaucher d'une traite jusque là-bas.

Dinah haussa un sourcil.

— Serait-ce une menace, ô grand chef ?

Il braqua sur elle ses prunelles qui ne cillaient pas.

— Une menace ? Non. Disons un simple aide-mémoire. Dinah, comme vous le savez, nous sommes un peuple pacifique. Nous appartenons à la terre, et elle à nous. Nous n'avons aucun appétit pour la guerre. (Il sirota une nouvelle gorgée de son thé parfumé à la fleur de pommier.) J'ai déjà vu de trop nombreuses morts, reine de cœur. Je suis las des couronnements, des conseils, des réunions et des traités. Mes montagnes m'appellent, et mes guerriers veulent retrouver leurs lits douillets et les épouses qui les maintiennent chauds. Nous allons partir sur-le-champ, sans toucher au traité. Comme convenu, d'ici quelques mois, mon peuple se rendra en nombre à Ierladia pour visiter cette ville qui deviendra notre bastion. Conformément à votre souhait, nous ne détruirons rien, mais je crains que notre présence suffise à créer une forme d'inquiétude. Si cela devait s'avérer, mes guerriers n'auraient d'autre choix que de se défendre.

Depuis son balcon, Dinah pouvait voir les gravats qui reposaient à la place des écuries, son enfance ayant été remplacée par de la cendre et de la terre noircie. Elle se tourna vers Mundoo, l'étudiant des pieds à la tête. Il n'était plus le seul à posséder du pouvoir, désormais.

— C'est précisément pour cette raison que je compte me rendre à Ierladia quand viendra l'heure de vous livrer la ville. Je me tiendrai auprès de mon peuple pour m'assurer que personne ne soit blessé ou abusé à l'arrivée des colons yurkeis. Dans le même temps, j'espère démontrer que les Yurkeis sont des gens bien et de confiance. Si nous voulons nous partager une cité, nous devons donner l'exemple.

Mundoo soutint son regard d'un air impassible ; il était néanmoins impressionné.

— Vous devez savoir que j'espère sincèrement la paix, déclara-t-il d'un ton neutre.

Dinah acquiesça.

— Je vous crois. Mais je pense également que dans l'état où se trouve ma ville aujourd'hui, avec si peu de Cartes pour la défendre, nous devons vous apparaître comme un jouet tout neuf, particulièrement tentant et vulnérable. Cependant, d'ici quelques mois, vous ne reconnaîtrez plus

Merveille proprement dite, et une armée de Cartes volontaires sera formée au combat, mieux que n'importe lesquels des hommes que mon père a pu diriger. Vous trouverez de nouvelles murailles, cette fois faites de pierre et non de fer. Et vous rencontrerez une reine pas aussi facile à vaincre.

Dinah inspira calmement et lui saisit la main avec prudence.

— J'apprécie la paix avec les Yurkeis plus que n'importe quel acte ou traité. Croyez-moi, j'en suis venue à aimer votre tribu et votre ville, et je pleurerais la perte de l'un des vôtres autant que celle de l'un des miens.

Son regard se posa alors sur Ki-ershan, posté dans un coin de la pièce. Il ne quittait pas Mundoo des yeux et gardait les doigts fermés sur la poignée de son épée. Le chef yurkei lui décocha un sourire amer. Il lâcha la main de la reine et l'attrapa par les épaules, comme pour lui donner l'accolade. C'était du moins l'illusion voulue, car Dinah sentit son doigt appuyer contre sa cicatrice, celle qu'il lui avait infligée à l'aide de sa fine lame. Elle réprima un cri de douleur alors qu'il pressait et palpait, s'efforçant de rester forte. Mundoo lui souffla au visage son haleine chargée de thé.

— N'oubliez pas notre traité, reine de cœur. Si vous deviez trahir vos promesses, piller nos terres ou tuer mon peuple, je réduirais ce palais et tous ses occupants en cendres. Respectez les frontières décrétées par cet accord, et je vous promets d'en faire autant. J'espère vous recevoir en visite à Hu-Yuhar d'ici un an, pour célébrer le premier anniversaire de notre bel arrangement. La tribu sera ravie de vous revoir.

Dinah sentit sa vision se troubler alors que la douleur devenait insupportable, mais elle n'en montra rien.

— Et réciproquement.

Elle repoussa Mundoo sans ménagement et leva la main pour lui donner congé.

— Je vous souhaite un bon retour à Hu-Yuhar. Le palais des merveilles vous remercie pour votre aide.

— Accrochez-vous bien à votre trône, lui conseilla Mundoo. Ne faites confiance à personne ici. Vous êtes une bonne dirigeante, Dinah, et la reine que mérite cette terre. Ne laissez pas qui que ce soit s'en emparer. Et ne devenez pas comme votre père. Sinon…

Il secoua la tête en reculant et décrocha une unique plume de sa coiffe.

— Souvenez-vous du jour où nos mots se sont mêlés dans la sueur. Souvenez-vous des grues qui en étaient témoins. Souvenez-vous de notre paix et de notre peuple. Nous sommes issus de la même terre, frères et sœurs. (Il posa la plume sur sa paume et tendit sa main ouverte.) Au revoir, reine de cœur.

Dinah se saisit de l'offrande et lui tourna le dos, révélant cette échine qu'elle ne courberait jamais.

— Je vous enverrai une cargaison de thé dès que les choses se seront un peu tassées ici.

Elle le raccompagna jusqu'aux portes du palais, Ki-ershan dans son sillage. Mundoo pressa la main de Dinah en franchissant les battants. Un hurlement de triomphe s'éleva des Yurkeis, glaçant le sang à tous les Merveilleux. Dinah gravit alors l'escalier de la tourelle dominant le côté nord du château. Le reste de l'armée yurkei avait déjà chargé les chevaux. Dinah leva la main et le menton en guise d'adieu, et lorsque Mundoo lui répondit d'un hochement de tête, les guerriers yurkeis firent le signe de la grue. Elle sentit des larmes de reconnaissance lui brûler les yeux en contemplant ce peuple qu'elle en était venue à aimer.

Mundoo grimpa sur le dos de Keres, au flanc rayé du bleu de la victoire et à la crinière de lin ornée de plumes. Le chef yurkei le talonna légèrement et Keres, imposant même à distance, se cabra sur ses membres postérieurs. Mundoo brandit son épée tant dans un geste de gratitude que d'avertissement à l'intention de Dinah. Keres fit alors volte-face et galopa vers les Bois tordus, les collines et les gardiens de pierre d'Hu-Yuhar. L'armée yurkei le suivit et fut bientôt réduite à un simple panache de fumée se mouvant rapidement, l'incarnation de la vitesse.

Merveille proprement dite grondait sur ses fondations, tandis que le plancher sous les pieds de Dinah vibrait. Des dizaines de Cartes se penchèrent par les portes de fer déformées, observant le départ des Yurkeis avec un mélange d'admiration et de soulagement. Quelques gamins s'élancèrent après eux, levant leurs chevaux de bois devant eux. Dinah sourit. Les adultes du Pays des merveilles ne se départiraient peut-être jamais de leurs préjugés à l'encontre des

Yurkeis, mais la génération suivante les considérerait comme un peuple merveilleux et mystérieux, d'autant plus qu'une vingtaine de représentants resteraient au pays pour entretenir les relations diplomatiques.

Cheshire se matérialisa soudain près d'elle, et ils contemplèrent en silence l'éloignement de l'armée. Lorsqu'elle celle-ci eut disparu à l'horizon, il se racla la gorge.

— Majesté, si je pouvais vous parler un instant...

Dinah fronça les sourcils.

— Cheshire, vous me parlez à tout instant.

Il émit un léger gloussement mâtiné de malice.

— Vous avez l'esprit vif de votre mère.

— Merci du compliment. Que puis-je pour vous ? N'avons-nous pas une réunion du conseil ce soir ?

— Si, mais certaines choses requièrent votre attention immédiate.

Curieux, songea Dinah. Elle se sentait étrangement mal à l'aise, à présent que les Yurkeis étaient partis. Pour le peuple des merveilles, leur présence était une invasion, une menace sombre aux portes du palais. La reine la trouvait au contraire rassurante, protectrice. Elle soupira et se tourna vers son père et conseiller.

— Marchons un peu. Il paraît que les jardiniers travaillent déjà à la restauration de la pelouse de croquet royale. Je vous propose d'aller y jeter un œil.

Cheshire fit la révérence.

— Rien ne me plairait davantage.

Ils descendirent avec prudence le raide escalier de bois de la tour et se dirigèrent vers les quartiers commerciaux en périphérie.

— À présent, dites-moi ce qu'il y a de si urgent.

— Tout d'abord, Majesté, prévoyez-vous toujours d'épouser Wardley d'ici quelques mois ? Même si nous lui avons décerné ses titres dûment mérités, je ne suis pas convaincu que ce soit le meilleur choix pour s'asseoir sur le trône auprès de vous.

— Et pourquoi cela ?

— Pour commencer, il n'est pas de sang royal. Il est certes de noble extraction, mais certains seigneurs et dames bien plus méritants ne manquent pas de fils rêvant d'épouser la séduisante reine aux yeux noirs.

Dinah demeura silencieuse, ses mains poisseuses de sueur dissimulées sous sa robe couleur prune.

— Miser sur l'un de ces jeunes hommes, qui apporteraient tous beaucoup au trésor royal, pourrait être digne d'intérêt.

Dinah marmonna tout bas. Cheshire poursuivit son exposé.

— Il y a aussi la question des *héritiers*. Si vous deviez épouser Wardley, cette union produirait-elle des enfants pour vous succéder ? Pardonnez ma franchise, mais si vous choisissiez Wardley pour roi, me tromperais-je en subodorant qu'il s'agirait d'un mariage… (Il marqua une pause.)… d'amitié ?

Dinah s'arrêta de marcher, submergée par l'embarras, le visage rouge de honte. Elle fit brusquement face à Cheshire.

— Vous dépassez les bornes, sire. Wardley sera mon roi. Cela a été décidé lors de la ratification de notre traité avec les Yurkeis. Nous ferions mieux de ne pas modifier nos projets. Mundoo *apprécie* Wardley. Il lui fait confiance. Et moi aussi. Il doit devenir roi.

Et il finira par m'aimer comme je le désire. Il le doit.

Cheshire demeura silencieux pendant le reste de leur promenade jusqu'à la pelouse verdoyante. Des dizaines de Cartes s'affairaient à réparer le paysage dans la lumière déclinante, polissant les statues et débarrassant les débris causés par la guerre. Dinah était fière de constater des progrès aussi rapides. Bientôt, le palais rayonnerait de nouveau.

— Y avait-il autre chose, Cheshire ?

Il la dévisagea un moment avant d'arborer un sourire retors ; la barbe qu'il s'était récemment laissé pousser au menton lui conférait plus que jamais des allures de chat.

— Majesté, il reste à déterminer ce que nous allons faire du corps et de la tête du roi. Devons-nous les enterrer dans le caveau familial, au sein du palais ? Ou simplement les brûler et jeter les restes avec les pots de chambre du jour ?

Son ricanement mit Dinah mal à l'aise.

Ils s'arrêtèrent pour laisser passer quelques paons et flamants roses. Dinah reconnut Griffon, le paon blanc de Vittiore.

— Avons-nous récupéré Cœurépée ?

— Oui.

Dinah ferma les yeux un instant.

— Bâtissez un petit socle en pierre à l'intérieur du château pour y sauvegarder l'arme. Demandez à un forgeron de graver son nom sur la lame. Ses cendres pourront être scellées dans le bloc, mais veillez à ce que celui-ci ne monte pas plus haut que la taille. Que personne n'ait à lever la tête pour le regarder.

Cheshire tira un parchemin de sa poche et griffonna dessus.

— J'y veillerai dès ce soir. Quant au monument dédié à votre frère...

— Charles devrait se trouver dans les jardins, juste sous sa fenêtre. Il faut qu'il puisse voir les étoiles depuis là où il reposera. Recrutez notre meilleur tailleur de pierre pour créer une pièce qui lui aurait plu. Je ne veux pas qu'on lésine sur les moyens pour sa dernière demeure, est-ce bien compris ?

Dinah battit des cils pour refouler quelques larmes et reprit sa promenade. Cheshire lui posa une main sur l'épaule.

— Est-ce qu'il vous manque ?

Elle ravala la boule logée dans sa gorge.

— Je le pleure encore plus aujourd'hui qu'au lendemain de sa mort.

— Pour quelle raison ?

— Parce que j'étais en fuite, je tentai de survivre. Je n'ai pas eu le temps de faire mon deuil. Mais à présent que je suis de retour au palais, sans lui, les lieux me paraissent si vides, et la blessure si fraîche… Sans Charles, je me sens perdue, ici.

Elle ne précisa pas qu'elle errait chaque soir dans les couloirs du château, suivie comme son ombre par un Ki-ershan silencieux, et qu'elle aboutissait systématiquement au même endroit : dans la chambre vide du chapelier, à contempler la fenêtre par laquelle on l'avait précipité lors de cette nuit morte et calme.

— Il me manque tellement, ajouta-t-elle dans un murmure.

Cheshire lui sourit.

— Ça va passer. Votre frère était une créature abîmée, mieux vaut sans doute régner libérée d'une telle folie inutile. Il n'était pas apte à diriger, ni digne de partager le sang d'une reine.

Dinah le dévisagea d'un air hagard.

— Peu importe que vous soyez mon père, je ne veux plus jamais vous entendre dire des choses pareilles ! Charles était mon frère, et sa mort me hantera jusqu'à mon dernier souffle. (Elle tourna son regard trouble vers le soleil brûlant de l'après-midi.) Le roi de cœur l'a assassiné pour me faire porter le chapeau, et la culpabilité m'étrangle du matin au soir. Je vous interdis de sous-entendre que ma vie est plus facile sans lui.

Cheshire rougit légèrement en s'inclinant bien bas devant sa fille.

— Dinah, ma reine, je ne voulais surtout pas vous offenser, seulement…

— Je sais ce que vous vouliez faire. Je vous en prie, continuons notre promenade. Il me tarde de constater les efforts accomplis dans la reconstruction de mon palais et de mon armée.

Ils continuèrent à cheminer et à discuter, comme un père et sa fille. Alors que le soleil plongeait vers l'horizon, Dinah peinait à imaginer le retour des ténèbres.

Mais elles revinrent bel et bien, depuis le lieu le plus familier qui fût.

Chapitre 13

Quelques jours plus tard, Dinah se réveilla au milieu de la nuit, convaincue d'une présence étrangère dans sa chambre. Elle s'assit avec un halètement, attrapant au passage le poignard dissimulé sous son oreiller. Puis elle se leva, le cœur battant la chamade. Elle scruta les recoins de la pièce, prête à lancer sa lame. Il n'y avait personne. Dinah s'étreignit la poitrine pour intimer à son rythme cardiaque de ralentir. *Elle ne risquait rien. Il n'y avait personne.* Elle avait fait un rêve – un rêve sombre et malsain, dont elle se souvenait à peine.

Son souffle redevint normal quand elle vit l'ombre de Ki-ershan passer devant sa porte. Si le Yurkei se comportait normalement, elle n'avait pas de souci à se faire. Ce qui l'avait réveillée n'existait subitement plus. Les ronflements sonores de Harris résonnaient dans la pièce, la barrière de fortune érigée entre leurs chambres ne suffisant pas à étouffer le bruit.

Dinah se rallongea avec un long soupir de soulagement et remisa son arme sous son oreiller. Elle ferma les paupières dans l'espoir de retrouver le sommeil, mais en vain. Elle avait du mal à s'endormir, même dans son propre lit, celui dont elle avait tant rêvé quand elle en était réduite à se coucher par terre dans les Bois tordus. Désormais, elle trouvait son matelas trop mou, trop chargé de coussins, de fourrures et de couvertures en plume. Un cocon si douillet qu'il en était étouffant.

Dinah resta étendue une heure de plus avant de se lever silencieusement et d'aller se débarbouiller dans la vasque en argent près de sa baignoire en forme de cygne. Elle tendit le bras pour saisir un peignoir noir. Le morceau de tissu qui parcourait la hauteur du vêtement était orné de dizaines de carrés blancs et noirs, lui conférant des allures d'échiquier. Ses cheveux courts et en bataille étaient tout emmêlés, et elle se mit à regretter d'avoir coupé sa longue et magnifique tresse noire. Elle s'ébouriffa dans le miroir et sursauta en avisant deux yeux bleus et brillants derrière elle.

— Ki-ershan ! Vous m'avez fait peur.

Il était presque invisible dans les ténèbres.

— Vous êtes éveillée, alors je dois l'être aussi. Allons-nous arpenter le palais ce soir encore ?

Dinah acquiesça.

— Je le crains, oui. Je suis navrée. Vous devriez retourner vous coucher.

Il s'esclaffa.

— Jamais de la vie.

Dinah sourit.

— Je savais que vous répondriez ça. Je m'en veux de vous priver ainsi de sommeil. Quelque chose m'a réveillée, je ne sais pas trop de quoi il s'agissait.

Sa voix mourut. Plus elle y réfléchissait, plus elle était convaincue que ce n'était pas *quelque chose*, mais plutôt une *sensation*, un sentiment tenaillant et douloureux dans le creux de son ventre. La même intuition qu'elle avait ressentie bien des nuits plus tôt, lorsqu'elle s'était réveillée avec une main inconnue sur la bouche. *Un secret traversait le palais.*

Ki-ershan alla d'abord inspecter le couloir, attachant son épée dans son dos, puis suivit consciencieusement Dinah tandis qu'elle enfilait les couloirs enténébrés et les passages secrets du palais des merveilles. Alors qu'ils traversaient le château endormi, l'angoisse envahit les sens de Dinah. Ses pieds nus foulaient le sol de pierre, de plus en plus vite. Elle comprit qu'elle cherchait instinctivement quelque chose.

Ils marchaient depuis une heure quand elle décida d'effectuer un petit détour.

La plupart des appartements royaux comportaient des issues dérobées, et le trésor du roi – désormais *de la reine*, se corrigea-t-elle – était éparpillé dans tout le palais, dissimulé dans ces antichambres secrètes pour l'y maintenir en sécurité. Ça lui paraissait être un bon point de départ. Elle essaya chacune des portes. Ki-ershan se précipitait derrière elle, les muscles bandés, s'attendant à ce que quelqu'un jaillisse de ces recoins tapissés de toiles d'araignées.

Ils se faufilèrent sous une table dans la cuisine des domestiques et ouvrirent une porte minuscule que Dinah avait empruntée plusieurs fois étant enfant. Après l'avoir franchie, ils émergèrent dans un long couloir, délaissé depuis ces dix dernières années. Dinah fit pivoter plusieurs autres portes en piteux état, arborant chacune l'un des symboles des Cartes : les chambres dans lesquelles son père retrouvait ses maîtresses. Il n'y avait rien de valeur, par ici. Elle poussa un battant frappé du Pique, un autre du Trèfle, un autre avec un cœur minuscule gravé autour de la serrure, un Carreau… Ces ouvertures sans prétention avaient été volontairement conçues pour être facilement oubliables. Pas le genre de portes qui attiraient l'attention, car elles étaient dissimulées à bien des embranchements des passages nécessaires aux activités quotidiennes du palais. La noirceur qui lui rongeait le ventre devenait de plus en plus prégnante.

Dinah ressortit, enfila un autre couloir. C'était ridicule, se morigéna-t-elle. Mieux valait retourner au lit. Elle tournait les talons pour ce faire quand elle entendit quelque chose. Un souffle. Un soupir. Elle fit volte-face.

Il y eut un brusque courant d'air lorsqu'une vision éthérée vêtue de blanc émergea des ténèbres vers son visage. Dinah recula d'un bond silencieux, baissa la tête lorsque des serres lui griffèrent le sommet du crâne. Sa figure se retrouva couverte de longues plumes blanches. L'oiseau géant s'immobilisa dans un piétinement, puis se retourna en poussant un criaillement sonore.

La bête qui l'avait tant effrayée était le paon blanc de Vittiore, Griffon. En fait, la reine voyait rarement sa demoiselle de compagnie sans son animal, ces temps-ci. Elle se promenait en l'enlaçant amoureusement, comme elle l'aurait fait de son enfant. Le voir fit de la peine à Dinah. Celle-ci se retourna vers les portes de bois. Elle s'approcha de la plus petite, taillée d'un cœur grossier.

Ki-ershan secoua la tête en la retenant par le poignet.

— Vous devriez regagner vos quartiers.

Les yeux de Dinah s'écarquillèrent de rage. Le paon blanc la dévisageait en silence, la tête inclinée sur le côté.

La reine observa son garde du corps avant de tourner discrètement la poignée. La porte n'était pas verrouillée, et ils purent entrer sans un bruit. Une odeur chaude lui assaillit les narines – un mélange de chaleur humaine, de sueur et de luxure. Il n'y avait qu'une petite fenêtre pour aérer. Draps et vêtements jonchaient le sol de la chambre, tout juste illuminée d'une dizaine de bougies et du ciel étoilé. Les flammes crachotèrent quand Dinah s'approcha du lit à pas de loup. Quand elle l'atteignit, elle demeura parfaitement immobile, laissant une colère noire la consumer de l'intérieur.

Wardley et Vittiore dormaient face à face, perdus dans un profond sommeil. Les cheveux du garçon étaient remontés sur son front, ces boucles que Dinah aimait tant collées par la transpiration. Son nez se trouvait à quelques centimètres de celui de Vittiore et sa main reposait amoureusement sur sa joue, comme s'il s'était endormi en lui caressant la mâchoire du pouce. Sa poitrine nue, aussi couturée et contusionnée que celle de Dinah, luisait dans la lumière tremblotante. L'un des bras de Vittiore reposait sur sa taille, l'autre était plaqué contre son torse, la main à plat sur le cœur. La longue jambe blanche de la jeune femme couvrait avec décontraction la hanche de son amant. Elle portait la plus fine des chemises de nuit, le tissu bleu léger dissimulant à peine son corps autrement nu. Les petites pêches qui lui tenaient lieu de seins se soulevaient régulièrement à chacune de ses inspirations. L'autre bras de Wardley disparaissait sous elle, la serrant contre lui ; leurs hanches se touchaient, leurs jambes étaient entrelacées. Le lit n'accueillait que leurs corps moites ; les draps, repoussés durant leurs ébats, gisaient, tout froissés, au bord du matelas.

Dinah considéra ces visages si proches que leurs souffles se mêlaient. Jamais de sa vie elle n'avait vu pareilles expressions de bonheur parfait, presque sacré. Un mélange de satisfaction, d'extase et d'espoir habitait ces deux personnes, si profondément paisibles qu'elles ne remuèrent pas quand Dinah se pencha sur elles. Elle n'avait jamais éprouvé pareille félicité, et savait désormais qu'elle ne connaîtrait pas cette chance.

La colère qu'elle avait réprimée si longtemps, cette fureur séductrice déborda de son cœur. Elle envahit sa poitrine, aussi irrépressible qu'un raz-de-marée. Elle sentait ses doigts palpiter, les racines de ses cheveux trembler de passion. Son corps tout entier se mit à frissonner, son champ de vision s'étrécit. Les bougies et les murs disparurent, et il n'y eut soudain plus qu'elle – *La Reine !* – et les amoureux endormis, se raccrochant l'un à l'autre comme à la fin du monde. C'était effectivement la fin de *son* monde.

Dinah agit plus vite que jamais, une puissance venue d'ailleurs contractant ses muscles. Elle empoigna l'épaisse chevelure dorée de Vittiore pour la jeter hors du lit. La jeune dame de compagnie était aussi légère qu'une plume. Elle rebondit contre une commode avant de comprendre ce qui lui arrivait. Dinah se pencha sur elle, ses iris d'ébène dévastés brûlant de rage, un sourire assassin déformant ses lèvres. Vittiore se frotta les yeux, confuse, puis se mit à pleurer, une main tendue devant elle.

— Oh, Dinah, pitié ! Je suis désolée ! Je vous en supplie, Majesté, laissez-moi vous expliquer ! Vous ne comprenez pas !

— Oh, je comprends très bien, rétorqua froidement Dinah.

Elle attrapa de nouveau Vittiore par les cheveux pour la tirer vers la porte. Wardley, à présent réveillé, bondit hors du lit.

— Dinah ! Arrête ! Qu'est-ce que tu fais ? Ne la touche pas !

Elle le gratifia d'un regard noir avant de ramasser l'épée du nouveau Valet de cœur, abandonnée près du lit. Elle la fit pivoter à la lumière, voyant les bougies vacillantes se refléter sur la lame immaculée.

— Maîtrisez-le.

Ki-ershan la dévisagea, perplexe.

— Je vous ordonne de le maîtriser, répéta-t-elle d'un ton plat et inexpressif.

— Non !

Wardley traversa la chambre d'un bond tandis que le Yurkei observait la reine. Le Valet de cœur fit volte-face et attrapa l'épée de Ki-ershan dans le dos de celui-ci. Il se rua ensuite sur Dinah. *L'imbécile*, songea-t-elle avec un sourire. Ki-ershan se jeta alors sur Wardley, dont les cris hystériques rebondissaient entre les murs.

— Pose cette épée. Ne fais pas ça ! Ce n'est pas toi ! Je t'en conjure, par tous les dieux, arrête !

Wardley avait beau s'époumoner, la reine faisait la sourde oreille.

Ki-ershan lutta pour récupérer son arme. Tout se déroula très vite, mais Dinah n'avait d'yeux que pour Vittiore. Cette fille lui avait d'abord volé sa couronne, et maintenant son avenir. La voix de Wardley se fit plus forte.

— S'il te plaît ! Dinah, arrête ! Tu es mon amie, je t'en prie, ne fais pas ça.

Il abattit sa lame vers Ki-ershan, qui l'esquiva lestement. Dinah jeta Vittiore à terre devant elle, la tenant toujours par les cheveux, et la gifla violemment de sa main libre. Puis elle la força à se mettre à genoux, récupéra l'épée de Wardley et la plaqua contre le cou de porcelaine de sa dame de compagnie. Wardley poussa un beuglement, luttant de toutes ses forces contre les bras de Ki-ershan.

— Non, s'il te plaît, ne lui fais pas de mal ! Tue-moi, prends ma vie ! Dinah, ne fais pas ça ! Tu n'es pas ton père ! (Ses traits se déformèrent quand il hurla.) Alllliiiicccceeeeee !

Dinah n'avait encore jamais entendu ce nom. Elle décocha un sourire triste à Vittiore.

— Est-ce que vous l'aimez, Vittiore ?

— Je m'appelle Alice, chuchota-t-elle en réponse.

Ses yeux bleus se posèrent sur Wardley, et Dinah eut l'impression de se retrouver plongée dans une eau glaciale. Wardley et Alice échangèrent un long regard, se transmettant un millier de vérités tacites. Puis la jeune étrangère se retourna vers Dinah.

— Et oui, je l'aime. Je l'ai toujours aimé.

Dinah lui lâcha les cheveux. La fille demeura parfaitement immobile, les yeux rivés sur Wardley, qui se débattait en criant tandis que Ki-ershan lui arrachait l'épée des mains. Dinah se dressait de toute sa hauteur, la figure illuminée par le clair de lune et les bougies, qui semblaient s'embraser sous l'effet de sa fureur. Elle n'était plus que rage.

— Pas depuis aussi longtemps que moi.

Des deux mains, elle abattit brusquement la lame sur le cou de la traîtresse. Du sang gicla sur le visage de la reine. La tête d'Alice roula loin de son corps, s'immobilisant contre un tas de draps en soie. Son corps se convulsa quelques instants avant de s'effondrer à son tour.

— Alice ! hurla Wardley.

Ce son déchirant tira un instant la reine de sa fureur. Les pleurs hystériques du Valet de cœur semblaient ébranler le château.

— Grands dieux, non !

Il tomba en avant. Ki-ershan recula d'un pas et le laissa choir, mais à peine les genoux de Wardley eurent-ils touché le sol qu'il attrapa un poignard d'argent posé sur une commode. Il se jeta alors sur Dinah, l'arme en main. Il était rapide, mais le guerrier yurkei l'était plus encore. Ki-ershan s'empara d'un bougeoir en argent et lui en assena un grand coup sur le crâne, provoquant un craquement écœurant. La lame de Wardley ne se trouvait alors plus qu'à quelques centimètres de la gorge royale.

Wardley perdit connaissance dans les bras de la reine. Sonnée, elle le contempla, avisa les larmes chaudes sur ses joues, puis considéra sa propre robe de chambre, imprégnée de sang. Elle cilla. Il y en avait sur ses mains, sur le sol, partout autour d'elle. Un cercle tourbillonnant d'encre noire entourait son champ de vision.

Ki-ershan la rattrapa avant qu'elle touche le sol. Wardley lui glissa entre les bras. Son corps s'effondra contre le corps décapité de Vittiore, le nez contre le creux de ses reins. Avant de perdre connaissance à son tour, Dinah entendit la voix d'Iu-Hora résonner dans sa tête. *Elle avait arraché le cœur de l'être qu'elle chérissait le plus.*

Chapitre 14

Dinah reprit très progressivement connaissance. Elle sortit peu à peu de l'abîme, remontant vers la lumière et les voix étouffées. Quitta ses rêves violents emplis d'horreurs indicibles et d'avenirs tristes. Se rapprocha de Harris, qui l'appelait doucement.

— Dinah, Dinah…

Elle ouvrit les paupières. Elle était de retour dans ses appartements, dans son lit. Elle baissa le regard. Elle portait une chemise de nuit blanche et unie, sans souillure ni ornement. Elle exhala un soupir de soulagement et laissa sa tête retomber sur l'oreiller en plumes d'oie. Ce n'était qu'un rêve, grâce à tous les dieux, le plus horrible des rêves. Elle referma les yeux en espérant plonger dans le profond sommeil qui l'avait fuie toute la nuit.

— Dinah.

Elle sursauta et rouvrit ses prunelles noires. Le visage de Harris se trouvait tout près du sien, sa chaise placée près de son lit. Il lui saisit délicatement le visage de ses mains ridées, à la paume fine comme du vélin. Ses traits étaient las et tirés, ses yeux rouges et injectés de sang.

— Oh, Dinah, mon enfant. (Il lui posa la paume sur le front.) Qu'avez-vous fait ?

La reine leva lentement ses propres mains. Elles étaient couvertes de sang séché, profondément incrusté dans les sillons de ses doigts, dans la vallée de son poignet.

— Non !

Elle se leva maladroitement et courut vers son miroir. Le monstre de ses rêves la dévisageait. Des gouttes de sang lui constellaient la figure. Ses cheveux entremêlés étaient plaqués par la sueur. Ses bras étaient souillés de taches rouille. Ses plantes de pied étaient littéralement trempées. Elle poussa un hurlement.

— Enlevez-moi ça, Harris ! Enlevez-moi ça !

Il se contenta de la dévisager.

— Enlevez-moi ça ! Je vous l'ordonne !

Elle se dirigea vers sa baignoire, à moitié hystérique, et se débattit avec le long col de cygne qui pendait du plafond.

— S'il vous plaît, Harris ! Aidez-moi !

Le regard du vieil homme demeura inflexible. Un jet d'eau jaillit en sifflant du tuyau, et Dinah le maintint au-dessus de sa tête, sans même avoir pris la peine de se déshabiller. L'eau brûlante lui écorchait la peau, mais le sang séché commença à s'écailler et fut emporté par des filets d'eau qui disparaissaient en tournoyant dans le siphon. Elle se saisit en sanglotant de la peau de hérisson et se frictionna les mains, les pieds et la figure, jusqu'à s'en déchirer l'épiderme. Et se lava les mains, encore et encore, tout en marmonnant des « Non, non, non, grands dieux, non… ».

Harris finit par s'approcher. Il lui prit la peau de hérisson des mains et la déposa près de la baignoire.

— Vous aurez beau frotter, vous ne pourrez pas faire disparaître le sang que vous avez sur les mains, déclara-t-il simplement.

Il coupa l'eau et enroula une serviette autour de son corps rougi, si chaud que des volutes de fumée s'élevaient de ses épaules. Alors que Dinah tremblotait et pleurait, il la para d'une ample robe pourpre et lui brossa les cheveux. Elle fixait sur le miroir son regard vide.

— Je l'ai tuée.

— Oui.

— Wardley l'aimait.

— Oui.

— Le saviez-vous ?

Harris se leva et alla préparer le thé dans un coin de la pièce. Elle se tourna vers lui, les yeux écarquillés.

— Le saviez-vous ?

— J'avais des doutes. Mais aucune certitude.

— Pourquoi ne m'en avoir rien dit ?

Harris lorgna la baignoire et le cercle rouge autour de la bonde.

— Précisément pour cette raison. Car je savais que vous seriez folle de rage. Cette fureur a toujours brûlé en vous, depuis votre plus jeune âge. Vous êtes comme votre père…

— Sauf que ce n'était pas mon père. Je ne suis pas censée lui ressembler du tout.

Les mains de Harris tremblaient quand il posa le couvercle sur la théière.

— C'est vrai, vous n'êtes pas son enfant naturel, mais vous avez hérité de sa nature, car vous n'avez pas connu d'autre père. (Il posa une tasse de thé devant elle.) J'ai prié pour que vous parveniez à contenir vos ardeurs. Comprenez-vous ce que vous avez fait subir à Wardley ?

Dinah se cacha derrière ses mains tremblantes.

— Non. Oui. Oh, grands dieux, Vittiore… Wardley… (Elle fut prise d'un sanglot.) Il ne me le pardonnera jamais ! Il l'aimait, je l'ai vu sur son visage…

La violence de cette déclaration lui lacéra l'intérieur, telle une épine de vérité. *Il l'aimait. Il n'avait jamais aimé Dinah, du moins pas de cette manière. Elle pourchassait un fantôme dans ces couloirs. Et à présent, elle avait tué son amour. Sa propre sœur. La fille de Faina Baker. Une fille et sa mère décapitées, toute une famille anéantie par la lignée des Cœurs.*

Dinah se précipita sur le balcon pour rendre ce qui lui pesait encore sur l'estomac. Elle s'agenouilla sur le marbre dur, posa le front contre la pierre froide. Une porte claqua dans ses appartements, et elle entendit les bribes d'un échange passionné entre Harris et Cheshire. Les bottes pointues de ce dernier lui apparurent.

— Majesté. Je vous implore de vous relever. Vous avez beaucoup à faire, aujourd'hui.

Dinah le considéra avec dédain.

— Ignorez-vous ce que j'ai déjà fait ?

Cheshire lui saisit le bras pour la remettre debout. Il fit pivoter son visage vers le paysage.

— Que voyez-vous, ma reine ?

— Cheshire, je l'ai tuée. Je l'ai exécutée de sang-froid.

Son père et conseiller secoua la tête.

— Que voyez-vous ?

— Je ne vois rien, sanglota-t-elle. Des terres et des routes.

Il lui saisit le menton de ses longs doigts.

— Dans ce cas, vous avez manifestement un problème de vision. Personnellement, je vois un royaume manquant désespérément d'un chef. Un royaume susceptible d'être mis à sac par les Yurkeis. Un royaume ayant besoin de sa reine, alors vous avez intérêt à vous lever de ce sol crasseux et à enfiler votre couronne pour accomplir votre devoir.

Dinah libéra son menton d'une secousse.

— Je l'ai tuée. Je l'ai assassinée. Comprenez-vous ? (Elle laissa échapper un halètement horrifié.) Grands dieux, je lui ai coupé la tête.

Elle ne parvenait plus à respirer.

Cheshire frotta sa barbiche.

— J'ai eu connaissance de vos actes, puisque j'ai été contraint de nettoyer la pagaille que vous avez laissée.

— De nettoyer ?

Il acquiesça.

— Ki-ershan est venu me trouver peu après que vous avez renvoyé cette putain à son créateur. Il vous a ramenée dans votre chambre. Sur mon ordre, il vous a changée et a brûlé votre ancienne chemise de nuit. Puis il vous a déposée dans votre lit, et je me suis occupé du reste.

Les yeux de Dinah s'arrondirent de terreur.

— Où est Wardley ? Que lui avez-vous fait ?

— Ne vous inquiétez pas, je n'ai pas touché à une seule de ses bouclettes. Il a été enfermé dans les Tours noires pour le moment, afin qu'il puisse réfléchir à ses actes.

Dinah hoqueta.

— Les Tours noires ? Non, vous devez le libérer sur-le-champ. Je dois lui parler.

Cheshire soutint son regard et lui adressa un sourire compatissant.

— Il ne voudra pas vous adresser la parole. Vous avez décapité sous ses yeux l'amour de sa vie. Pensez-vous réellement que des excuses de votre part suffiraient à tout arranger ?

La reine ne put retenir ses larmes. Cette fois, elle l'avait perdu. *Pour toujours.*

— Je ne le laisserai pas croupir dans les Tours noires. Rapatriez-le ici, dans un endroit sûr au sein du château. Veillez à ce qu'il ne dispose d'aucune arme ni d'aucun autre moyen de se faire du mal, pas même un drap. Et faites en sorte qu'il soit bien nourri et vêtu.

Cheshire se fendit d'une légère révérence, agacé par ces consignes.

— Comme vous le souhaiterez. Mais je vous en conjure, n'oubliez pas qu'il représente un fardeau dont nous ne pouvons nous encombrer.

Dinah en eut le souffle coupé.

— Qu'est-ce que vous dites ?

— Je dis que vous ne mesurez pas l'ampleur des conséquences si la rumeur selon laquelle la reine de cœur est tout aussi assoiffée de sang que son prédécesseur venait à se propager. Votre royaume s'effondrerait. Mundoo ferait revenir les Yurkeis pour raser la ville.

— Il ne f…

— Si, il le ferait, et il le pourrait. S'il a vent de cette histoire, il ordonnera à ses guerriers de tourner bride et ils reviendront directement ici, vous dépouilleront du trône et vous jetteront dans un tombeau. Mundoo ne doit surtout pas l'apprendre. Nous ne disposons d'aucun homme pour défendre cette cité en cas d'attaque. Vous devez détruire toute preuve des événements de la nuit dernière.

Dinah observa autour d'elle.

— Où est Ki-ershan ? Où est-il ? insista-t-elle d'une voix plus forte.

— Ki-ershan a été convaincu de ne rien dire. Il vous reste fidèle, même si je pense qu'il se demande pourquoi. Pour l'instant, il se repose, mais il reprendra du service dès ce soir.

Bien que scrutant les pierres immobiles du palais, Dinah sentait tout s'effondrer autour d'elle, alors que son cœur se ratatinait, noircissait, périssait.

— S'il vous plaît, laissez-moi.

Cheshire lui posa une main hésitante sur l'épaule.

— Ne vous laissez pas submerger par la culpabilité. Vous avez fait ce qu'il y avait à faire. Vittiore – Alice – était une traîtresse, et en s'emparant de Wardley, elle a pris quelque chose qui appartenait à la reine. Sa mort nous simplifiera l'existence à tous, sur le long terme. N'ayez aucun regret, ma fille. La situation a été bien gérée. Nul n'en saura jamais rien.

Dinah demeurait dans tous ses états.

— Mais... qu'allons-nous dire au peuple à propos de Vittiore ? Tout le monde l'adorait.

— J'ai déjà fait courir le bruit qu'elle avait demandé à être nommée ambassadrice à Ierladia et qu'elle était partie ce matin. Vous comprenez, c'était trop difficile pour elle de vous voir siéger, elle ne voulait pas servir de dame de compagnie, et ainsi de suite. Une tragédie lui tombera dessus en route. Des pirates ou des bandits de grand chemin, je n'ai pas encore décidé.

Dinah plissa les paupières et étudia Cheshire avec stupéfaction. De toutes les merveilles dont elle avait été témoin, l'esprit retors de cet homme sournois était de loin la plus impressionnante – et la plus dangereuse. Son crime avait été effacé la nuit même où il avait été commis, même si les cicatrices qu'elle avait infligées à Wardley ne s'estomperaient sans doute jamais. Chaque fois qu'elle clignait les yeux, elle revoyait les boucles dorées imprégnées de sang de Vittiore, réentendait les hurlements d'agonie de Wardley. Ces cris l'accompagneraient éternellement.

— Et sa dépouille ?

— On s'en est déjà débarrassé.

Les mains de Dinah tremblaient de colère.

— Je ne suis pas d'humeur à jouer aux devinettes, Cheshire. Dites-moi où est son corps.

Le regard direct du conseiller lui transperça la chair.

— Il a été brûlé, ses cendres éparpillées autour du palais. Comme si elle n'avait jamais existé.

— C'est...

Dinah chercha le terme approprié, mais Cheshire l'interrompit avant qu'elle ait pu le trouver.

— C'est la réalité d'une reine. Vous pouvez faire disparaître les gens. Le royaume dépend de vos actes, et si la roue doit être tournée en votre faveur, elle le sera. Passons à présent aux choses sérieuses...

Dinah renversa la tasse de Cheshire, qui se fracassa sur le sol.

— Aux choses sérieuses ? Aux choses sérieuses ? Je l'ai assassinée ! Je l'ai tuée de mes propres mains !

— Comme beaucoup avant elle, à moins que vous n'ayez déjà oublié la bataille ? Ou ce qui a pu se passer avant ça ? Souhaitez-vous que nous reparlions de ces Cartes que vous avez éliminées en fuyant le château ? De Faina Baker, morte par votre faute ? Ou des guerriers yurkeis piétinés par

Morte ? Du roi de cœur ? À votre avis, Dinah, combien en avez-vous tué en tout ? Vos mains sont loin d'être propres.

— Ce n'était pas la même chose.

— Comment donc ? Vous avez occis la plupart de ces personnes pour vous emparer de votre couronne. La guerre est par essence brutale, et provoque de nombreuses victimes innocentes. Vittiore s'est interposée entre vous et votre avenir avec Wardley. Vous tenez à le couronner roi, les dieux seuls savent pourquoi, et elle manipulait ses sentiments. Des corps joncheront toujours la route du pouvoir. Chaque souverain a ses secrets.

— Je ne voulais pas bâtir mon règne sur des secrets. Je ne voulais pas être comme lui.

Cheshire se frotta la barbe.

— Réjouissez-vous de me ressembler davantage qu'à lui. Alors, allons-nous pleurer sur son sort pendant des jours, ou comptez-vous vous relever pour régner ? Ce jour est un jour comme les autres, ma reine.

Dinah contemplait de nouveau ses mains, les demi-lunes de sang séché incrustées sous ses ongles.

— Laissez-moi seule.

— Votre Altesse…

— Partez ! s'écria-t-elle.

Un voile de déception obscurcit les yeux de Cheshire quand il se dirigea vers la porte avec raideur. Il se retourna juste avant d'en atteindre le seuil.

— N'oubliez pas qu'elle n'était qu'une vulgaire fille de pêcheur du Versant Ouest. Au fond d'elle, Vittiore n'était qu'une *paysanne*. Une paysanne fort jolie et fort pauvre nommée Alice. Sa vie ne valait *rien* en regard de la couronne, que nous sommes si nombreux à avoir œuvré à placer sur votre tête obtuse.

Le lourd battant claqua derrière lui et, pour la première fois depuis une éternité, Dinah se retrouva complètement seule.

Des jours s'écoulèrent dans la pénombre. Dinah maintenait les rideaux tirés et ne s'aventurait que rarement hors du lit. Harris essayait de la convaincre de se lever, de se laver, mais elle était hantée par ses souvenirs. Les hurlements de Wardley. La sensation de la lame tranchant le cou d'Alice. L'immobilisme de son regard braqué sur Dinah. La façon dont la reine les avait trouvés allongés, Wardley et elle, les membres entremêlés. L'odeur musquée de leurs ébats qui persistait dans l'air comme de la fumée. Son nom, Alice, si doux et délicieux, si parfaitement adapté à cette fille. Vittiore n'était rien de plus qu'un titre pompeux conféré par le roi de cœur, qui avait du trouver « Alice » trop simple et banal, indigne d'une reine. Les rêves de Dinah étaient envahis par la jeune femme, et la reine avait vaguement conscience que sa victime continuerait de les peupler jusqu'à son dernier jour.

Ki-ershan reparut, mais l'amour qu'il portait à sa souveraine avait manifestement changé. Il se montrait distant – toujours son protecteur, mais plus un ami. Il ne parlait que lorsqu'on lui adressait la parole et ne tarda pas à se fondre avec le mur contre lequel il se tenait.

Harris la conseillait, parlait avec elle, priait avec elle. Mais même sa patience avait des limites, et Dinah se retrouvait fréquemment seule avec ses pensées. Alice flottait autour d'elle tel un fantôme, et Dinah fut de plus en plus convaincue d'être hantée. Elle se surprenait fréquemment à s'asseoir au milieu de la nuit, brusquement tirée du sommeil par une présence malveillante.

— Qui est là ? demandait-elle alors en agitant la bougie dans la chambre. Alice ? C'est vous ?

Mais elle ne trouvait jamais personne, et Dinah se rallongeait alors, trempée de sueur, délirante, terrifiée. Elle mangeait pour se sustenter, sans joie aucune. Elle buvait du vin le soir pour s'aider à s'endormir, mais plus elle vidait de bouteilles, plus les visites devenaient fréquentes et terrifiantes. Partout elle voyait des gens qu'elle avait tués. Des hommes du champ de bataille. Les Cartes de Cœur. Faina. Alice.

Dinah finit par se convaincre que rien ne changerait jamais et qu'elle mourrait ici seule, telle une reine amère et vaincue. Personne ne l'aimerait, puisqu'elle était aussi coupable que le roi de cœur et ne deviendrait pas la souveraine qu'elle était née pour incarner.

Lorsqu'elle ne dormait pas, les paroles d'Iu-Hora résonnaient incessamment dans son esprit : *« Vous arracherez le cœur de l'être que vous chérissez le plus. »* Cela s'était produit.

Et cela l'avait rendue folle. Comme son frère, le Chapelier. La Reine de cœur folle, terrée dans son palais.

Dinah reposait, inerte, sur son lit, quand sire Gorrann enfonça la porte de sa chambre, y faisant pénétrer de douloureux rayons de lumière.

— Debout.

Il tira sèchement les rideaux et ouvrit les portes du balcon, laissant pénétrer la brise de ce début d'automne.

— Allez-vous-en.

— Vous puez la mort. V'nez. (Il leva Dinah sans ménagement et la poussa vers la baignoire.) Voilà c'qui va s'passer. Z'allez prendre un bain, enfiler vos frusques et vot' couronne, puis m'accompagner à la réunion du conseil.

— Je ne peux pas, bredouilla Dinah. Vous ne savez pas ce que j'ai fait.

— Si, j'le sais. Harris m'a dit qu'vous étiez une sale meurtrière, ça fait aucun doute. Mais z'êtes aussi ma reine, et il est temps d'régner. (Il resta planté devant sa garde-robe, perplexe.) Grands dieux. C'est quoi une tenue d'reine ? Et pourquoi pas c'te jolie robe… pêche ? C'est bien pêche, hein ?

— Noire, rouge ou blanche, répondit Dinah d'un air abattu.

N'importe quelle autre couleur lui rappellerait Alice jusqu'à la fin des temps.

Il jeta un habit rouge canneberge sur sa commode. Dinah se détourna. La couleur lui rappelait celle du sang, d'une tête roulant au sol.

— Sortez de ma chambre.

— Aucune chance. Z'allez vous nipper et vous rendre au conseil, puis z'aller gouverner vot' royaume. Sans quoi, Cheshire va vous remplacer. En réalité, c'est d'jà un peu l'cas. Il envisage d'emprisonner tous les anciens conseillers du roi…

Dinah redressa la tête.

— Quoi ?

— Ouais, il dit qu'ils peuvent pas vous être fidèles et qu'y faudrait les j'ter tous dans les Tours noires…

Dinah se leva.

— Je n'enfermerai jamais plus personne dans les Tours noires. Et j'ai nommé ces hommes à mon conseil. Il n'a aucun droit de les en écarter.

— Ouais, ben vot' parole vaut pas grand-chose pour Cheshire. Et pour être honnête, puisque vous vous donnez pas la peine de gérer vot' royaume, j'peux l'comprendre.

— Mais sans ces conseillers, nous pourrions perdre le soutien de la cour. Et sans le soutien de la cour, nous nous exposerions à une rébellion. Quoiqu'une rébellion de femmes qui gloussent dans leur robe hors de prix serait facilement réprimée, mais quand même… pourquoi la provoquer ? Pourquoi chercher à diviser le conseil ?

— C'est exactement pour ça qu'faut vous habiller, grommela sire Gorrann.

Dinah se laissa infléchir. Elle se lava et mit du maquillage, chose dont Vittiore – non, Alice – se chargeait habituellement. Sire Gorrann la coiffa de sa couronne, et Dinah se mira dans la glace.

— Je ne la mérite pas, déclara-t-elle d'un air sombre.

Sire Gorrann laissa sa main dans son dos.

— C'est pas faux. Pas après c'que vous avez fait. Mais c'est p'têt pas trop tard. Z'allez d'voir tout r'commencer d'puis l'début, dev'nir quelqu'un d'autre.

— J'y arriverai, murmura-t-elle.

Elle coula un regard vers Ki-ershan, debout silencieusement près d'elle.

— J'y arriverai, c'est promis.

Il la toisa de son regard bleu et inflexible, avant de se fendre d'un brusque hochement de tête.

Sire Gorrann tapa dans le dos de la reine.

— J'vous r'connais bien là. Allez, v'nez, faut qu'on s'dépêche.

Ils traversèrent en hâte les couloirs du palais, et Dinah remarqua les domestiques sourire en l'apercevant. Ils croisèrent même une Carte qui se fendit d'une profonde révérence.

— Majesté, je suis ravi de vous voir debout et en bonne santé.

Dinah le remercia et reprit sa route, avant de marquer une pause pour le rappeler.

— Attendez !

La Carte, un jeune homme qu'elle reconnaissait, sursauta et s'inclina de nouveau devant elle.

— Majesté.

— Derwin ! Derwin Fergal.

— Ma dame.

Dinah marqua une pause, pesant chacun de ses mots. Derwin avait trahi son roi pour l'aider à reprendre le palais. Elle pouvait lui faire confiance.

— S'il vous plaît, portez un message à Wardley. Il est souffrant, alors glissez-le sous sa porte. Écrivez-lui de me retrouver sous le julla demain, au coucher du soleil. N'en touchez mot à personne d'autre, c'est compris ?

Il acquiesça, et Dinah sut qu'il tiendrait parole. Il désirait bien trop ardemment sa promotion.

Il se plia en deux.

— Bien entendu, ma reine.

— Et, Fergal ?

— Oui, Majesté ?

— Votre flèche a fait mouche.

Il arbora un large sourire.

Dinah et sire Gorrann reprirent alors le chemin du conseil. Elle avait négligé de répondre aux besoins de ses terres – elle avait failli abandonner son royaume.

Elle s'autorisa un bref instant de rêverie. Si elle montrait à Wardley qu'elle pouvait faire une bonne reine, si elle régnait avec grâce, peut-être parviendrait-il à lui pardonner un jour.

Mais au fond d'elle, elle savait que cela n'arriverait pas.

Chapitre 15

Les mains de Dinah étaient moites de sueur quand elle les serra de plus en plus fort, jusqu'à s'en arracher la peau. Elle faisait les cent pas devant le julla. Elle n'avait jamais été aussi nerveuse, même avant la bataille qui devait la mener vers une mort quasi certaine, alors que son cœur tambourinait dans un mélange de fureur et d'extase. Désormais, il semblait presque immobile, ses faibles battements résonnant dans sa poitrine creuse.

Elle avait revêtu une robe noire toute simple et ramassé ses cheveux courts en un chignon bas. Sa couronne étincelante reposait sur une pierre moussue auprès de Ki-ershan, qui patientait silencieusement, les yeux rivés sur le ciel de plus en plus sombre. Les étoiles formaient une spirale géante ce soir-là, dont la pointe se situait juste au-dessus du Versant Ouest. Elle savait que, derrière Ki-ershan, se trouvait un arc, flèche encochée. Simple précaution.

Tandis qu'elle attendait, elle aperçut une zébrure de lumière dans les ténèbres, suivie de marmonnements mécontents. Sire Gorrann apparut alors en compagnie de deux Piques, qui flanquaient un homme aux mains enchaînées devant lui. *Wardley.* Ces dernières semaines l'avaient grandement métamorphosé. Il était d'une maigreur affligeante, et ses muscles semblaient moins gros, moins fermes. Les boucles châtaines que Dinah aimait tant étaient grasses et poussiéreuses ; il ne portait rien de plus qu'un pantalon de laine élimé. Dinah était furieuse.

— J'ai demandé à Cheshire de le sortir des Tours noires !

— C'est c'qu'il a fait, Majesté, répondit sire Gorrann. Wardley a droit à une chambre, des vêtements propres et d'quoi manger correctement. Y r'fuse de s'nourrir, de s'baigner ou d'se changer.

Wardley laissa échapper un gloussement mauvais. Dinah grimaça quand il se rapprocha. L'ombre d'un hématome le recouvrait du sommet du front jusqu'en dessous de l'œil gauche. Des cernes sombres, de la couleur de prunes trop mûres, rognaient ses joues hâves et blêmes. Il contemplait la reine avec une profonde indifférence.

— Laissez-nous, je vous prie, ordonna-t-elle.

Sire Gorrann et les Piques prirent congé, laissant Wardley à quelques pas de la jeune femme. Dinah sortit une clef de sa poche et s'approcha de lui.

— Tiens, tu dois avoir mal aux poignets.

Wardley replia les bras en tremblant.

— Ne me touche pas ! Ne t'approche pas de moi, espèce de... de... de monstre !

Il trébucha sur une racine de julla et se retrouva un genou à terre.

— Je t'en prie, va-t'en. Laisse mes chaînes tranquilles. Sinon, je risque de t'étrangler sur place.

Ses mots transpercèrent le cœur de la reine, qui sentit les larmes lui brûler les yeux. Elle s'attendait à cette haine pure, mais la subir de plein fouet lui donna l'impression de sombrer dans des eaux sombres et bouillonnantes. Lentement, elle alla s'asseoir près de lui, veillant à maintenir une certaine distance entre eux.

— Wardley... Je suis désolée d'avoir infligé ça à Alice.

— Ne prononce pas son nom. Ne t'avise pas de redire son nom, plus jamais !

Il fournissait de gros efforts pour contenir son chagrin. Dinah l'observa, son cher amour à ce point submergé par la souffrance qu'il parvenait à peine à poser les yeux sur elle.

— J'ai perdu mon sang-froid. Je ne sais pas ce qui m'a pris.

— Tu as tranché la tête de la femme que j'aimais. Elle était la lumière de ma vie, et tu l'as décapitée. Chaque fois que je ferme les yeux, je vois son sang...

Dinah tendit la main vers son visage.

— Moi aussi. Je rêve d'elle toutes les nuits.

Wardley lui cracha dessus.

— Tu as bien de la chance de rêver d'elle. Mes songes sont emplis d'un chagrin infini. Que tu as causé, Dinah. Elle était ma raison de vivre, tout ce qui comptait pour…

— Je ne veux pas t'entendre dire ça, l'interrompit-elle doucement.

Wardley sourit.

— Et pourtant, je vais te le dire. Tu vas me regarder et me laisser te raconter notre histoire, pour bien mesurer ce que tu m'as enlevé. Tu comprendras à quel point je l'aimais.

Dinah se concentra sur lui, les étoiles tournoyantes illuminant son menton. Elle le trouvait aussi beau que le soleil, et pourtant jamais il ne serait sien, jamais. L'écouter parler serait une vraie torture, mais elle n'avait pas le choix. Elle entamait une vie de pénitence. Elle hocha la tête.

— D'accord.

— J'ai rencontré Alice avant que tu fasses sa connaissance. Alice au Pays des merveilles, mon cœur, ma vie. La première fois que je l'ai vue, je me promenais dans le palais, en quête d'un oiseau rare que je voulais attraper pour te le montrer. Elle marchait avec ton père – c'était le jour où il l'a présentée à la cour. J'ai donc croisé cette créature minuscule, délicate, adorable et lumineuse. Ses yeux… (Il secoua la tête pour réprimer ses larmes.) Ils étaient si bleus, si tristes. Tomber sur elle était comme être aveuglé par la lumière. J'ai aussitôt succombé à son regard, et j'ai compris que je resterais son esclave pour l'éternité. J'ai tout de suite voulu passer mes doigts dans ses cheveux dorés, faire courir mes lèvres sur sa peau diaphane. Voir Alice a embrasé une chose en moi dont j'ignorais jusqu'à l'existence, une passion, un besoin, un amour. Elle était comme un rêve, *mon* rêve. J'ai vu ton père te la présenter plus tard dans la journée, et j'ai aussitôt perçu ta haine farouche.

Il frémit.

— Ton expression m'a fait froid dans le dos. À l'époque, je trouvais que c'était justifié, mais maintenant je connais la vérité : tu étais d'une jalousie maladive, lui enviant l'amour que le roi de cœur devait lui porter. C'était pour toi une raison supplémentaire de te sentir trahie et isolée. Elle représentait tant de choses que tu ne serais jamais ; elle semblait innocente, aimée... Ma chère petite Alice, si calme et effrayée. Elle n'a jamais dû se donner autant de mal que toi pour se faire aimer. Elle était gentille, et savait percevoir la beauté dans toute chose et chaque personne.

Wardley inspira un grand coup, ravala un sanglot.

— Les dieux savent à quel point je l'aimais. Je me suis mis à lui apporter des cadeaux, que je déposais devant sa porte. Je lui écrivais des lettres, et elle me répondait, me racontant des contes de mer, des légendes de garçons volants, d'animaux dotés de la parole ou de merveilleuses créatures des profondeurs. Mes messages étaient des déclarations d'amour, les siens de simples histoires, même si son affection à mon égard croissait à chaque coup de plume. Elle se sentait seule. Le roi de cœur la traitait horriblement mal, de même que Cheshire. Le roi la modelait pour devenir la fille dont il rêvait – une personne qui ferait un jour une reine docile, silencieuse et ravie de laisser régner son père. Il la façonnait pour faire d'elle tout ce que tu ne deviendrais jamais.

» Puis toi et moi nous sommes rendus dans les Tours noires, comme des gamins insouciants partant pour une chasse au trésor, et à cause de ça, le roi a décapité Faina, sa mère. Je ne me pardonnerai jamais de lui avoir causé tant de souffrances. Après quoi, Alice m'a révélé la vérité : elle m'a dit d'où elle venait, quel était son véritable nom, sa vague impression que le roi ourdissait quelque chose de fort sombre. Elle a tenté de nombreuses fois de se rapprocher de toi, mais toi, entêtée comme tu es, tu n'as rien voulu savoir. Tu aurais pu découvrir une sœur, une alliée, mais tu as préféré t'en faire une ennemie, même si elle ne t'a jamais considérée de la sorte.

Dinah n'en pouvait plus. Le récit de leur amour était telle une racine noire se tortillant dans son esprit, chaque vrille fouissant dans ses secrets et désirs les plus intimes. Il lui avait caché la vérité. Ses mensonges étaient si nombreux qu'elle ne parvenait même plus à en retrouver l'origine. Tout ce qu'elle pensait savoir de son existence était faux, et voilà que la tapisserie de son histoire personnelle se trouvait résumée à un tas de fils épars. Toutes ces passions imaginaires entre Wardley et elle – réduites à néant. Elle sentit la colère enfler. Dinah s'était juré de se montrer patiente, de l'écouter, mais elle éprouvait le besoin pressant et ridicule de se défendre. *Wardley devait savoir.*

— Elle m'a volé ma couronne. Elle a pris la couronne créée pour moi et l'a placée sur sa tête. C'était une étrangère, et tu le savais pertinemment !

Wardley se releva avec un rugissement, ses chaînes tintant devant lui.

— Elle n'a jamais porté ta couronne ! Elle n'en a jamais voulu non plus ! Elle n'aspirait qu'à couler des jours heureux au bord de la mer – avec moi !

Il inspira un grand coup, et Dinah eut l'impression qu'il retenait son souffle depuis longtemps. Il ferma les yeux et laissa un sourire étirer ses lèvres.

— Nous avons commencé à nous fréquenter, en secret. J'avais l'impression de me trouver chez moi, sauf que ma maison était ses cheveux – qui embaumaient l'iode et le miel. Avec elle, je me sentais complètement paisible. Tout à fait moi-même. Chaque fois que nous en avions l'occasion, nous attendions le lever du soleil, dans les bras l'un de l'autre, dans un mélange de sueur et de tendresse. Amoureux.

Un tire-bouchon acéré s'enfonçait désormais dans la poitrine de Dinah. Elle aurait tant aimé que ce fût sa propre histoire, mais ce n'était pas le cas.

— Je l'ai aimée plus que je n'ai jamais aimé quiconque. C'était comme si mon âme avait élu domicile dans son corps. Cette nuit-là, quand tu as trouvé Charles au bas de sa fenêtre, Vittiore m'a réveillé et m'a dit que le roi était en rage, qu'il racontait à tout le monde que tu avais tué le prince. Je me suis précipité aux écuries pour te retrouver…

— Et tu m'as chassée, m'envoyant dans les Bois tordus. Toute seule.

— Dinah, je ne pouvais pas la laisser ! Je savais que tu n'avais pas tué Charles, mais si le roi de cœur était prêt à assassiner son propre fils, qu'était-il capable d'infliger à Vittiore – à mon Alice ? Je ne pouvais pas l'abandonner là, sans défense. Mais alors que tu t'éloignais et que je gisais, blessé, sur le sol des écuries, mon cœur était déchiré. Ma loyauté était tiraillée. J'avais l'impression d'avoir commis un acte honteux.

Leurs regards se croisèrent alors, et la culpabilité de Dinah redoubla d'intensité quand elle perçut l'affliction dans les prunelles de Wardley. La douleur qu'elle avait causée d'un simple coup d'épée. Une douleur qui ne lui serait jamais pardonnée.

— Tu étais ma meilleure amie, *ma sœur*. Je savais que tu en désirais davantage, mais depuis le jour où j'ai croisé Alice, je n'ai plus été capable de regarder une autre femme. Dinah, j'étais désespéré de te voir partir. Je n'ai cessé de t'imaginer perdue, seule au milieu de cette forêt. Je n'arrivais plus à fermer l'œil. Mes nuits étaient peuplées de la joie de sentir les lèvres d'Alice, mais mes jours étaient une torture sans fin, durant laquelle j'étais convaincu de t'avoir trahie, ma reine. Quand Cheshire est venu me proposer un plan pour convaincre les Piques de se rallier à toi, j'ai sauté sur l'occasion. Je n'aurais jamais dû te laisser partir seule, sans ma protection.

Il plissa les paupières.

— Bien sûr, avec le recul, je regrette de ne pas t'avoir donnée en pitance à ce gros ours blanc. Alice m'a dit de partir. Elle m'a promis de m'attendre.

Sa bouche tremblait de colère. Des larmes ruisselaient sur ses joues quand il se mit à crier.

— Tu comprends ? Je l'ai quittée pour toi ! Nous savions l'un comme l'autre que nous ne pourrions pas rester ensemble quand tu serais reine et que je deviendrais roi, mais il m'était aussi impossible de l'éviter que d'arrêter de respirer. Je l'aime… l'aimais. Et puis tu es arrivée cette nuit-là…

Le vent hurla, et les arbres des Bois tordus répondirent d'un gémissement grave, un bruit que Dinah connaissait bien. Elle se retourna juste un instant. Wardley réagit rapidement, tendant ses poignets menottés et bondissant en avant pour la renverser. L'homme qu'elle aimait se trouvait à présent sur elle, le fer de ses chaînes plaqué contre sa gorge nue. Dinah étouffait sans le quitter des yeux.

— Tu l'as tuée… la femme que j'aimais ! Tu lui as coupé la tête, car tu ne pouvais pas m'avoir, tu ne pouvais pas m'aimer, alors même que des milliers d'hommes au Pays des merveilles étaient prêts à se jeter à tes pieds !

Dinah commença à se débattre, à lui repousser le visage.

— Tu as brûlé son corps ! Tu as brûlé ses yeux, ses cheveux, mon Alice ! Et maintenant, je ne peux même plus lui dire adieu. Tu m'as tout volé !

Les larmes de Wardley ruisselèrent sur le visage de Dinah, qui cessa de se défendre. Elle laissa retomber ses bras le long de ses flancs et souleva le cou.

— Vas-y, toussota-t-elle, à peine capable de parler. Fais-le. Je le mérite.

Plutôt mourir que d'affronter la douleur qu'elle lui avait causée. Le monde autour d'elle se couvrit de taches noires tandis que la chaîne s'enfonçait plus fort.

Wardley, les yeux rivés aux siens, avait les traits déformés par le chagrin, tandis qu'il ôtait la vie à sa meilleure amie. Enfin, avec un cri sonore, il se redressa, l'assit en même temps que lui, tout en maintenant ses chaînes autour de son cou. Ki-ershan restait debout, silencieux ; il avait laissé la scène se produire, car elle en avait besoin. Wardley également. L'amour de sa vie éclata alors en sanglots entre ses mains ouvertes.

— Pourquoi ? Pourquoi m'as-tu fait ça ? Tu étais ma meilleure amie. J'aurais volontiers donné ma vie pour toi.

Dinah roula de côté et posa la tête sur les genoux du jeune homme.

— Je t'aime, Wardley, chuchota-t-elle. Je voudrais pouvoir t'en dire plus, mais… je t'aime. Je suis tellement navrée. Je sais que tu ne me pardonneras jamais, mais sache que je culpabiliserai jusqu'à la fin de mes jours pour le tort que je vous ai causé à tous les deux.

Wardley lui décocha un coup de coude en plein visage, et Dinah sentit le sang dégouliner sur sa figure, son nez s'engourdir. La haine déformait les traits du jeune homme quand il lui siffla des horreurs.

— Tu ne vaux pas mieux que tes deux pères. Tu es même pire qu'eux. Je te vois désormais telle que tu es vraiment.

Dinah essuya le sang d'un revers de manche et se releva en tremblant, secouée par les sanglots.

— Je vais changer ! Qu'est-ce que tu veux ? Qu'est-ce que tu attends de moi ? La liberté ? De l'argent ? Emmène Cornier ce soir, et je remplirai ta bourse d'or. Rends-toi à Hu-Yuhar, ou au Versant Ouest. Vis votre vie rêvée. Vas-y !

Wardley secoua la tête en contemplant le palais, qui brillait désormais des centaines de torches qui en illuminaient les couloirs.

— C'est ici que je l'ai aimée. Ici que je l'ai connue. Je ne pourrais vivre nulle part ailleurs. Et puis, je tiens à ce que tu voies mon visage *chaque jour*. Que tu puisses constater les dégâts causés par ta fureur.

Le cœur de Dinah sembla palpiter une dernière fois.

— Donne-moi tes chaînes, déclara-t-elle doucement.

Elle déverrouilla les menottes de fer de ses mains tremblantes, les regarda tomber dans l'herbe.

Tout en se massant les poignets, Wardley toisa la reine avec un mélange d'épuisement et de haine.

— Je peux encore décider de te tuer, tu sais ?

Elle hocha la tête.

— Je suis sincèrement désolée, Wardley. Je me rachèterai un jour.

— C'est impossible. Elle était l'amour de ma vie, Dinah, et toi ma meilleure amie. Il ne me reste rien. (Il s'éloigna en clopinant vers le palais, mais se retourna pour la rabrouer une dernière fois.) Je me suis trompé : tu n'as jamais mérité et ne mériteras jamais la couronne sur ta tête.

Dinah fut assaillie d'un vertige, et son estomac se contracta. Quelque chose au sujet de la couronne...

— Wardley ! Attends !

Il se retourna une fois encore, la mine triste et défaite.

Dinah plissa les paupières et le front, perdue dans ses réflexions.

— Qu'est-ce que tu sous-entendais, quand tu m'as dit qu'elle n'avait jamais porté ma couronne ?

— Hein ?

— Tu as dit qu'elle n'avait jamais porté ma couronne. Pourtant, elle a bien été couronnée, non ?

Wardley retourna vers la pierre où Dinah avait posé le diadème et le ramassa pour le faire tourner entre ses mains. Le cerceau de diamant minutieusement façonné par le Chapelier fou éclairait son visage de milliers de lumières minuscules.

— Alice n'a jamais porté cette couronne. Je ne l'avais jamais vue avant ton couronnement. La sienne était petite et bleue.

Il lâcha la coiffe, qui rebondit sur le rocher avant d'atterrir dans un massif de chardons sauvages dans un bruit sourd. Wardley s'éloigna, et le doux murmure de sa voix sembla danser dans le vent.

— J'aurais préféré que tu meures sur le champ de bataille. C'est ce que je souhaite chaque jour en me réveillant.

Dinah laissa ces paroles l'atteindre telles une lame agile enfoncée dans son cœur. Puis elle se pencha pour ramasser sa couronne et y observer le reflet de la lune avec perplexité.

De retour dans ses quartiers, massant le bleu sombre qui apparaissait déjà au travers de son cou, elle sortit de nombreux livres de la bibliothèque. Harris arriva alors en se frottant les yeux.

— Mon enfant, que cherchez-vous ? Minuit est largement passé, et vous n'êtes toujours pas allée au lit.

Dinah redressa à peine la tête.

— Harris, vous êtes debout. Aidez-moi à trouver quelque chose.

— Je dois d'abord mettre la main sur mes lorgnons.

Après quelques minutes de fouille, Dinah repéra les lunettes de Harris, et ils tirèrent ensemble un énorme volume poussiéreux de la bibliothèque.

— Pays des merveilles : Une histoire. (Dinah s'empressa de l'ouvrir.) Est-ce qu'il recense toutes les traditions et les cérémonies ?

— Eh bien, oui ! (Harris sautillait d'un pied sur l'autre avec excitation.) Souhaitez-vous en découvrir davantage sur ces choses-là ? Une bonne reine se doit de connaître…

— Non, ce n'est pas ça du tout. (Agacée, Dinah poussa l'ouvrage vers lui.) Je cherche les consignes pour la cérémonie de couronnement.

— Hum… (Harris s'humecta le doigt pour compulser l'épais index.) Ah, oui. Voilà. Oh, c'est très intéressant.

— Harris.

— Pardon. C'est ici.

Il fit pivoter le tome vers Dinah et lui indiqua une liste fort développée de règles et de pratiques. Dinah parcourut la page usée, puis la suivante, puis celle d'après.

— Voilà ce que je cherchais. Écoutez : « Lorsqu'une fille prend la couronne du Pays des merveilles, elle doit, selon la loi, porter la couronne la plus extravagante du royaume. La plupart du temps, celle-ci se transmet de reine en reine, mais seulement après la mort ou l'éviction de la première reine. Si une couronne de taille ou de qualité supérieure est façonnée, elle doit ceindre le crâne de la nouvelle reine, tandis que l'ancienne couronne sera fondue et transformée en bijoux.

Elle considéra Harris avec stupéfaction.

— La couronne !

Harris s'assit à la table, affichant une déception évidente.

— Je suis surpris que vous le découvriez seulement. N'avez-vous rien écouté de tout ce que je vous ai enseigné ?

— Ce n'est pas la question. Au jour de son couronnement… quelle coiffe Vittiore portait-elle ?

Harris se mordilla la lèvre en contemplant le sol.

— Comme vous vous en souviendrez, ma reine, j'étais alors enfermé dans les Tours noires. Mais je suis sûr que c'était un événement inoubliable.

Dinah posa sa main sur celle de son vieil ami.

— Wardley m'a dit que Vittiore – ou Alice, peu importe – ne portait pas celle-ci. (Elle désigna sa magnifique couronne en diamant, qui reposait sur le coussin lavande conçu à cet effet.) Il m'a même affirmé qu'il ne l'avait jamais vue avant.

— Et ?

— Et pourquoi le roi n'aurait-il pas donné *cette* couronne à Vittiore ? Ou ne l'aurait-il pas portée lui-même ? Aucune couronne plus magnifique n'a jamais été fabriquée dans toute l'histoire du Pays des merveilles. Le roi s'est toujours emparé de tout ce qu'il désirait, c'était dans sa nature, alors pourquoi n'a-t-il pas pris *ma* couronne pour en coiffer sa reine ? Ç'aurait été très fort symboliquement. C'était bien son genre, non ?

Harris inclina la tête.

— Oui, en effet. Il adorait faire des exemples de tous ceux qui se dressaient sur son chemin. Gratifier Vittiore de la couronne que votre frère avait façonnée pour vous lui aurait procuré un immense plaisir. Il était assez pervers.

— Exactement. Alors pourquoi ne l'a-t-il pas fait ? Pourquoi ni lui-même ni Vittiore n'ont-ils revêtu cette merveille ?

Le silence se fit dans les appartements de Dinah. Ki-ershan était assis sur sa couche, éveillé, respirant sans bruit. La reine consulta le livre, puis reposa ses yeux écarquillés sur son précepteur.

— Parce que le roi *ignorait* tout de cette couronne. Il ne savait même pas qu'elle existait.

Harris abaissa ses bésicles.

— Qu'est-ce que cela vous évoque ? Vous paraissez stupéfaite. Je ne comprends pas.

Dinah se mit à faire les cent pas devant la table.

— Le soir où j'ai trouvé Charles, la couronne qu'il m'avait fabriquée avait disparu. J'ai supposé que le roi s'en était emparé, puisqu'il était passé par là. Or, le roi ne l'avait pas et n'en avait jamais entendu parler.

— Ce qui signifie… ?

Harris paraissait inquiet, désormais, et des gouttes de sueur perlaient sur son front.

— Ce qui signifie que quelqu'un d'autre se trouvait dans la chambre de Charles ce soir-là. Quelqu'un qui a pris la couronne. Je dois partir. Tout de suite.

— Dinah, nous sommes au milieu de la nuit, vous ne pouvez aller nulle part. Vous avez eu une journée particulièrement éprouvante.

Dinah sentit une raideur au cou, et une nouvelle vague de honte et de culpabilité déferla sur elle. *Ressemblait-elle à ce point à son père ? Pouvait-elle choisir une autre voie ? Était-il trop tard ?*

— Je dois y aller. Ki-ershan ?

Mais le Yurkei était déjà debout, son arc et son carquois sanglés dans son dos, un poignard à sa ceinture.

— Où allez-vous ? s'inquiéta Harris.

— En ville. Personne ne doit apprendre que je me suis absentée. Vous comprenez ? Personne.

Harris s'inclina devant elle.

— Je serai de retour avant l'aube. Du moins, je l'espère.

Elle embrassa sa joue rougeaude.

— Où allez-vous ? insista Harris, de plus en plus soucieux, en tapant du pied sous la table.

— Trouver deux seigneurs.

Sur ce, Dinah se précipita vers la porte, emmitouflée dans un grand manteau noir, son garde du corps à son côté.

Chapitre 16

Détalant tels des rats dans les allées, Dinah et Ki-ershan se faufilèrent depuis le palais jusqu'aux plus basses résidences de la cour. Ces maisons petites mais distinguées jouxtaient les flancs du palais, débordant parfois comme du lait renversé.

Les demeures de la cour avaient été bâties afin que les bâtiments soient reliés les uns aux autres par l'intermédiaire de tunnels, de couloirs et de portes dérobées. La cuisine d'un homme pouvait ainsi se retrouver contiguë à la chambre à coucher d'un autre, et les murs n'étaient guère épais. L'ensemble constituait un parfait assemblage de ragots, de beuveries et autres activités scandaleuses, formant un fabuleux objet de divertissement pour les nobles.

Dinah et Ki-ershan couraient dans l'obscurité, se dissimulant parfois dans des fissures ou sous des porches pour éviter des Cartes en patrouille ou de simples citoyens déambulant. Après avoir jeté un regard autour d'elle, Dinah s'avança vers une maison en pierre, blottie au milieu de plusieurs autres dans la moiteur de cette nuit automnale. Elle déchiffra les noms écrits dans une écriture lyrique au-dessus de la porte.

— Sire et Dame Geheim. Comme c'est étrange…

Ils continuèrent alors de chercher les deux noms que Dinah convoitait. Elle savait à peu près qui habitait où – à force de participer à d'innombrables tournées de distribution de thé et de tartelettes avec les dames de la cour –, mais les identités qu'elle cherchait n'apparaissaient nulle part. Ils atteignirent le bout d'une allée, et Dinah piétina d'énervement un gazon parfaitement entretenu.

— J'étais pourtant sûre qu'ils habitaient par ici. Certaine, même…

Ki-ershan resta planté près d'elle sans piper mot. Elle s'immobilisa un instant, se passa la main sur le menton, cherchant dans sa mémoire un souvenir la renvoyant aux jours insouciants passés à poursuivre Wardley dans ces rues et venelles. Avec un sourire, elle se tourna alors vers le Yurkei.

— Suivez-moi.

Dinah retourna à la première maison qu'elle avait inspectée, la résidence d'un certain sire Geheim. Sa porte, d'un métal rare et scintillant, était peinte dans une magnifique teinte lavande.

— Vous voulez bien me soulever ?

Ki-ershan lui décocha un regard interrogateur avant de s'exécuter. En équilibre sur ses épaules, Dinah inspecta de plus près le panneau surmontant le linteau et le frotta de sa main. Elle retrouva ses doigts couverts de charbon de bois. Elle entreprit alors de nettoyer la plaque à l'aide de sa manche. Le nom de Geheim disparut aisément, et la gravure dans le bois révéla enfin l'un des noms qu'elle recherchait : sire Delmont.

— Oui, chuchota-t-elle. Reposez-moi.

Dinah remonta la capuche de son manteau et tapa contre le battant. Nul ne vint lui ouvrir. Elle frappa derechef, cette fois à coups répétés, dans le but d'effrayer les habitants. Une minuscule fillette aux bouclettes blondes finit par venir entrouvrir. Dinah en eut d'abord le souffle coupé. Elle ne ressemblait en rien à Alice ; pourtant, la couleur et la nature de ses cheveux tétanisèrent la reine.

— Je peux vous aider, madame ? demanda timidement l'enfant. Que venez-vous faire ici ?

— Je dois m'entretenir avec sire et dame Geheim, je te prie.

Dinah sourit à la fillette, qui conserva un air sombre avant de lui claquer la porte au nez.

La reine entendit alors des voix à l'intérieur. Sire Geheim finit par venir rouvrir pour la fusiller du regard, ses cheveux blancs et ébouriffés paraissant presque transparents au clair de lune. Il plissa les paupières dans l'obscurité.

— Des vagabonds ! Comment osez-vous venir nous réveiller en pleine nuit ? Pourquoi venez-vous rôder ici, parmi les demeures de la cour ?

Dinah se mit à chuchoter, espérant qu'il suivrait son exemple.

— Je dois m'entretenir avec vous, messire. Puis-je entrer ?

— Certainement pas ! Partez d'ici, avec vos sales pattes ! Trouvez-vous un endroit où dormir, ou allez vendre votre corps aux Piques. Je suis sûr qu'ils auraient bien besoin de cuisses chaudes pour les réconforter dans leurs quartiers.

Il agita les mains comme pour chasser un chat. Dinah s'avança dans la lumière et laissa retomber sa capuche.

— Ne vous approchez pas davantage, scélérate, ou…

Dinah vit ses yeux s'étrécir sous l'effet de la confusion, avant de s'écarquiller. Geheim se laissa tomber à genoux.

— Grands dieux, Majesté ! Pardonnez-moi. Je ne vous avais pas reconnue !

Dame Geheim, debout derrière son mari, se prosterna à son tour, imitée par leur fillette. Le vieil homme bredouillait, à présent.

— J'ai mal parlé à la reine. Dieux, ayez pitié de moi. Majesté, je vous prie de me pardonner. S'il vous plaît, ne passez pas votre colère sur ma famille, je vous en conjure, pas à cause de mon insolence !

Dinah entra, Ki-ershan sur ses talons. L'intérieur était décoré de façon subtile, rempli de babioles et de lustres dorés. Comme dans la plupart des résidences de la cour, la garde-robe familiale se trouvait au milieu de la pièce, robes et costumes multicolores étant suspendus à un ingénieux système de poulies. Le tout était entouré de sièges à haut dossier, afin que la famille puisse admirer ses biens tout en prenant le thé. Dinah avisa un chapeau de son frère sur l'un des échelons inférieurs. Elle s'éclaircit la gorge en observant la famille toute tremblante.

— Inutile de vous répandre en excuses, même si je dois vous demander de montrer davantage de compassion envers les moins fortunés que vous. Vous ne savez jamais qui vient frapper à votre huis.

— Vous avez raison, Majesté.

— Vous pouvez vous relever. Je cherche des informations sur sire Delmont. Où puis-je le trouver ?

Sire Geheim se mit debout, mais conserva le regard braqué vers ses pieds.

— Je suis navré de me faire le porteur de mauvaises nouvelles, ma reine, mais sire Delmont est mort.

— Comment est-ce arrivé ?

Dame Geheim se mit debout à son tour et se rapprocha de Dinah. Celle-ci lui avait parlé de nombreuses fois dans le passé. L'imposante quantité de maquillage qu'elle arborait habituellement avait été nettoyée, révélant une fort belle femme alerte, quoique d'un certain âge, dont les yeux marron et tristes étaient ornés de magnifiques pattes-d'oie. Ses cheveux grisonnants tombaient mollement devant sa figure.

— Je suis surprise que vous l'ignoriez, Majesté. Sire Delmont et sa famille sont subitement tombés malades, victimes d'un mal se cachant dans leur dîner. Ils avaient mangé des colombes, ce soir-là. En quelques heures, tout le monde était mort. Ici, dans cette maison. Le cuisinier a été exécuté par le roi, et l'élevage entier réduit en cendres. (Elle ne put retenir ses larmes.) Quelle tristesse ! Sire Delmont était un homme bon et aimant. J'ai ouï dire qu'il avait contracté quelques dettes, mais qu'il les remboursait peu à peu et prenait bien soin des siens.

Elle étrangla un sanglot. Dinah sortit un mouchoir de son manteau. Sire Geheim semblait effondré de voir sa femme souiller ainsi un accessoire appartenant à la reine, mais la malheureuse s'en saisit volontiers pour s'essuyer les yeux et le nez.

— Sire Delmont avait quatre enfants. Que des garçons, en pleine jeunesse. Dire qu'ils sont morts d'avoir ingéré de la viande avariée…

Elle fondit de nouveau en larmes.

Dinah tendit une main hésitante pour lui presser l'épaule d'un geste réconfortant. Ki-ershan l'observa alors, et elle lui retourna un regard entendu. Subitement, la fillette, qui assistait à la scène dans un parfait silence, referma ses doigts autour de ceux du Yurkei. Celui-ci la considéra avec curiosité, tandis qu'elle l'admirait sans retenue. Sire Geheim traversa rapidement la pièce pour prendre la petite dans ses bras.

Ki-ershan décocha un clin d'œil à l'enfant tandis que sire Geheim repartait dans l'autre sens, la protégeant de son étreinte. Dinah envisagea de le réprimander, mais jugea l'effort vain. Elle se retourna plutôt vers la dame de maison.

— Sire Delmont disposait-il d'un confident ? Une personne dont il était proche, en dehors de sa famille ?

Geheim se racla la gorge.

— Il était très lié avec sire Sander, dont la résidence se trouvait au bout de cette allée.

— Se *trouvait* ? répéta la reine.

— Vous ne savez pas ? Sire Sander et sa famille sont morts au combat. Ils ont été abattus.

— Par qui ?

Sire Geheim haussa les épaules, l'air las.

— Quelle importance ? Sire Sander est mort au champ d'honneur, et sa famille a été massacrée – sans doute par des Yurkeis – tandis qu'ils tentaient de se barricader chez eux.

Il se laissa tomber sur un siège du séjour, sa fille dans son giron, toute trace de nervosité balayée par la fatigue.

— C'est une bien triste époque pour la cour du Pays des merveilles. Nos vies étaient naguère remplies de danses, de thé et de tartelettes, de mode et de célébrations. À présent, notre existence est à peine supportable.

Dinah le considéra avec étonnement. C'était un homme opulent, occupant une belle maison, employant plusieurs domestiques. *À peine supportable ?* Elle mesura avec stupéfaction la profonde naïveté des gens de la cour. Ils n'étaient guère que des enfants jouant à la noblesse. Sire Geheim poursuivit son exposé, inconscient du regard sceptique de la reine.

— J'espère que votre règne nous apportera la paix dont nous avons tant besoin, même si celle-ci a un coût.

Son regard s'attarda sur sa fille, qui contemplait toujours Ki-ershan avec fascination.

Dinah soupira.

— Y a-t-il autre chose que vous puissiez me dire sur l'un de ces deux seigneurs ? Fréquentaient-ils d'autres personnes ?

— Pas que je sache, Majesté. Je suis navrée de ne pouvoir vous aider davantage.

Dinah se leva et se débattit avec les cordons de son manteau.

— Merci de m'avoir accordé un peu de votre temps. Je vous prierai de ne parler de cet entretien à personne. Pas un mot, d'accord ? N'oubliez pas qu'il s'agit d'une affaire d'État, et que vous pourriez donc être jugés pour haute trahison.

Sire et dame Geheim blêmirent. Ils comprenaient ce que cela signifiait.

— Et la prochaine fois que vous recevrez des visiteurs, je vous suggère de leur offrir du thé – à tous les deux.

Elle tapota la tête de la fillette en sortant, et la petite s'illumina comme le soleil. Dinah marqua un temps d'arrêt.

— Je crois que j'aimerais que Lyla devienne l'une de mes demoiselles d'honneur. Veuillez me l'envoyer au palais dès la semaine prochaine pour qu'elle débute sa formation.

Dame Geheim fut prise d'un hoquet de stupéfaction et plaqua sa main sur son cœur. Puis elle effectua une révérence maladroite avant de se laisser tomber au sol avec force effusions.

— C'est un très grand honneur, Majesté. Comment pourrons-nous jamais vous remercier ?

— En gardant le silence.

Ki-ershan jeta un coup d'œil à l'extérieur avant de faire sortir Dinah. Ils n'avaient fait que quelques pas avant que sire Geheim les rattrape, sa chemise de nuit claquant autour de ses chevilles.

— Attendez ! Majesté… je viens de me rappeler un détail qui pourrait vous être utile. Sire Sander avait un apprenti, un jeune garçon à qui il apprenait la recette de sa bière personnelle. Il s'appelle Swete Thorndike. Je crois qu'il habite dans le quartier des boulangers.

Dinah planta son regard noir dans celui du vieil homme.

— Merci.

Il s'inclina devant elle.

— Ma reine.

Ki-ershan et Dinah se précipitèrent alors vers le quartier des boulangers. Le terme quartier était un peu exagéré : il s'agissait davantage d'un amas de charrettes et d'une poignée de boulangeries. Les maisons y étaient plus petites, mais toujours jolies et pittoresques. Même si les premières lueurs de l'aube poignaient à peine, des flammes roses brûlaient déjà dans les cuisines. Ici, les habitants se levaient tôt pour préparer le pain de la journée. L'odeur de levure chaude parcourait les allées, et l'estomac de Dinah se mit à gronder bruyamment.

En tournant un angle, elle aperçut une femme dodue affairée à empiler les miches fumantes sur une charrette. Ses seins lourds pendaient en avant sous sa tunique tandis qu'elle recouvrait le pain d'une couverture à carreaux. Dinah et Ki-ershan s'approchèrent, et la femme se pencha sous sa carriole d'un air narquois, sans doute pour y récupérer une arme. Dinah releva sa capuche, révélant sa chevelure noire.

— Nous ne vous voulons aucun mal, madame. Je cherche seulement la maison des Thorndike.

L'inconnue dévisagea Dinah en plissant les paupières, essayant de se rappeler où elle avait déjà pu voir ce visage.

— Je suis Ruby Thorndike. En quoi puis-je vous aider ?

— Je cherche votre fils. Swete ?

Les yeux de la femme s'emplirent de larmes.

— Vous savez où il est ? Quelqu'un l'a retrouvé ?

Dinah secoua la tête.

— Non, je suis navrée, nous aimerions nous entretenir avec lui au sujet de sire Sander.

La femme abattit la main sur sa charrette, et une miche de pain en roula pour venir rebondir à terre.

— Sire Sander, siffla-t-elle. Ne me parlez pas de ce pleutre ! Tout est sa faute.

Dinah fit signe à la femme de s'asseoir et vint s'accroupir près d'elle. La boulangèrent arrondit les yeux de surprise en reconnaissant Dinah.

— Mais, vous… vous êtes la Reine rebelle !

Dinah eut un sourire affable.

— Seulement la Reine, à présent. Mais je vous en prie, poursuivez.

Ruby Thorndike se laissa tomber sur un banc de pierre et s'épongea le front avec lassitude.

— Oui, Majesté. Comme je le disais, sire Sander et sa famille de nantis m'ont enlevé mon fils. Je le préparais à devenir boulanger, comme son père, mort quand Swete avait deux ans. Je lui apprenais à aimer le pain, comme sa mère. Il a eu de la farine sur les mains depuis le jour de sa naissance. Mais Swete en voulait davantage. Il souhaitait appartenir à la cour – une bande d'oiseaux ridicules et inutiles, même si leurs sous nous évitent d'être chassés de Merveille proprement dite.

Elle sortait ses miches d'un tiroir pour les exposer sur sa charrette. Ses mains calleuses les disposaient chacune amoureusement.

— Swete suivait sire Sander partout, essayant d'apprendre ce qui pouvait l'être et de s'attirer ses bonnes grâces. Sire Sander a accepté de lui enseigner la fabrication de la bière, ainsi que la façon de se vêtir dans la noblesse. Des idioties, si vous voulez mon avis. Pourtant, il ne l'a jamais invité à l'accompagner à la cour, et ne lui a jamais rien offert de valeur. Mon fils n'était guère plus qu'un domestique, un animal de compagnie pour distraire ce vaurien !

Elle cracha au sol.

— Un jour, Swete est rentré à la maison en marmonnant. Il semblait angoissé, terrifié. Il tenait un ballot entre ses mains et n'arrêtait pas de jeter des regards nerveux autour de lui. Il disait qu'il devait cacher quelque chose, que sire Sander fréquentait une personne peu recommandable. Sander avait contracté une dette envers quelqu'un de *dangereux*. Swete craignait pour la vie de sire Sander, et j'en viens à me demander s'il ne se sentait pas menacé lui aussi. Ce jour-là, il m'a juré qu'il ne retournerait jamais travailler pour Sander. Je n'ai pas réclamé de détails – j'étais aveuglée par le bonheur d'avoir récupéré mon fils, vous comprenez ? Je ne voulais pas courir le risque de le contrarier. Alors je lui ai demandé de me montrer ce qu'il cachait, et il m'a répondu qu'il ne pouvait pas. Je n'ai pas insisté. C'était il y a presque un an.

Elle essuya ses larmes.

— Les choses sont revenues à la normale, jusqu'à ce que la reine de cœur – euh, je veux dire vous – déferle sur notre belle ville. Sire Sander est mort au combat – un couteau dans la gorge ! –, mais on a survécu. Swete est rentré sain et sauf du front nord, les dieux soient remerciés. Deux jours plus tard, on a recommencé à faire du pain. Les Cartes en avaient besoin. Mais une semaine après, mon fils est allé se coucher, et le lendemain matin, il avait disparu. Ses vêtements et ses affaires se trouvaient encore ici, son lit était à peine défait. Il ne me restait plus de mon fils qu'une unique goutte de sang, abandonnée au milieu de son oreiller. J'ai cherché son ballot, mais je n'ai pu mettre la main dessus. Je ne dispose d'aucune preuve. Je n'ai plus de fils.

Dinah savait où se trouvait le paquet. Elle baissa les yeux, se mit à réfléchir à toute vitesse.

— Je suis désolée pour votre perte.

— Pardon ? Vous n'avez pas à être désolée. Sire Sander devrait être navré de ce qui est arrivé à mon pauvre garçon innocent. Il l'a entraîné dans ses sales combines, et maintenant je n'ai plus de fils, plus de mari, plus de famille. Je suis ravie que Sander soit mort. Je danserais volontiers sur sa tombe.

Ruby Thorndike ramassa la miche de pain tombée à terre, l'épousseta et la reposa sur la charrette.

— Je me sens triste pour sa famille. Sa femme était gentille et prenait bien soin de Swete. En revanche, celui avec qui sire Sander frayait a enlevé ou assassiné mon fils. J'en suis certaine.

Dinah se détourna pour dissimuler son expression. Son cœur battait la chamade. Les pièces du puzzle commençaient à s'imbriquer, mais elle avait besoin de se mettre au calme pour réfléchir. Le soleil ne tarderait plus à se lever, et elle devait retourner au palais.

— Nous devons partir, murmura-t-elle. Maintenant.

Dinah adressa un signe de tête à Ki-ershan, qui lança promptement une lourde pièce d'or à la femme, l'équivalent de deux années de revenus. Elle haleta de stupéfaction.

— Je sais que ça ne ramènera pas votre fils. Si j'étais vous, j'empocherais cet argent et j'irais m'installer dans l'une des villes du Versant Ouest. Je commencerais une nouvelle vie. Cette pièce sert à acheter votre silence et à compenser votre perte. Partez maintenant, sans tarder. Le Pays des merveilles n'est plus un endroit sûr pour vous.

Les mains de la femme se mirent à trembler.

— Merci, Majesté ! Comment pourrais-je vous remercier ?

Dinah hésita un instant avant de ramasser une miche bien chaude sur la charrette.

— Ceci fera l'affaire. Merci à vous.

Dinah s'éloigna de la femme abasourdie, qui la regarda partir bouche bée.

Ils s'élancèrent vers le palais, Ki-ershan manifestement agacé par le rythme plus lent de la reine. Il ne pouvait cependant rien y faire. Dinah était submergée par l'émotion. Elle avait l'impression que les étoiles dégringolaient autour d'elle, comme si elle avait replongé dans le Rideau de Ciel. Tout autour d'elle, des météores semblaient pilonner le sol et illuminer des recoins de son esprit restés endormis pendant des semaines. Son cœur et sa poitrine, déjà à vif après ce qu'elle avait infligé à Alice, semblaient s'ouvrir en deux.

Dans cette nuit immobile, tout lui paraissait limpide, mais Dinah savait que si elle hésitait un instant de plus, tout redeviendrait nébuleux. Son cerveau tournait à plein régime tandis qu'elle reliait les éléments entre eux et commençait à distinguer des formes dans les ténèbres, des formes dont elle n'avait jamais envisagé l'existence. Elle exhala longuement, courant de toute la puissance de ses longues jambes. Les yeux de Ki-ershan luisaient dans la pénombre. N'importe quel témoin aurait trouvé étrange de voir ainsi la reine et un guerrier yurkei courir vers le palais.

Dinah rabattit sa capuche sur son crâne. *Un jour viendra où je n'aurai plus à me cacher*, se jura-t-elle. *Où il n'y aura plus de secrets à dissimuler, plus de craintes ni de doutes.* Des souvenirs affluaient pendant qu'elle recollait les morceaux. *Charles, lui présentant sa couronne. Charles, au corps brisé reposant entre ses bras. Sire Delmont, empoisonné. Sire Sander, mort au combat. Swete, ce pauvre garçon innocent, qui n'avait jamais su ce que contenait son ballot.* Le tourbillon de questions qui la harcelait encore s'évapora. Derrière le doute et la confusion apparaissait toujours la même personne. Une personne qui savait sans doute déjà ce qu'elle cherchait. Cet homme tenait la clef de son règne, de sa couronne, de son destin. Il avait toujours un temps d'avance sur tout le monde.

Son père, l'homme à la cape pourpre.

Cheshire.

Chapitre 17

La nuit suivante était dépourvue d'étoiles, comme si elles savaient ce qui allait se dérouler. Les doigts de Dinah tremblaient dans l'air froid lorsqu'elle se saisit du poignard serti d'améthystes – un présent de son père. Elle avait réfléchi comme lui, planifié comme lui, et maintenant elle l'attendait. C'était la première fois que Dinah mettait les pieds dans les casernes des Piques, sur le point d'être complètement démantelées. Et si elle s'était montrée favorable à la reconstruction des résidences de ces Cartes, elle n'avait jamais bien compris pourquoi jusqu'à ce soir-là. À l'ombre des Tours noires, les bâtiments constituaient l'équivalent d'un bidonville. Tassées les unes contre les autres, les cabines minuscules n'avaient rien de confortable et évoquaient davantage des cellules de prison que des chambres à coucher.

L'intérieur était un dédale en diverses nuances de noir – du bois noir, des murs noirs, des sols noirs. Les fenêtres étaient très rares. De petites racines issues des Tours noires traversaient le terrain inégal. La terre était à la fois meuble et granuleuse, et il était difficile d'y circuler sans trébucher. Un sentiment d'impuissance – mâtiné de tristesse et d'amertume – rendait les pièces encore plus sombres et sinistres. Dinah avait éprouvé la même sensation dans les Tours noires, sauf qu'elle était ici assez diffuse pour demeurer vivable. *Pas étonnant que les Piques soient si remontés.* Les Tours se nourrissaient de leur misère pour la leur resservir.

Lorsque Wardley s'était présenté dans les Terres sombres tant de mois auparavant, à la tête de son armée de Piques, Dinah s'était étonnée que ces derniers aient si facilement déserté les autres Cartes pour se rallier à eux. À présent qu'elle découvrait leurs conditions de vie sordides, et la veine de mal-être qui circulait parmi eux, elle le comprenait parfaitement. Les Piques avaient soif de changement. C'était son privilège de reine de pouvoir le leur accorder. Sire Gorrann, comme d'habitude, avait eu raison sur toute la ligne.

Elle bascula son poids d'un pied sur l'autre, obnubilée par Alice et Wardley. La nuit l'enveloppait d'un manteau protecteur. Il y eut un léger craquement de bois, une brise infime, et la terrible sensation des ténèbres qui approchent. Dinah ferma les yeux pour mieux tendre l'oreille, retenant son souffle dans les quartiers enténébrés. Elle percevait la présence d'un homme arpentant les chambres à pas de velours. Il ne produisait pas le moindre son. Tout, autour d'elle, évoluait lentement, mais résolument. Une goutte d'eau tombant du plafond mettait des années à atteindre le sol. Une feuille s'agita dans un courant d'air, tournoyant et dansant sur le parterre répugnant.

Elle sentit la bouche de Ki-ershan effleurer son oreille.

— *Uhlaet.*

« Respirez. »

Un nouveau craquement survint, et Dinah se crispa, mal à l'aise. Elle perçut le bras protecteur de Ki-ershan autour d'elle, le battement de son cœur furieux de Yurkei contre son épaule. Elle n'avait pas peur, pas pour elle-même – personne ne pourrait vaincre son garde du corps.

Depuis sa cachette, elle vit pivoter la porte de guingois et observa une ombre immense pénétrer dans la pièce. Dinah reconnut aussitôt la cape et la capuche noires. C'était le même ensemble terrifiant qu'elle avait aperçu dans sa chambre en cette funeste nuit. La silhouette se mouvait rapidement. Il y eut un éclat argenté au clair de lune quand l'homme brandit sa dague, s'approchant lestement de la masse inerte sur le lit. Le sicaire considéra le Pique endormi avant de tirer brusquement ses couvertures, prêt à abattre sa lame.

Il n'y parviendrait pas : sire Gorrann, aux aguets, attendait son assaut. Il lui jeta les draps au visage, bondit du lit et plaqua son adversaire à terre. D'une main, le soldat empoigna l'arme de l'homme encagoulé et la jeta à l'autre bout de la pièce. Avec un grognement, le fidèle Pique s'accroupit sur l'intrus, lui clouant les bras au sol à l'aide de ses genoux avant de plaquer son épée longue contre sa gorge.

— Bouge plus, froussard, siffla-t-il.

Sire Gorrann repoussa une mèche de cheveux de sa figure et adressa un signe en direction de la fausse cloison de bois derrière laquelle se tenaient Dinah et une dizaine de Piques, facilement dissimulés par la nouvelle construction. La paroi tomba dans un bruit sourd, et la reine s'avança dans une pluie de poussière noire. Ses pas étaient lents, calculés. Elle prit une grande inspiration et s'efforça de dissimuler ses émotions. L'heure n'était pas aux sentiments.

— Retirez-lui sa capuche.

Sire Gorrann força l'homme à se mettre à genoux et lui lia les mains derrière le dos à l'aide d'une corde. Il tira d'un coup sec sur le tissu. Les cheveux noirs de Cheshire chatoyèrent dans la lumière, tandis qu'un sourire macabre déformait son visage étroit.

— Ma reine, quel plaisir de vous voir à une heure aussi avancée. Quel bon vent vous amène ici, magnifique enfant ?

Dinah lui décocha un sourire froid avant de le gifler à deux reprises. Cheshire grimaça à peine. La reine le dévisagea froidement.

— Je connais la vérité. Je sais ce que vous avez fait. Confessez-vous maintenant, et vous aurez peut-être la chance de gagner la tombe avec le cœur léger.

Les traits de Cheshire se durcirent. Il paraissait désormais effroyablement dangereux, tel un serpent replié sur lui-même, prêt à frapper.

— Que pensez-vous savoir, Majesté ?

Dinah lui décocha un regard assassin ; la simple vue de son sourire narquois attisait sa rage. Toutefois, elle ne perdrait pas son sang-froid ainsi qu'elle avait pu le faire avec Alice. *Plus jamais.* Dinah le dévisagea, la couronne scintillant sur sa tête.

— Je sais que vous avez tué mon frère. Vous avez éliminé Lucy et Quintrell cette nuit-là, puis vous avez jeté – *jeté !* – Charles par la fenêtre. Vous l'avez assassiné alors que ce n'était qu'un enfant, le fils de la femme que vous aviez jadis aimée. Comment avez-vous pu ? Il était tellement innocent !

— Ce n'était qu'un pion ! persifla Cheshire. Il se dressait entre vous et le trône de par sa simple existence. C'était une faiblesse, une gêne pour vous comme pour toute notre famille ! Il était la preuve vivante que votre traînée de mère avait effectivement couché avec son mari. Je savais que le seul moyen de vous convaincre que le roi n'avait jamais eu l'intention de vous offrir la couronne était de nous débarrasser de Charles. C'était la seule chance de vous voir quitter le palais pour embrasser enfin votre destin. Le roi vous aurait tuée, si vous étiez restée. Il ne vous aurait jamais couronnée. Je n'ai fait que veiller sur vos intérêts, vous devez me croire.

— Je vous crois, répliqua Dinah d'un ton calme. Mais vous avez manqué de rigueur, cette nuit-là. Ça ne vous ressemble guère, Cheshire. Vous avez tué Charles, mais vous vous êtes précipité. Vous deviez me réveiller pour me forcer à partir, mais aussi me convaincre que le roi l'avait éliminé. Vous deviez calculer chaque mouvement avec précision. Mais dans votre hâte, vous vous êtes emparé de la couronne que Charles avait façonnée pour moi. *La seule preuve de votre crime.* Vous n'imaginiez pas que je me rendrais dans sa chambre avant de prendre la fuite, que je remarquerais sa disparition. Comment l'auriez-vous pu ? J'ai fait ça par *amour*. Jamais, dans vos stratagèmes les plus fous, n'avez-vous envisagé que je puisse me rendre dans la chambre de mon pitoyable frère au lieu de prendre la fuite. C'est pourtant ce que j'ai fait. Et je vois désormais que vous n'avez jamais rien compris à la notion d'amour.

Ses yeux s'étrécirent en deux fentes noires.

— Il me semble que vous en connaissez un rayon sur les folies que peut nous faire commettre l'amour, non ? Et vous n'aimiez pas Charles : vous aviez pitié de lui. Il était comme une tumeur maligne : l'ablation s'imposait.

Il se fendit d'un sourire cruel avant de ricaner.

— Charles n'a pas fait un bruit, vous savez, quand je l'ai jeté par la fenêtre. Il s'est recroquevillé dans mes bras, comme s'il se résignait à son sort. Il ne s'est pas débattu. Il venait de me voir tuer ses précepteurs bien-aimés. Que pouvait-il faire d'autre ? Et donc, il m'a laissé le lâcher par la fenêtre. Et tandis qu'il plongeait vers sa mort, il m'a adressé un coucou de la main, jusqu'à ce que son corps s'écrase sur la pierre. Pourquoi ? Parce qu'il était fou…

Dinah l'interrompit.

— Non. Il vous a fait signe parce qu'il savait que je découvrirais la vérité. Parce qu'il savait que vous le rejoindriez bientôt dans la nuit désétoilée qui nous attend tous. Il savait que je serais plus maligne que vous.

Dinah lui tournait autour, désormais, mesurant l'étendue de sa trahison avant de poser la main sur sa joue pour tracer les lignes de son visage.

— La fierté a été votre erreur fatale. Vous vouliez m'offrir cette couronne à cause de sa majesté, de sa grandeur, et parce que vous vouliez que le Pays des merveilles la *voie*. Si vous l'aviez conservée cachée, je n'en aurais jamais rien su. Mais il a fallu que vous la placiez sur ma tête pour afficher votre génie, votre triomphe volé. Votre vraie récompense a été l'instant du couronnement de votre fille – le point culminant de vos sinistres projets.

Le sourire de Cheshire s'étendit jusqu'à ses oreilles, ses yeux noirs pétillant de plaisir. Il se pencha en avant comme pour poser la tête sur l'épaule de Dinah.

— Ma fille, si farouche et intelligente, la fierté de mes entrailles. Dites-moi, comment avez-vous percé à jour mon plan si bien ficelé ?

Harris, jusqu'alors dissimulé derrière la muraille de Piques, s'avança. Son regard, habituellement doux, exprimait sa fureur.

— Ça a été très simple, dès lors que Dinah s'est entretenue avec Ruby Thorndike et sire Geheim. Après que ma reine a fui le royaume, vous redoutiez de détenir vous-même la couronne, surtout en présence du roi. S'il découvrait que c'était vous et non la reine qui aviez éliminé son fils, rien n'aurait pu vous préserver de sa colère. Vous l'avez donc confiée à deux hommes qui vous devaient de l'argent – sire Sander et sire Delmont. Le premier a accepté de la conserver chez lui, car sa dette était plus importante. Ensemble, ils ont su rassembler les pièces du puzzle et, dans une erreur de calcul qui leur a été fatale, ont tenté de vous faire chanter. Vous avez empoisonné sire Delmont et sa famille pour menacer sire Sander. Une famille entière éliminée, tout ça pour faire peur à un homme. Votre plan a fonctionné. Terrifié, sire Sander a confié la couronne à son apprenti, Swete Thorndike, pour qu'il la dissimule. Il estimait qu'il s'agirait là d'une bonne police d'assurance – que vous ne le tueriez pas si vous ignoriez où la couronne se trouvait.

Cheshire éclata de rire, un gloussement haut perché dégoulinant de malice.

— Ces seigneurs, ils sont tellement nerveux ! Ils se croyaient plus malins que moi. Cela ne cessera jamais de me faire rire.

Harris poursuivit son explication.

— Puis vous êtes parti chercher Dinah, afin de l'aider à lever son armée. Vous avez marché sur le palais. Vous avez abattu sire Sander sur le champ de bataille – comme il était pratique de pouvoir le faire sans vous cacher ! Puis, moyennant pots-de-vin, vous avez convaincu quelques Piques de se charger de sa famille. (Harris marqua une pause théâtrale.) Nous avons identifié ces hommes, à propos. Ils seront traduits en justice pour meurtre.

— Et ensuite… ?

Malgré son air détaché, Cheshire paraissait légèrement soucieux, à présent, ses yeux noirs allant et venant entre Dinah et sire Gorrann.

Harris continua.

— À votre retour, vous avez vite compris que sire Sander avait confié la couronne à son pauvre apprenti. La veille du couronnement de la reine, vous vous êtes introduit chez les Thorndike, vous avez éliminé Swete et retrouvé la couronne. Puis vous avez chargé Vittiore – Alice – de la remettre à la reine pendant la cérémonie. (Harris nettoya ses bésicles.) Vous vous pensiez alors sans doute tiré d'affaire ! Dire que, dans votre fierté aveugle, vous aviez oublié ce que vous aviez raconté à Dinah de vos activités la nuit du meurtre de son frère. Vous lui avez confié avoir eu une réunion avec les seigneurs Delmont et Sander pendant que le roi assassinait Charles. J'imagine que vous ne risquiez pas d'oublier leurs noms au milieu de tous vos mensonges, puisque vous en aviez déjà tué un et prévoyiez d'abattre l'autre. Quelle maladresse ! Quand la reine a deviné qu'Alice n'avait jamais porté cette couronne, que le roi de cœur ne l'avait même jamais *vue*, elle a compris que le souverain n'avait jamais été présent dans la chambre du chapelier ce soir-là. Et que depuis le premier jour, c'était vous, l'homme de l'ombre.

Cheshire adressa un sourire amer à Dinah, son visage tremblant de méchanceté.

— Alors, dites-moi, ma fille, qu'est-ce que cela vous fait de savoir que vous avez déclaré la guerre à un homme innocent ?

La reine ne cilla pas.

— Le roi de cœur n'avait rien d'innocent. Il a attenté à ma vie à plusieurs reprises, même si cela peut se comprendre, étant donné qu'il *me* pensait responsable du meurtre de Charles. Cependant, même si nous nous trompions tous deux quant à la culpabilité de l'autre, je n'ai aucun regret. C'était un roi horrible, mille fois assassin, ainsi qu'un chef corrompu. Il enfermait ses opposants dans les Tours noires. Il dupait et exploitait le peuple des merveilles. Il a ordonné le massacre de centaines de Yurkeis, ainsi que de tous les villageois qui vivaient dans les Bois tordus.

Elle jeta un coup d'œil à sire Gorrann.

— Le roi n'a pas protégé son peuple quand notre armée a investi le palais. Il a enlevé Alice et a tenté de se servir d'elle pour usurper mon trône. Puis il a exécuté sa mère sous ses yeux, pour me mettre en garde. Croyez-moi, je ne regrette aucunement de l'avoir tué.

Cheshire scrutait son visage.

— Ma petite Dinah, habitée d'une telle violence. Mais faites-moi plaisir une dernière fois : comment avez-vous su que je me trouverais ici ? Un simple coup de chance ?

Les fêlures de Cheshire commençaient à se voir tandis que son regard passait de visage en visage : celui de Harris, plein de colère ; celui de sire Gorrann, dégoulinant de rage ; et celui de Dinah, froid comme la pierre.

Elle fit claquer sa langue avant de répondre à sa question :

— Vous êtes de loin l'esprit le plus brillant du Pays des merveilles, et pourtant, comme tous les hommes, vous demeurez prévisible. L'atout maître de sire Cheshire est de toujours nettoyer son désordre. Vous vous assurez de faire disparaître tout ce qui vous fait obstacle. Vous et le roi avez enfermé Faina Baker dans les Tours noires, et Alice s'est complètement dissoute dans la création qu'était Vittiore. Vous n'avez pas seulement éliminé les seigneurs Delmont et Sander, mais aussi leurs familles. Vous ne laissez jamais aucune trace, et vous punissez ceux qui ont le moindre lien avec vos projets, même marginal. J'ai donc supposé que lorsque vous commenceriez à comprendre que je flairais un mauvais coup de votre part – c'est-à-dire hier –, il vous faudrait vous débarrasser de ceux qui risquaient encore de s'opposer à vous quand il m'arriverait malheur.

» Vous avez décidé de vous en prendre d'abord à sire Gorrann parce qu'il aurait fait plus de bruit que les autres, et jouissait du plus grand pouvoir. J'imagine que vous auriez ensuite ciblé Harris, puis Wardley.

— Wardley se serait réjoui de votre mort, sourit Cheshire. Sa haine à votre encontre ne s'estompera jamais.

Dinah resta de marbre. Cela parut agacer Cheshire, qui commença à se tortiller sous la lame de sire Gorrann. Il se mit alors à crier les paroles suivantes, sentant tomber en miettes son plan pourtant élaboré avec soin.

— Ne restez pas plantée là à me dévisager. Je vous ai créée, Dinah ! Sans moi, vous ne seriez personne. Du jour où vous êtes née, petit bébé braillard et volubile, j'ai nourri pour vous le projet de faire de vous une reine. Je vous ai protégée du courroux du roi. Et aussi du fait *que vous étiez mon enfant.* Vos cheveux noirs, votre intelligence, votre manière de toiser les autres. Mais vous possédiez aussi le cœur délicat de votre mère, prompt à aimer. Votre plus gros défaut. Chaque jour de ma vie, j'ai œuvré à ce que vous deveniez reine, afin de devenir moi-même de sang royal. Je suis peut-être né pauvre, mais je finirais père d'une reine. Mon plan m'est apparu dès l'instant où j'ai aperçu votre mère. Je me suis efforcé de gagner son cœur, afin que nous concevions ensemble un enfant pour régner. À défaut d'être né dans la royale lignée des Cœurs, j'allais trouver le moyen d'y entrer. Si vous avez une couronne sur la tête, c'est uniquement parce que je l'ai placée là. Vous avez marché sur le palais des merveilles, car j'ai rendu cela possible. Et si vous n'étiez pas allée fourrer votre nez là où il n'avait rien à y faire, nous aurions régné ensemble sur le royaume tout entier.

» D'ici quelques années, nous nous serions tournés vers Hu-Yuhar, et nous aurions asservi les Yurkeis, chose que le roi de cœur *rêvait* d'accomplir. Vous seriez devenue la plus puissante souveraine que le Pays des merveilles ait jamais connue !

Plus son timbre devenait hystérique, plus il avait l'air d'un dément.

— Le pouvoir, Dinah ! Le pouvoir véritable ! C'est tout ce qui compte, et j'ai fait mon possible pour vous l'offrir. Et si vous refusiez de vous en saisir, alors je m'en serais emparé moi-même. (Il contempla le visage de sa fille.) Mon plan était infaillible.

Dinah posa la main sur le cœur battant la chamade de son père.

— Et pourtant, tout a été gâché par un garçon fou, qui ne souhaitait rien tant qu'offrir un cadeau à sa sœur. C'est *l'amour* qui a contrarié tous vos projets.

— *L'amour* a aussi détruit la vie de Wardley, rétorqua-t-il, cruel.

Dinah se détourna.

— Relevez-le.

Deux Piques s'avancèrent pour le remettre sur ses pieds. Sire Gorrann maintint son épée contre la gorge de Cheshire.

— Vous ne pouvez pas me tuer. Je suis votre père !

Dinah s'avança alors, si proche qu'il put sentir son haleine. Les traits déformés par la rage, elle planta les doigts de part et d'autre du crâne de Cheshire.

— Écoutez-moi bien ! siffla-t-elle doucement. Je n'ai pas de père. Ni vous, ni le roi de cœur. Je me suis trop longtemps laissée définir par les hommes qui revendiquaient ce statut. J'avais une mère aimante, un frère innocent. Je dispose aujourd'hui d'hommes qui me sont fidèles. Je n'ai pas besoin d'un père.

Elle se racla la gorge, bascula sur ses talons et reprit contenance. Elle leva un bras au-dessus de lui, comme pour le bénir.

— Cheshire de Verrader, je vous dépouille de toutes vos terres et de tous vos titres.

Cheshire se mit à hurler en se débattant contre les Piques qui le retenaient.

— Dinah, non ! Je suis votre père. Je vous ai sauvée. Je vous ai aidée à remporter la guerre. Je vous ai offert une couronne !

Dinah poursuivit.

— Je vous expulse du conseil, ainsi que de la cour. Vous n'êtes plus notre ambassadeur auprès des Yurkeis. Vous n'avez plus le moindre pouvoir par rapport aux décisions prises pour le bien du Pays des merveilles, ni aujourd'hui ni à jamais. Vous êtes officiellement déclaré ennemi du royaume.

Le visage de Cheshire se contorsionna, et il fut brusquement secoué de sanglots.

— S'il vous plaît ! Dinah, ayez pitié de moi.

— Je vais vous accorder pitié, mais pas de la manière dont vous l'espérez. Vous méritez les Tours noires, où votre corps et votre âme seraient torturés pour l'éternité. Vous méritez le même sort que celui auquel vous et le roi de cœur avez voué Faina Baker – l'enfer sur terre !

— Vous avez tué sa fille ! Vous n'êtes pas aussi innocente que vous le prétendez ! beugla-t-il.

Dinah ferma les yeux un instant. Il avait raison. Le bon sens de ses paroles la frappa droit au cœur.

— Estimez-vous heureux que je ne vous envoie pas dans les Tours noires, car je ne les pense pas capables de retenir votre sournoiserie, et car elles n'existeront bientôt plus. Vous êtes un véritable poison, et même si je vous bannis, viendra un jour où je trouverai une armée sur le pas de ma porte. Vous êtes la créature la plus dangereuse de tout le Pays des merveilles.

Les jambes de Cheshire décollèrent du col, et il agita les pieds en se débattant. Ses mots déloyaux se muèrent bientôt en suppliques.

— Je vous en prie, Dinah, pour votre mère. Pour votre royaume. Nous sommes une famille.

Dinah lui tourna le dos, attacha fermement sa cape autour de son cou et rabattit sa capuche sur sa couronne. Puis elle fit une dernière fois face à Cheshire.

— Regardez bien, et soyez en paix. Votre fille porte une couronne, et la gardera pour le restant de ses jours. Vos petits-enfants et ceux qui leur succéderont en hériteront. Mourez en sachant que votre progéniture ne se laissera plus jamais utiliser ou manipuler, ni par vous ni par qui que ce soit d'autre. Observez bien mon visage. C'est fini. Vous avez tué mon frère, et les dieux savent combien d'autres innocents ayant eu le malheur de se trouver sur votre route au fil des années.

— Des centaines, siffla Cheshire. Des milliers.

Dinah se pencha pour ramasser le poignard de son père, au manche serti d'améthystes, une arme jumelle de la sienne.

— Je la conserverai toujours pour me souvenir d'où je viens, et de l'homme à qui je ne veux jamais ressembler.

Le visage de Cheshire rougit de colère.

— Vous ne serez jamais débarrassée de moi. J'ai des centaines de fidèles, qui ne disparaîtront pas avec ma mort. Vous ne serez jamais en sécurité. Jamais !

À présent, ce fut au tour de Dinah de sourire.

— Vous avez tué tous ceux qui connaissaient vos manigances. Il ne reste plus personne.

Cheshire laissa tomber sa tête, vaincu.

Quand il la redressa, une larme unique roulait sur sa joue.

— Dans ce cas, je partirai en sachant qu'une part de moi subsiste en vous, cette fureur combinée à votre esprit curieux et trompeur, et que vous vous réveillerez chaque matin avec la volonté de vous en servir.

Dinah tourna une nouvelle fois les talons, afin que personne ne surprenne ses lèvres à trembler. Tout le monde attendit dans un parfait silence. Quelques instants plus tard, elle inspira un grand coup et souffla longuement, déliant ses épaules.

— Au revoir, Cheshire.

Il se mit à crier tandis qu'elle se dirigeait vers la porte en évitant soigneusement les racines noires qui se rapprochaient sournoisement de ses pieds à chaque pas. Elle s'immobilisa sur le seuil pour jeter un dernier coup d'œil en arrière. Tout ce qu'elle distinguait encore dans la pénombre était le sourire carnassier de son père, révélant ses dents blanches et pointues.

La voix de sire Gorrann couvrit les hurlements de Cheshire.

— Vos ordres, Majesté ?

Dinah n'hésita qu'une fraction de seconde.

— Qu'on lui coupe la tête !

Chapitre 18

Des semaines s'écoulèrent avant que Dinah ne se sente plus hantée par la présence de Cheshire. Son corps avait été enterré dans les tunnels sous le palais, sa tête emportée jusqu'au Versant Ouest pour y être jetée à la mer. Si quelqu'un pouvait trouver la route pour revenir d'entre les morts, c'était bien lui, et Dinah ne voulait courir aucun risque.

Le conseil avait été totalement reconfiguré. Il n'y avait plus de conseiller à la reine, plus de chef du conseil. Elle ne se laisserait plus influencer par une seule personne, mais par une multitude d'hommes – et, pour la première fois dans l'histoire, de *femmes* – sages. *C'est mieux ainsi.* Contrairement à ses prédécesseurs, les décisions de Dinah lui appartiendraient vraiment.

L'esprit de la reine vagabondait tandis qu'elle se dirigeait vers la nouvelle caserne des Piques, Ki-ershan la suivant comme son ombre. Les choses évoluaient rapidement au Pays des merveilles, et même si Dinah rêvait d'une époque où elle pouvait se cacher dans sa chambre pour pleurer les trahisons de Cheshire ou de son propre cœur, ce n'était plus possible. Ni aujourd'hui ni jamais. Elle avait pris la tête de Cheshire, mais curieusement cela ne lui provoquait aucune culpabilité. Son esprit affûté lui manquerait, mais tous les enfants du royaume seraient plus en sécurité si sa langue de vipère ne susurrait plus des mensonges convaincants à l'oreille de leur souveraine. Elle en avait la certitude.

Les nouveaux logements des Piques étaient en construction du côté ouest du palais, même s'ils seraient bien plus exigus que les précédents. À présent que les soldats pouvaient se marier, ils auraient moins besoin de cantonnements, puisque la plupart d'entre eux s'installeraient en ville avec leur famille. Sire Gorrann supervisait volontiers les travaux et, sous son commandement, les Piques commençaient à retrouver un peu de fierté et de bienséance. Ils demeuraient globalement répugnants et exécrables, mais les changements étaient manifestes – aucun d'eux n'en avait tué un autre depuis des semaines. Un signe très encourageant. Dinah trouva sire Gorrann perché sur une souche au milieu des immenses piles de troncs blancs. Il tenait un marteau dans une main et une tartelette à la cerise dans l'autre. En déséquilibre, il la salua maladroitement.

— Ma reine.

Elle s'assit près de lui.

— Comment cela avance-t-il ?

Il cracha par terre et tourna la tête vers les travaux. Les nouveaux quartiers seraient blancs et incrustés de pierres noires taillées en forme de pique. Ils ressembleraient beaucoup à ceux des Cœurs.

— Lent'ment, comme toujours, mais ça a l'air d'être un bel endroit où finir ses jours.

Dinah lui posa la main sur l'épaule.

— Dites-moi, sire Gorrann, avez-vous repensé au mariage ? Il paraît que certaines filles en ville sont assaillies de demandes émanant des Piques.

Il eut un sourire amer.

— Nan. Vous l'savez, y a qu'mon Amabel. Elle rest'ra la gardienne d'mon cœur jusqu'à mon dernier souffle.

— Qui, je l'espère, surviendra dans très longtemps. Nous avons beaucoup à faire, d'ici là.

Il poussa un grognement.

— Z'arrêtez pas d'me l'répéter. J'aurais à peine fini la caserne qu'vous m'demand'rez d'm'attaquer à la nouvelle prison. Z'êtes une esclavagiste, vous savez ? Vider les Tours noires va être une tâche incommensurable. Ça va nous prendre des années, vous savez ?

— Il paraît. Néanmoins, nous devrons nous y atteler bientôt.

Les Tours noires. Dinah se massa le front. Elle avait rapidement promulgué une nouvelle loi interdisant d'attacher les prisonniers contre les murs des tours, mais il restait encore bien des choses à légiférer. Les Trèfles s'étaient violemment opposés au nouveau système carcéral, mais avaient fini par céder quand Dinah avait décidé de les impliquer dans l'élaboration et la construction du bâtiment.

Les Piques contribueraient également au dessin des plans et à leur réalisation. Elle espérait que cette activité commune souderait les deux groupes. *Nous verrons*, songea-t-elle. Elle avait vite découvert que chaque faction des Cartes parlait d'une voix distincte, et que le meilleur moyen de les entendre toutes était de les écouter honnêtement. Régner nécessitait un certain apprentissage, et elle espérait que tout serait plus facile d'ici dix ans.

Dinah inclina la tête vers sire Gorrann.

— Je vous prie de remercier les Piques pour leur labeur. Je leur ferai envoyer des rafraîchissements par les cuisines cet après-midi. Et merci à vous.

Les yeux dorés de sire Gorrann croisèrent les siens. Ces derniers temps, elle découvrait une énergie nouvelle dans ces prunelles.

— Merci à vous, ma reine. J'vous verrai pour l'entraînement c'te s'maine ?

— Oui. À quatre heures demain. Ne soyez pas en retard, cette fois. Harris agite si violemment sa montre de gousset quand le programme n'est pas respecté qu'elle risque de nous couper la tête un jour.

Dinah partit d'un rire creux en pensant subitement à Cheshire… et à Alice. Elle se tut. Sire Gorrann la vit se replier sur elle-même et lui posa délicatement la main à l'arrière de la tête.

— Quand j'vous r'garde, j'pense pas à Cheshire. Z'êtes pas comme lui, Dinah. Et avec du boulot, vous f'rez une grande reine.

Elle rougit.

— Z'allez enfin y aller c'soir ? Le voir ?

Elle acquiesça.

— Je crois qu'il est temps.

Il lui adressa un regard compatissant.

— Très bien, Dinah. Même si ça va être une torture pour vous, c'est la meilleure décision pour l'royaume.

— Bonne journée, sire Gorrann.

— Bonne journée, Majesté, répondit-il avant de retourner à sa tartelette.

Elle soupira et regagna le palais. Des conseils, des réunions et un banquet l'attendaient encore. Ainsi qu'une visite aux Cœurs, aux Trèfles, à la cour. La vie de Dinah ne lui appartenait plus ; pourtant, elle n'en aurait changé pour rien au monde.

L'heure était venue de poser la question. C'était la fin d'après-midi, le plus beau moment de la journée. En commençant à se coucher, le joyau étincelant qu'était le soleil nimbait tout le Pays des merveilles d'une teinte rosée.

Dinah enfila une robe blanc et noir toute simple et disposa la couronne de rubis, plus légère, sur son front. Deux broches serties en forme de cœur relevaient ses cheveux en un petit chignon. Si elle adorait la couronne fabriquée par son frère, celle-ci était horriblement lourde, et la reine ne la portait que pour les affaires officielles ou lorsqu'elle devait rencontrer une large foule. Ce soir-là, aucune de ces deux activités n'était prévue.

Le regard bleu et renfrogné de Ki-ershan se reflétait dans le miroir. Il était contrarié par sa décision. Elle lui fit face.

— Je dois y aller seule. Je vous en prie, comprenez-moi. C'est juste un petit tour rapide au sein du palais. Je ne risque rien.

Ki-ershan lui tourna le dos, croisant ses bras musclés en signe de protestation. *Un Yurkei boudeur*, s'amusa-t-elle. *Je n'aurais jamais pensé voir cela de ma vie.*

— Je suis navrée. Je reviendrai. Vous comprenez pourquoi vous ne pouvez pas m'accompagner ?

— Je vous suivrai à distance respectable et vous attendrai devant la pièce.

— S'il le faut.

— Il le faut, reine de cœur.

Elle sortit discrètement et traversa rapidement les couloirs des appartements royaux. Elle ne l'entendait pas derrière elle, même si elle savait qu'il la suivait.

Elle redoutait de se rendre dans cette aile-là du palais. Les chambres de Charles et d'Alice se trouvaient de ce côté, et toutes deux l'assaillaient de sombres souvenirs. Les quartiers d'Alice étaient désormais occupés par Wardley, qui vivait en reclus. En arrivant devant la porte, elle inspira profondément, se préparant à recevoir des paroles qui réduiraient son âme en lambeaux. Malgré toutes les choses qu'elle avait accomplies – unir les Yurkeis et les Piques, marcher sur le palais, se libérer de l'influence de Cheshire –, elle savait que l'avenir du royaume se jouerait dans les prochaines minutes.

Dinah souffla, frappa une fois, et entra. Il ne restait rien de la chambre à coucher d'Alice, autrefois fantasque, enjouée et magnifique. Les draps et le linge élimés pendaient aux chevrons. Les tableaux avaient été lacérés, les meubles retournés, la nourriture laissée à pourrir. La puanteur lui assaillit les narines : un mélange de sueur, de déjections et de souffrance. Griffon, le paon blanc qui avait tenté de protéger sa maîtresse, se pavanait fièrement au milieu du désordre ambiant, sans donner l'impression de se soucier du taudis qu'il habitait. Il picorait des miettes sur le sol.

La lumière du couchant joua sur les traits de Dinah quand elle se tourna vers Wardley, perché en équilibre précaire sur le rebord de la fenêtre. Le cœur de la reine se serra – une chute provoquerait sa mort certaine parmi les haies en contrebas. Malgré tout, elle ne tressaillit pas. On lui avait dit qu'il faisait souvent cela, laissant même parfois un pied pendre dans le vide. Toutefois, il ne sautait jamais. Avec un peu de chance, sa présence n'allait pas le convaincre de passer à l'acte. Elle s'approcha de lui à petits pas prudents.

— Tu crois que je pourrais voler ? lui demanda-t-il. Pour la rejoindre ?

Dinah ne répondit rien. Il ne se retourna pas pour la regarder en face.

Enfin, après de longs instants de silence, il finit par soupirer.

— Qu'est-ce que tu veux, Dinah ?

Sa voix brisa le cœur de la reine. Son timbre était neutre, dépouillé de la passion qui l'animait naguère et en accélérait la cadence. La colère l'ayant déserté, ne subsistait que le chagrin. Wardley n'était plus qu'une coquille vide. Elle lui avait arraché le cœur, ainsi que l'avait prédit Iu-Hora.

— Je te le redemande : qu'est-ce que tu veux ?

— Je crois que tu le sais, répondit-elle doucement.

— On m'a rapporté que tu avais fait exécuter Cheshire. Encore une victime à ton long palmarès. Deux pères morts. Ce doit être merveilleux de posséder un tel pouvoir.

— Il n'y en aura pas d'autre, répliqua-t-elle simplement. Ça n'arrivera plus. La rage de la reine de cœur doit prendre fin.

— Et en quoi cela me concerne-t-il ?

Il lui jeta un regard par-dessus son épaule. Ses cheveux étaient plus longs, ses yeux plus vides et enfoncés. Cela peinait Dinah de le trouver dans cet état. Elle n'aurait jamais imaginé que voir son visage ravagé la ferait souffrir davantage que de le découvrir dans les bras d'Alice. Être contraint d'assister à sa décrépitude faisait partie de sa pénitence. Un mal nécessaire pour lui maintenir les pieds sur terre, au risque de la briser. Elle l'avait désiré, elle en avait besoin. Cette fureur avide et dévorante qui l'habitait nécessitait d'être noyée quotidiennement. Wardley la dévisageait, à présent, serrant les dents pour maîtriser ses émotions.

— S'il te plaît, Dinah, va-t'en. Je ne supporte pas de te regarder.

Il cligna lentement les paupières, comme si garder les yeux ouverts trop longtemps lui demandait trop de forces. Dinah s'approcha encore, la main tendue. Il ne chercha pas à s'en saisir, se contentant de la contempler d'un air curieux. Lorsque la reine atteignit la fenêtre, elle s'agenouilla devant Wardley.

— Qu'est-ce que tu fais ? s'étonna le jeune homme, troublé par son comportement. C'est ridicule. Tu es la reine. Relève-toi.

— Deviens mon roi, demanda-t-elle platement. Deviens mon roi, Wardley Ghane.

— Tu plaisantes j'espère ?

— Deviens mon roi, insista-t-elle, les genoux dans la poussière. Mon royaume mérite une souveraine vertueuse. Je ne pourrai jamais le devenir seule. Je redoute ma nature profonde, et j'ai besoin de quelqu'un pour la tempérer. Il me faut un roi juste. Un roi *gentil.* Quelqu'un de patient, d'intelligent et de doux, quelqu'un qui aurait bon fond. Une personne prête à prendre les bonnes décisions pour le royaume, capable de réprimer sa colère, de ne pas trembler. Je peux être le visage du Pays des merveilles, mais il a besoin d'un cœur. Et ce ne peut être que toi.

Elle leva le front pour sonder sa réaction.

— Tu es le cœur que ce royaume mérite.

Une larme roula sur la joue de Wardley. Elle atterrit près de la main tendue de la reine.

— Tu l'as tuée. Tu as tué Alice ! (Il secoua la tête.) Je ne peux pas te le pardonner.

Dinah ferma les paupières pour réprimer le flot de larmes qui menaçait de se déverser.

— Je n'ai pas besoin que tu me pardonnes, mais que tu deviennes mon roi. J'ai besoin de ta force pour diriger. (Dinah se releva doucement, gardant la tête baissée.) Ensemble, nous pourrions tout changer. Et pour le mieux. N'accepte pas pour moi, fais-le pour chaque homme, chaque femme et chaque enfant du pays. Fais-le pour Faina Baker, pour Bah-kan, pour Emily, pour Swete Thorndike, pour tous ceux qui mourront si je deviens comme l'un de mes deux pères. Fais-le pour Alice, et sache qu'elle hantera à jamais mes jours et mes nuits.

Elle redressa légèrement le front, afin de pouvoir planter ses yeux noirs dans ceux, rougis, de Wardley.

— Je suis tellement désolée, Wardley. Pour tout. Tu dois me croire.

Il cilla à deux reprises avant de se retourner vers la fenêtre.

— Je pense que tu l'es sincèrement, *à cet instant précis.* Mais je crois également que lorsque la rage éclatera de nouveau en toi, tu perdras une fois de plus toute maîtrise. Tu es habitée par des ténèbres que tu ne peux pas contrôler. Mais tu as aussi le potentiel pour devenir une grande reine. Comme je m'en veux d'y croire encore, après tout ce que tu as fait. J'ai failli mourir un millier de fois pour défendre ton droit à devenir reine, tout ça parce que je croyais en toi.

J'ai vu ce qu'il y a de meilleur en toi. Une bonté radieuse se cache là, sous les couches insondables de noirceur déposées par tes pères. Mais je ne pourrai pas t'aimer. Comment pourrais-je devenir ton roi alors que ta simple présence me donne envie de t'étrangler ? Comment devenir ton mari ?

— Non sans difficulté, admit Dinah en contemplant ses pieds. Mais ce serait pour le bien du Pays des merveilles. C'est ta destinée de devenir le prochain roi de cœur.

Wardley se retourna vers l'extérieur et souffla longuement.

— Je vais y réfléchir. Je ne peux pas te promettre mieux. Sache que les choses ne changeront jamais entre nous. Je ne finirai jamais par t'aimer comme tu le désires, et je ne pense pas que nous pourrons même redevenir amis. (Sa voix s'étrangla.) À cause d'Alice. Mon amour, mon amour perdu.

Il fut pris d'un sanglot.

Dinah tourna les talons pour partir, le cœur en miettes. Son soulier serti s'attarda près du seuil.

— Encore une chose, Wardley : si tu deviens roi, tu ne pourras le dire à personne. Tu ne pourras pas révéler ce qui est arrivé à Alice. Si Mundoo venait à le découvrir…

— Je n'en ferai rien, renifla-t-il. Elle a disparu dans la nuit. Cheshire s'en est assuré.

Dinah tendit la main vers la clenche.

— Attends.

Elle se retourna, pleine d'espoir. Wardley la dévisageait d'un air inquiet.

— Je l'ai déjà dit à quelqu'un.

Le cœur de Dinah s'emballa alors.

— Quoi ? À qui ?

Wardley se frotta le visage en soupirant.

— Le soir où nous nous sommes retrouvés devant le julla, j'étais perturbé. Alice était morte, et j'étais assailli de pensées noires et assassines. Je rêvais de te tuer. Il fallait que je m'évade. Quand les Cartes devant ma porte se sont endormies, je suis sorti par ma fenêtre et me suis échappé par les cuisines. J'ai couru jusqu'à m'écrouler d'épuisement. J'ai commencé à perdre connaissance. J'avais apporté mon poignard. J'avais envie de mourir, Dinah. Tout ça à cause de toi.

La reine ferma les paupières, accablée par la culpabilité.

— J'ai essayé de me trancher la gorge, mais mes bras n'arrêtaient pas de trembler, si bien que j'ai fini par m'endormir, le poignard contre mon cœur. J'ai sombré aussitôt ; je n'avais plus fermé l'œil depuis des jours. À mon réveil, un homme – un voyageur – se tenait près de moi.

Wardley secoua la tête et s'assit sur son rebord de fenêtre, ses longues jambes pendant dans le vide.

— Il s'appelait Lewis. Je n'avais encore jamais rencontré quelqu'un comme lui. Il *savait* des choses. Il maniait les mots comme personne, avait la langue agile et l'esprit affûté. Il m'a invité dans sa tente, même si je ne me rappelle plus comment ça s'est produit. Cet homme avait réussi à s'emparer d'un bocal de la fumée bleue d'Iu-Hora.

» Il l'a ouvert, et la tente s'est emplie d'un nuage. Dinah, je lui ai tout raconté. Il sait tout sur toi, Cheshire, Alice, les Cartes, Iu-Hora, la bataille... Et quand je suis revenu à moi, il était parti.

Dinah inclina la tête.

— Pourquoi es-tu revenu ?

Il observa le lointain.

— Je ne saurais le dire. Peut-être voulais-je croire qu'il y avait encore des merveilles à découvrir, même si elle était partie.

Dinah finit par ouvrir la porte et sécha ses larmes brûlantes.

— Merci de me l'avoir dit. Je t'en prie, réfléchis à ma proposition.

Wardley hocha la tête depuis son perchoir.

— Je n'ai pas brossé un portrait de toi très flatteur dans mon récit.

Dinah observa sa silhouette à contrejour, et le vent qui s'amusait à faire tournoyer ses cheveux en petits cercles.

— Je ne méritais pas mieux.

Elle referma la porte derrière elle.

Le voyageur s'avéra impossible à retrouver, et même si Dinah employa toutes les ressources à sa disposition, ce fut comme s'il était tombé dans le terrier d'un lapin.

Chapitre 19

Les Saisons de la cour battaient leur plein tandis que Dinah attendait que Wardley prenne sa décision. Il s'agissait d'une succession éreintante de bals, de banquets, de réunions et de rencontres inutiles avec des personnes à qui Dinah savait qu'elle n'adresserait plus jamais la parole.

Ce soir-là, la reine avait présidé un banquet pour souhaiter la bienvenue aux nouveaux seigneurs et dames de la cour. Une soirée passée à se fendre d'interminables civilités, à subir des conversations mondaines, à rire trop fort à des plaisanteries qu'elle ne trouvait pas drôles et à saluer de la tête des gentilshommes se donnant beaucoup de mal pour se faire remarquer. La vie de monarque était épuisante, mais elle se rappelait qu'une bonne reine devait comprendre les exigences des relations publiques. Tel était son devoir et son privilège. C'était fatigant mais, ainsi que le lui rappelait régulièrement Harris, pas facultatif.

Toutefois, ses pensées la renvoyaient toujours à Wardley, et lorsqu'elle rejoignit sa chambre, les pieds et les côtes douloureuses, elle espérait y trouver une enveloppe contenant sa réponse. Elle ne découvrit rien de tel, mais une petite sculpture laissée devant sa porte. Dinah sourit en la ramassant pour la tourner vers la lumière. Un hippocampe en bois. Elle se souvenait du jour où elle en avait offert un identique à Charles.

Ce n'était pas un oui, mais pas un non non plus.

Elle pénétra dans ses appartements avec un soupir joyeux et s'empressa de se déshabiller. Enfin débarrassée du poids de sa robe parfumée à la rose, elle sortit profiter de l'air frais de la nuit sur le balcon, seulement vêtue d'une fine chemise de nuit grise qui ondoyait autour de ses cuisses. Tant de choses avaient changé, et pourtant la vue restait la même ; elle dominait toute la capitale, et les champs interminables de fleurs sauvages situés au nord adoptaient en cette saison une teinte rosée. À l'est, elle distinguait vaguement le pied des monts Yurkei, juste derrière les Bois tordus. *Son royaume*, conquis chèrement.

Un vent amer dansait autour d'elle, et elle percevait les bas gémissements des arbres de la forêt, un son qui ne lui semblait plus si terrifiant. À ses oreilles, il était même devenu réconfortant, comme si les bois l'invitaient à venir redécouvrir leurs mystères. Les cheveux soufflés par la brise, elle avisa une ombre noire se mouvoir rapidement sur le domaine. Elle plissa les paupières. *C'est impossible.* Elle se précipita vers le garde-fou. *Et pourtant...*

Elle courut vers la porte, appelant Ki-ershan tout en s'élançant hors de sa chambre. Bientôt, elle sprintait à travers le palais, le Yurkei bondissant derrière elle, la criblant de questions auxquelles elle ne se donnait pas la peine de répondre. Un chat noir, si sombre qu'il paraissait presque prune, se laissa aller à un bâillement paresseux en la regardant passer, avant de se pourlécher les pattes avec ravissement. La reine paraissait voler dans les corridors ; elle traversa la cour, dépassa les écuries, franchit les portes de fer ravagées. Les trois Piques qui montaient la garde s'empressèrent d'ouvrir à leur reine bien-aimée, tout en échangeant des regards perplexes.

— Vite ! s'écria-t-elle. S'il vous plaît ! Dépêchez-vous d'ouvrir ! Plus vite !

Les vantaux pivotèrent lentement, avec fracas. Dès que l'interstice fut assez large, Dinah s'y faufila. Elle sentit l'herbe fraîche sous ses pieds, et la discrète morsure de l'automne qui lui grignotait les chevilles. En atteignant la crête de la colline qui dominait le palais, elle cessa de courir. Elle se plia en deux pour reprendre son souffle, prise de vertiges. Ki-ershan demeura en retrait, hésitant pour la première fois depuis qu'il était devenu son garde du corps personnel. Il rôdait là un danger que même lui ne pouvait dominer. Dinah tendit sa main tremblante.

Morte était grièvement blessé. Des cicatrices irrégulières parcouraient tout son corps, encore zébré de quelques vestiges de peinture blanche. Il lui manquait un gros morceau de chair sous l'oreille gauche, où une épaisse croûte s'était formée. Les éperons osseux de ses sabots arrière qui n'avaient pas disparu pendaient au bout de leur moignon, brisés en deux, révélant la moelle à l'intérieur. Une flèche s'était logée profondément dans son flanc et, à chacun de ses pas, du sang accompagné d'un fluide verdâtre suintait de la plaie infectée. Il tenait à peine debout.

Morte recula avec prudence en voyant la reine s'approcher, et poussa un léger hennissement quand elle leva la main vers son chanfrein. Lorsqu'elle lui effleura les naseaux du bout des doigts, il regimba. Dinah baissa la tête quand l'un des éperons osseux manqua lui crever l'œil. Il claqua des dents d'un air menaçant.

— Chut… chut…

— Majesté ? siffla Ki-ershan. Il est sans doute plein d'infections.

— Il s'en remettra.

Dinah répéta ce pronostic tel un mantra, jusqu'à parvenir à s'en convaincre elle-même.

Soufflant longuement, elle inclina la tête devant lui. Puis elle tendit de nouveau la main et la plaça délicatement sur le flanc de la bête, la faisant aller et venir sur ses blessures. Elle contourna l'animal à pas timides, prenant la mesure de chaque plaie.

Morte ne semblait plus savoir qui elle était. Quand la reine reposa la main sur sa tête, il tressaillit, creusant de profonds sillons dans la terre meuble. Elle planta alors son regard dans les énormes prunelles noires de la créature. Une fois de plus, elle lui toucha le nez, et il finit par se pencher pour flairer son odeur. Sa crinière dégageait encore les effluves de la guerre en s'agitant autour de lui. Ensemble, ils marchèrent silencieusement sous le ciel éclairé d'étoiles mouvantes, qui laissaient chacune une traînée lumineuse en se dirigeant vers la mer.

Morte souffla à contrecœur une volute de vapeur par son naseau blessé, ploya l'encolure et souleva la jambe. Dinah posa doucement le pied sur le sabot, s'écorchant la plante sur les piques. L'appelant par son nom, elle se nicha confortablement contre son cou, les jambes retrouvant aisément leur place dans le sillon de ses épaules. Son dos, cet océan noir de muscles, l'accueillit volontiers, et elle s'y allongea presque, sentant les côtes géantes se contracter et se dilater.

Depuis son nouveau point de vue, elle distinguait les flèches éblouissantes du palais des merveilles et le lustre rougeâtre qu'il projetait sur les terres alentour. Elle s'imagina alors les petites scènes de vie qui s'y déroulaient : Harris, dormant dans la bibliothèque, ses lunettes glissant sur le bout de son nez ; sire Gorrann, vidant quelques chopines en riant parmi d'autres Piques ; Wardley, observant le paysage, le cœur lourd, se demandant ce qu'il pourrait offrir à ce royaume.

La couronne pesait toujours sur sa tête quand Dinah fit claquer sa langue et talonna très légèrement les flancs de Morte.

— On rentre à la maison, lui chuchota-t-elle.

Après un instant d'hésitation, le cornu se dirigea d'un pas sensible et irrégulier vers le château. Dinah empoigna son crin noir et posa la tête contre son cou épais. Le retour de l'animal, en piteux état mais pas condamné, lui mettait le cœur en fête. Ensemble, ils retournèrent dans ce palais qui leur avait naguère servi de prison à tous les deux. Pendant tout le trajet, la reine sentit les battements du cœur du cornu, une mélopée chaotique et furieuse, tellement puissante. Un cœur très semblable au sien.

Épilogue
Quinze ans plus tard

Les lieux n'étaient pas les mêmes que dans les souvenirs de Dinah. Les herbes folles étaient plus courtes, les feuillages moins denses. Les têtes étaient toujours là, aussi époustouflantes que lors de sa première visite. Les bouches sévères restaient figées, malgré les hautes fougères blanches qui venaient chatouiller la figure des géants. L'herbe vive dont Dinah se souvenait si bien poussait toujours, d'un vert brillant, surnaturel.

Les sculptures étaient toujours imposantes et Dinah était ravie de constater que la peur n'avait pas déformé sa mémoire en en exagérant la taille. Les regards immuables semblaient toujours lui percer la poitrine. Certaines têtes reposaient sur le côté, d'autres étaient complètement retournées. Elle en désigna une.

— Le voici.

Dinah fit avancer Morte. Elle se pencha pour observer un visage et une couronne en particulier.

— C'est bien lui.

Le buste de bronze du défunt roi de cœur reposait à l'envers, juché sur sa couronne, la bouche ouverte en un cri furieux. Une joyeuse bande d'oiseaux pourpres et marbrés nichaient entre ses lèvres, et elle les observa avec curiosité aller et venir entre ses dents. Au premier coup d'œil, ses prunelles écarquillées lui firent penser à Charles, mais un court instant seulement.

Elle sourit en décrochant le bouquet de fleurs sauvages suspendu à sa selle. Elle se laissa glisser de sa monture et atterrit dans un grognement. Monter sur Morte et en redescendre s'avérait un peu plus difficile, à présent. Elle avait perdu en grâce avec l'âge, même si nombreux étaient ceux qui prétendaient que leur magnifique reine n'avait jamais été si forte. Elle s'agenouilla près de la statue et disposa les fleurs lavande de manière à en draper élégamment la pointe de la couronne.

Dinah se retourna vers Wardley.

— Je vais me promener un peu.

Il acquiesça.

— Ne t'éloigne pas trop des têtes. Ces bois grouillent d'animaux sauvages.

Elle était bien placée pour le savoir.

Le roi de cœur lui décocha un léger sourire, même si cela semblait parfois lui écorcher la bouche. Dinah s'en contentait. Wardley restait essentiellement silencieux en sa compagnie, mais il se montrait fort et ferme vis-à-vis des autres. Ses yeux marron, si tendres, avaient récemment adopté un regard plus paisible sous la couronne que le père de Dinah avait jadis portée. Alors que la reine s'éloignait, elle sentait peser sur elle le regard scrutateur de son époux. Elle se retourna vers lui, mais il contemplait le ciel, ainsi qu'il le faisait si souvent.

Dinah erra un moment dans les Bois tordus, considérant chaque sculpture. L'empathie qu'elle éprouvait à leur égard était infiniment plus profonde que la fois précédente. Régner n'était pas à la portée de tous, et elle ne pouvait pas plus juger ceux qui l'avaient précédée qu'analyser son propre cœur.

Les têtes des chefs yurkeis étaient là également, rassemblées en un amas serré au bout de la vallée. Ces fiers guerriers n'étaient pas couronnés d'or ou d'argent, mais de plumes ou de volutes de tissu élaborées qui ruisselaient sur leur figure. Les yeux des Yurkeis lui donnaient l'impression d'être observée durant tout son pèlerinage ; elle caressait chaque visage, s'émerveillant de leur taille et de leur beauté. Elle trouva le buste de Mundoo bien droit, une cascade de plumes tombant le long de sa tempe. Ses prunelles étaient deux saphirs bleus qui scintillaient et dansaient dans la lumière pommelée. Un choix approprié pour le héros de son peuple.

Elle glissa un deuxième bouquet sous la coiffe de plumes et sourit à cette ressemblance troublante. Mundoo était en pleine forme quand elle l'avait vu la semaine précédente, lorsqu'ils s'étaient retrouvés pour échanger le dernier poulain de Morte. Le traité de paix tenait encore, et ses voyages annuels à Hu-Yuhar constituaient désormais une tradition fort appréciée tant des Merveilleux que des Yurkeis. À présent, la célébration du dernier-né des cornus éclipsait même le tournoi de croquet royal. Elle sourit. Décidément, chez les Merveilleux, tout était prétexte à des célébrations fastueuses.

Les brindilles humides craquaient sous ses bottes. *Qui fabrique cela, et pourquoi ?* Elle ne le saurait jamais.

N'étant plus une enfant apeurée, elle trouvait cette vallée étrangement belle – l'endroit idéal pour que les rois et les reines connaissent un repos royal, tant dans la vie qu'après leur mort.

Derrière un épais bouquet d'arbres blancs, une clairière attira son attention. Elle se faufila à travers un rideau de mousse blanche, sentant son souffle se bloquer dans sa gorge. L'herbe ici était verte et courte, assez semblable à celle des terrains de croquet du palais. Le sol était jonché de fleurs bleu pâle, dont la rosée matinale faisait scintiller les pétales plats. *Elle était là.*

La tête de pierre grise de Dinah se dressait, haute et fière, le font ceint de la couronne de Charles. Ses cheveux courts et noirs formaient deux rideaux de part et d'autre de son visage. Aucun bijou ne venait orner son cou. Ses yeux, plissés de colère, étaient sculptés dans de l'obsidienne. Sa bouche formait un demi-sourire, et malgré son air féroce, son expression était sereine et à jamais empreinte de sagesse. La couronne était une réplique parfaite. Dinah laissa distraitement courir ses doigts sur les pointes acérées du bijou véritable. Elle contempla son incarnation avec admiration, trouvant cette sensation particulièrement étrange.

Depuis les hauteurs, les arbres semblèrent émettre un profond grognement. Dinah observa la forêt onduler comme de l'eau. Plusieurs troncs se tordirent dans sa direction. Quelque chose gronda dans les feuillages près d'elle, la poussant à empoigner son épée. Elle entendit alors des hurlements perçants et ce qui ressemblait à des milliers de pattes minuscules écrasant des racines millénaires, détruisant le calme sacré des Bois tordus. Un sourire étira ses lèvres quand trois enfants crasseux bondirent hors des fourrées pour venir l'encercler.

— Maman, tu as vu ? Tu as vu ? C'est toi !

Dinah prit Davi, sa plus jeune fille, dans ses bras, tandis que Charles et Amabel, les jumeaux, tendaient le doigt dans la même direction. Ils firent plusieurs fois le tour de la tête avant de se laisser tomber par terre en hurlant de rire. Ils cabriolèrent tels des chiots autour de Morte, luttant et se bousculant sous le regard agacé du cornu. Ils finirent par se calmer au pied de leur mère.

— C'est toi ! s'écria Charles, le portrait craché de son père. (Il posa les mains sur ses hanches et ses joues déjà rouges s'empourprèrent davantage.) Je veux avoir ma tête quand je serai roi.

Dinah lui caressa la tempe.

— Tu l'auras. Un jour, Amabel et toi reposerez ici, dans la vallée des têtes.

Charles se tourna vers sa sœur jumelle.

— Je parie que quand ta tête sera là, elle sera couverte de fientes de grue !

Amabel le bouscula sans ménagement, et avant que Dinah ait pu intervenir, ils couraient de nouveau dans un tourbillon de poussière et d'insultes mêlées d'amour fraternel. Wardley se précipita vers eux pour les séparer.

— Dites donc ! Est-ce ainsi que les princes et les princesses doivent se comporter ? les réprimanda-t-il en essayant de se retenir de sourire.

Ils baissèrent tous deux le front, penauds.

— Maintenant, faites-vous des excuses avant qu'on aille voir les autres têtes.

À contrecœur, Amabel fit un câlin à son frère, puis Wardley la souleva de terre pour l'embrasser sur les deux joues. L'amour farouche qu'il vouait à ses enfants se lisait sur son visage. Le roi de cœur ne souriait pas souvent, mais c'étaient toujours les petits qui parvenaient à le faire ressembler au Wardley d'antan, le garçon insouciant à la bouche couverte de farine. Il vivait pour ses rejetons, qui l'adoraient en retour.

— Il faut y aller, maintenant, lança Wardley à Ki-ershan, juché sur un cornu pommelé.

Le Yurkei opina silencieusement. Charles s'accrocha à la main droite de Wardley et Amabel à la gauche ; le roi traîna les jumeaux hilares derrière lui, avant de disparaître derrière le rideau de mousse blanche.

Dinah se retourna vers sa plus jeune fille, immobile et silencieuse, toujours attentive. De tous ses enfants, c'était Davi qui lui ressemblait le plus, avec ses cheveux noir corbeau et ses yeux marron foncé qui brillaient comme de l'encre. Davi était élancée et bien plus maligne que ses deux aînés. Elle était sensible et fragile, une qualité qui plaisait beaucoup à sa mère. Parfois, elle se montrait discrètement prévenante et généreuse avec sa famille. Ces jours-là, quand Dinah la contemplait, elle voyait en elle ses meilleures facettes. Il arrivait cependant aussi qu'elle tourmente ses aînés et les toise avec une jalousie dévorante qui effrayait le roi. Après quoi, Davi retournait s'isoler dans son propre monde. Dinah ne disait rien, consciente que sa fille ne battait pas en retraite pour satisfaire quiconque : elle complotait. Ces fois-là, quand la reine la regardait, elle voyait quelqu'un d'autre.

Dinah l'enlaça, un léger sourire aux lèvres.

— Qu'est-ce qu'il y a ? demanda-t-elle en lui désignant le buste sculpté. Ça te fait peur ?

Davi opina du chef et s'enfouit contre l'épaule maternelle.

— J'aime pas ça.

Dinah passa la main dans ses cheveux noirs.

— Ce n'est qu'une pierre. Ce n'est pas moi.

— Ça veut dire que tu vas mourir ?

— Un jour ou l'autre. Mais pas tout de suite.

Davi gémit.

— Je veux pas que tu partes. Je veux que tu restes pour toujours.

Dinah appuya ses lèvres rouges sur les joues fraîches de sa fille.

— Moi aussi, ma chérie.

Morte trottait à leur hauteur, et la reine hissa la fillette minuscule sur le dos de la créature. Davi hurla de rire.

— Regarde comme je suis grande !

La fillette arbora alors un air déterminé, ses prunelles scintillant d'une manière qui provoqua un pincement au cœur désagréable à sa mère.

— Regarde, maman ! Je suis plus grande qu'Amabel et Charles !

Elle baissa la main pour toucher la tête de Dinah. Les larmes avaient déjà séché sur ses joues.

— Je peux la tenir, maman ? S'il te plaît ?

Avec une grimace, Dinah retira la lourde couronne qui lui ceignait le front et la tendit à Davi, qui la plaça sur sa toute petite tête. La couronne lui tomba sur les yeux, ce qui la fit rire aux éclats. Puis elle se mit debout sur le dos du cornu et désigna le ciel.

— Regarde-moi, maman ! Je suis la reine ! (Ses yeux noirs pétillaient dans la lumière mouchetée des Bois tordus.) Je suis la reine !

Quand elle se tourna vers sa fille, Dinah sentit l'amour profond qu'elle éprouvait pour son enfant envelopper la fureur noire qui se tapissait, silencieuse, au fond d'elle.

Cette rage serait toujours présente, vivante, avide. Mais pour sa fille, Dinah espérait que, avec le temps, l'amour suffirait à éteindre la flamme.

« Commencez par le commencement, dit le roi avec le plus grand sérieux, et continuez jusqu'à la fin ; puis, arrêtez-vous. »

— *Alice au pays des merveilles*,
Lewis Carroll, traduction d'Henri Parisot

www.snag-fiction.com

Par ce logo, nous témoignons d'une volonté de réduire les impacts environnementaux liés aux activités de l'imprimerie. Nous choisissons un imprimeur impliqué dans la réduction des gaz à effet de serre. Le choix de nos papiers assure que la production a été faite à partir d'un produit à base de bois et a suivi le cahier des charges d'une gestion durable des forêts européennes. Achevé d'imprimer par CPI Firmin Didot (171657) en France en septembre 2022 pour le titre « War of the cards ».

Acquisition : Laury-Anne Frut
Suivi éditorial : Céline Garcia
Conception graphique : Guillaume Bertineau
Illustrateur : Nicolas Jamonneau
Mise en pages : Nord Compo
Correction : Marie-Madeleine Géri

ISBN : 978-2-490151-84-4

Dépôt légal : second semestre 2022

© SNAG – 2022
éditions La Geste
11, rue Norman-Borlaug
79260 La Crèche
contact@marmaille-compagnie.com